朝鮮武士

朝鮮武士

조선무사

한겨레미디어
HANGYEOL MEDIA

저자의 말

조선무사(朝鮮武士)는 대마도 출신의 왜군 향도 안용남(아오야마)의 임진왜란 참전기입니다.

왜란 때 히데요시는 1번대장 고니시 유키나가를 시켜 대마도에서 향도 5천명을 선발, 왜군의 통역 및 길안내를 시켰습니다.

대마도는 조선령이었지만 주민 대부분이 왜말에 유창해서 통역에 적합했기 때문입니다.

또한 대마도의 조선 주민을 소모시켜 고니시의 사위가 대마도를 통치하는 데 반발세력을 약화시키려는 의도도 있었습니다.

향도 안용남은 왜군 2번대장 가토 기요마사군(軍)에 배치되어 선봉대로 활약하다가 전공(戰功)을 인정받아 밀정대 조장이 됩니다.

조장이 된 안용남은 조원 2명을 이끌고 본대에 앞질러 한양성으로 잠입하던 중에 모병관의 눈에 띄어 무관(武官)으로 특채됩니다.

안용남의 변신이 시작된 것입니다.

밀정임을 숨긴 채 조선 궁중에 잠입한 안용남은 이미 왜군에게 포섭

되어 있는 내시들의 후원을 받고 정4품 선전관이 되어 선조를 측근에서 경호하게 됩니다.

안용남은 조선 궁중이 왜군 밀정에 의해 장악되어 있는 것을 알게 됩니다.
인빈 김 씨의 시녀 또한 대역죄를 짓고 3족이 몰살당한 가문의 외동딸로 왜군의 밀정이 되어 있습니다.

참혹한 난리를 겪으면서도 임금을 속여 관직을 탐하는 관리, 이름도 남기지 않고 싸우다 죽어간 의병 등, 조선무사는 안용남의 눈을 통해 보는 '조선왕국'의 실상을 그린 것입니다.
그리고 조선무사로 태어나는 왜군 밀정 '안용남'의 일대기이기도 합니다.

재미있게 읽어주시기를 기대하면서.
2016. 9. 10. 이원호 드림

목 차

1장 무적군

"아이는 살려주시오!"

노인의 목소리는 처절했다. 백발, 피투성이가 된 옷, 허리에서 뿜어나오는 피가 아랫도리를 다 적셨다. 무릎을 꿇고 앉은 노인이 아이를 껴안는다.

"내 손자는 살려주시오! 나는 죽어도 좋소이다!"

한낮, 오시(12시)가 조금 지났다. 따스한 햇살, 산중턱의 푸른 나뭇잎이 바람결에 흔들렸다. 바람결에 맡아지는 피비린내가 역겹지는 않다.

"할아버지!"

아이가 노인의 목에 매달렸다. 여덟 살쯤 될까?

"할아버지! 죽지 마세요!"

그때 오카다가 안용남에게 물었다.

"아오야마, 저놈이 뭐라고 하는 거냐?"

오카다는 지금 나무 걸상에 앉아 종이에 싼 주먹밥을 먹고 있는 중이다. 주변에 20여 구의 시체가 쌓였고, 앞쪽에 노인과 손자, 여자 세 명

9

이 남았다. 시체에서 흘러내린 피가 오카다의 발밑으로 흘러가고 있다. 안용남이 한쪽 무릎을 꿇고 오카다를 보았다.

"예, '할아버지, 죽지 마.'라고 했습니다."

안용남의 일본명이 아오야마(青山)다. 안용남의 말을 들은 오카다가 씹던 밥을 삼키더니 옆쪽 걸상에 받쳐놓은 창을 집었다. 주위의 시선이 모였다. 오카다는 가토군(軍) 선봉대장인 하라다의 첨병대장이다. 선봉의 선봉이니 가장 용맹하고 재빠른 장수다. 녹봉 5백 석, 휘하 부하는 2백 명, 가토 기요마사가 아끼는 맹장이다. 오카다가 창을 고쳐 쥐고는 다시 안용남을 보았다. 이제 지친 노인은 손자를 두 팔로 안고 있는데 두 눈이 치켜떠져 있다. 대신 노인의 가슴에 얼굴을 묻은 손자는 등이 고르게 오르내렸다. 금방 잠이라도 든 것일까? 그때 오카다가 안용남에게 물었다.

"아오야마, 내가 노인놈을 죽인다고 전해라."

"옛."

커다랗게 대답한 안용남이 노인에게로 몸을 돌렸다. 노인도 역시 안용남을 본다.

"노인장, 죽을 준비를 하시오!"

"이 아이는 삼대독자요! 부탁합니다!"

노인이 다시 절규하자 아이가 깨어났다. 머리를 든 아이가 노인에게 소리쳤다.

"할아버지! 무서워요!"

이미 아이의 부모는 다 죽었다. 피란 가는 일가족을 잡았기 때문이다. 우선 젊은 남자부터 죽였고, 여자는 겁탈을 한 후에 죽였다. 그리고 남은 것이 진으로 끌고 가서 더 즐길 여자 셋에다 노인과 손자다. 노인과 손자는 나무숲에 숨어 있었는데 사람들이 숨긴 것 같다. 노인은 집 안의 연장자였고 손자는 대를 이을 아이였기 때문이리라. 그때 다시 오카다가 물었다.

"아오야마, 저것들이 뭐라고 하느냐?"

오카다는 이미 창을 던질 기세로 수평으로 쳐들고 있다. 그것을 본 안용남이 심호흡을 했다. 아이는 혼자 살아갈 수도 없을 것이다. 조부와 함께 죽게 하자.

"노인이 우리는 죽이지 못할 것이라고 했습니다. 그랬더니 아이가 같이 도망치자고 합니다."

"오냐, 도망쳐 보거라."

오카다는 두 눈을 번들거리며 웃었다. 그러고는 일어서자마자 들고 있던 창을 던졌다. 거리가 10보쯤밖에 안 되어서 창은 다음 순간에 아이의 등을 뚫고 들어가 노인의 등판 밖으로 창날이 빠져 나왔다. 엄청난 힘이다.

"우왓!"

둘러서 있던 20여 명의 군사들이 환호성을 질렀다. 창에 고기처럼 꿰인 두 조손(祖孫)은 뒤로 넘어졌지만 창날이 땅에 박혀 세워둔 고기처럼 한참 동안 버둥거렸다. 그러다가 손자가 먼저 움직이지 않았다.

오카다는 38세, 5백 석 녹봉을 받는 가토 기요마사의 가신이었으니 휘하에도 가신이 있다. 그중 고노가 가신 중 우두머리로 안용남에게 지시를 전달하는 역할을 한다.

"이봐, 아오야마. 내일은 상주성 근처까지 가봐야 되겠다."

고노가 저녁을 먹는 안용남에게 다가와 말했다.

"대장님의 지시야, 그대가 한베이를 따라갔다가 돌아오게."

"한베이 말입니까?"

안용남이 묻자 고노는 쓴웃음을 지었다.

"그래, 별일 없을 거야."

한베이는 28세, 소장급 무사여서 휘하에 10명 정도의 부하를 이끌고 있다. 오카다의 처 야노의 친척이 되는 자로 성격이 포악하고 여자를 밝혔다. 지금 같은 전시에는 포악한 성품이 이로울 때도 있는 법, 여자를 밝히는 것도 흠이 아니다. 그러나 한베이는 두 번이나 대열에서 이탈해 여자 사냥을 했고 한번은 통역이 늦다고 안용남에게 칼질을 했다. 안용남이 칼질 두 번을 피하다가 세 번째에는 다리를 걸어 넘어뜨렸지만 한베이는 그것을 원한으로 간직했다. 사흘 전 일이다. 첨병대장 오카다는 내막을 모르고 있다. 측근에서 쉬쉬하고 보고하지 않았기 때문이다. 그때 안용남이 고노를 보았다. 고노는 45세, 산전수전 다 겪은 무사다. 오카다를 모신 것은 8년, 그전에는 멸망한 가문인 가쓰이에의 무사였다는 소문도 있다.

"고노 님, 1번대 고니시 님한테 파견된 대마도 향도 몇 명은 조장, 기마 분대장까지 되었다고 들었습니다."

젓가락을 내려놓은 안용남이 차분한 목소리로 말을 이었다.

"그런데 나는 뒷전에서 따르게만 하고 한 번도 앞장세우지를 않습니다. 왜 그렇습니까?"

"그건 그대가 잘 알지 않나?"

이맛살을 찌푸린 고노가 입맛을 다셨다.

"오늘이라도 조선놈 코 10개만 베어 와라. 오카다 님이 당장에 조장을 시켜주실 걸세, 아오야마."

안용남은 외면했다. 조선에 상륙한 지 오늘로 열흘째가 된다. 열흘만에 조선 중심부까지 치고 올라왔으니 그야말로 전광석화처럼 빠른 진군이다. 그러다 보니 공(功)을 가릴 여유가 없어졌고, 1번대에서부터 조선군의 코나 귀를 베어서 그 숫자로 공의 등급을 매기게 되었다. 따라서 군사들까지 조선 백성의 코 사냥, 귀 사냥을 하게 된 것이다. 고노의 시선을 받은 안용남이 외면한 채 말했다.

"고노 님, 나도 무사올시다."

"알아. 그대가 일도류 달인이라는 것도. 아마 첨병대에서 그대의 칼을 피할 수 있는 자는 드물 걸세."

"오카다 님의 검술이 뛰어납니다."

"검귀(劍鬼)지."

쓴웃음을 지은 고노가 몸을 일으켰다.

"이봐, 한베이는 코 29개를 모았대. 앞으로 20개만 더 모으면 10석 녹봉이 늘어나게 돼."

안용남의 시선을 받은 고노가 말을 이었다.

"내일 아침 묘시(6시)경에 진지 앞에서 한베이 조와 합류하게, 아오야마."

고노의 뒷모습을 바라보며 안용남은 문득 고향 쓰시마를 떠올렸다. 백제라고 불렸던 옛 고향에서 배를 타고 쓰시마에 도착한 것이 1천 년쯤 전이었다던가? 그때 같이 쓰시마에 정착한 백제계 가문이 30여 개나 된다. 그중 10여 가문은 본토로 옮겨갔고 지금도 20개 가문이 백제어, 지금은 조선어가 된 말을 사용하면서 살고 있는 것이다. 그러고 나서 내가 1천년 만에 고향땅을 밟고 서 있다.

"아오야마, 장산성에 군사가 몇 명 있느냐고 물어라."

한베이가 턱으로 농군을 가리키며 말했다. 숲속에 숨어있던 농군이다. 40대쯤 되었을까? 장산성에서 10리(4km)쯤 떨어진 산기슭에 정탐조가 모여 있다. 안용남이 농군에게 다가가 물었다.

"성안에 조선군이 몇이나 있는가?"

"말 못 한다."

이미 죽음을 각오한 것 같다. 농군의 눈빛이 시간이 지날수록 가라앉고 있다. 차분하게 말한 농군이 안용남을 보았다.

"더러운 놈, 왜놈에게 붙어 동족을 팔아 연명을 하느냐? 네 조상이 부끄러워 할 것이다. 이 개 같은 놈아."

"뭐라느냐?"

한베이가 성급하게 물었다. 키는 작았지만 팔이 길고 힘이 좋아서 칼질이 능란하다. 그러나 안용남에게 두 번이나 칼질을 했어도 베지 못하자 마치 제 부모를 죽인 원수처럼 대하고 있다. 지금도 꼬투리만 잡으면 시비를 걸 태세다. 안용남이 보지도 않고 대답했다.

"성안에 군사와 백성이 섞여 있어서 자세히 구분이 안 된다는 거요."

그러고는 안용남이 농군에게 바짝 다가섰다. 말떼가 흥흥거리며 울었다. 오늘도 날씨가 좋았고 바람이 부드럽다. 말들은 풀 맛이 좋은 듯 열심히 풀을 뜯는다.

"난 조선인이 아니다. 쓰시마에 사는 백제인이다. 그러니 일본인도 아니지."

"어쨌든 왜놈의 앞잡이 아니냐?"

농군이 다그치듯 묻자 안용남의 눈빛이 강해졌다.

"길 안내와 통역으로 징용되었다. 너를 살리도록 궁리할 테니 가만 있어라."

그러고는 안용남이 머리를 돌려 한베이를 보았다.

"성안에 백성은 5백여 인, 군사가 3백 명이라고 하오."

"믿을 수 없다."

"믿을 수 없다면 한베이 님이 들어가 보시겠소?"

"네놈이 들어가든지."

"그러는 것이 낫겠소."

머리를 끄덕인 안용남이 둘러선 군사들을 보았다. 기마군 10기다. 모두 경장 차림이었고 첨병 본대와는 30리(12㎞) 가량 떨어진 곳이다.

"내가 이자하고 성안에 들어갔다가 나올 테니 한베이 님도 이곳에서 기다리고 계시오."

안용남이 하늘을 보고 나서 말을 이었다.

"지금이 오시(12시) 조금 전이니 신시(오후 4시)까지는 돌아오겠소."

한베이의 눈동자가 흔들렸다가 곧 고정되었다. 그동안 여자 사냥을 할 것이 분명했다.

"좋아. 신시까지 기다리겠다."

한베이의 시선이 농군에게로 옮겨졌다.

"저놈에게 안내를 시키고 나서 입을 막도록, 그 증거로 저놈 코를 베어오라."

"내 공은 내가 알아서 세울 테니 한베이 님은 걱정 마시오."

농군을 묶은 포박을 풀면서 안용남은 가슴이 무거워졌다. 한베이는 의심하고 있는 것이다. 잠자코 시선만 주고 있는 졸개들도 그렇다. 2번째 치중대에 배속된 쓰시마 옆 마을의 백제계 가네다는 조선인 코를 다섯 개 베고 나서 조장으로 승진했다는 소문을 들었다.

15

"자, 가자."

조선어로 농군에게 말한 안용남이 등을 밀었다.

"고분고분 따르시오. 그래야 살아남을 테니까. 이놈들이 의심하고 있어."

이제 농군은 말없이 비틀거리며 앞장을 섰다. 그때 뒤에서 한베이가 웃음 띤 목소리로 소리쳤다.

"내가 그놈 코를 기억하고 있다, 아오야마."

열린 성문으로 들어선 안용남은 아연했다. 성안이 비어 있었던 것이다. 성루와 성벽에서 깃발이 펄럭이고 있었기 때문에 군사들이 있을 줄 알았다. 그러나 백성들은 물론이고 군사도 없다. 개 두어 마리가 거리를 돌아다닐 뿐이다.

"이런…."

같이 들어온 농군 조 씨가 낙담한 듯 숨을 뱉었다.

"다 도망갔네. 다 도망갔어."

조 씨는 이곳에서 20리(8km) 떨어진 산골 마을에서 산다. 성문 안 마당에 망연하게 서 있던 조 씨가 안용남을 보았다.

"어제만 해도 장산 현령이 지키고 있었는데 다 도망갔소."

"잘 도망갔지."

쓴웃음을 지은 안용남이 주위를 둘러보았다. 평지에 세운 평성(平城)이라 높이는 여섯 자(180cm) 정도고 군데군데 허물어졌다. 이쯤은 단숨에 넘어올 수 있다. 그때 조 씨가 길가의 돌 받침 위에 앉더니 다시 긴 숨을 뱉었다.

"나라가 망할 모양이오."

"왜 그렇소?"

안용남은 농군 행색을 하려고 칼은 성 밖 풀숲에 감춰놓고 머리에 조 씨처럼 수건을 맸다. 다가선 안용남에게 조 씨가 말을 이었다.

"임금은 구름 위에 앉아서 백성이 굶어죽거나 말거나 이래라저래라 왕명만 내놓는데 신선 나라 신선놈 같소."

조 씨의 넋두리가 이어졌다.

"관리는 모두 제 잇속만 차리고 양반놈들은 백성을 제집 종 부리듯 하는 터라 난리가 잘 났다는 천민도 많소."

"언제는 날더러 왜놈 종이라고 욕하더니."

"왜놈들은 사람도 아니오."

힐끗 안용남의 눈치를 살핀 조 씨의 마른 얼굴에 핏기가 올라왔다.

"내가 처갓집 다녀오다가 정지산 골짜기에서 백여 명의 백성이 몰살 당한 것을 보았소. 남녀노소 다 죽었습디다."

"…"

"칼로 목 자르기 시합을 했는지 머리통만 따로 떨어져 있었소."

그것은 오카다군도 자주 하는 놀이다. 그때였다. 조 씨 옆에 서 있던 안용남이 갑자기 몸을 비틀었고 '쉭~' 소리가 났다. 화살이다.

"이쪽으로!"

그때 옆쪽 골목으로 몸을 날리면서 안용남이 소리쳤지만 조 씨는 발을 떼지 못했다. 화살이 배에 박혔기 때문이다.

"이, 이런…"

옆쪽 담장에 붙어 선 안용남이 눈을 치켜뜨고 소리쳤다. 서너 발짝 거리다.

"조 씨! 이쪽으로!"

"아이구!"

펄썩 주저앉은 조 씨가 배에 박힌 화살을 움켜쥐고 웃었다. 소리 없는 웃음이다.

"내가 관군한테 죽네."

관군은 빈 성에 들어온 둘을 왜군의 첩자로 본 것이다. 잘 본 셈이다.

"조 씨, 살 수 있소!"

다시 안용남이 소리친 순간이다. 이제는 화살이 대여섯 대가 한꺼번에 날아왔다. 안용남은 골목 담장에 등을 붙이고 서 있어서 저쪽에서는 보이지 않는다. 그러나 조 씨는 한꺼번에 살을 맞았다. 머리와 목, 등판에 살이 꿰인 조 씨가 앉은 채로 절명했다.

"조 씨…, 잘 가요."

소리치며 몸을 돌렸던 안용남이 문득 멈추더니 허리춤에서 단검을 빼들었다. 그러고는 손을 뻗어 조 씨의 다리를 잡아당겼다. 코를 떼어 가려는 것이다.

다음날 장산성에 입성한 직후 안용남은 선봉장 하라다에게 불려갔다. 하라다는 가토 기요마사의 중신(重臣) 중 한 명으로 녹봉 3천 석을 받는다. 휘하 병력은 2천5백. 첨병대장 오카다가 하라다 앞에 납작 엎드려 있는 것을 보면 위상이 짐작된다.

"오, 아오야마. 쓰시마에서 보고 20일 만인가?"

하라다가 수염 끝을 손끝으로 비틀면서 웃었다. 40세, 가토와 함께 태합(太閤) 히데요시도 상면한 신분이다. 하라다는 쓰시마에서 백제계 향도를 직접 뽑았다. 쓰시마 도주(島主) 소 요시토시(義知)가 1번대장 고니시 유키나가의 사위여서 좋은 향도를 모두 1번대로 빼돌린다고 의심했기 때문이다. 그리고 실제로 그랬다. 가장 먼저 1번대에서 향도를 추려서 갔으니까. 그 2번대의 선봉장 하라다가 가장 먼저 뽑은 향도가 안용남이다. 마침 안용남은 부친 안광수의 심부름으로 산속 성불사에 다녀오는 바람에 하루 늦게 나간 것이 하라다와 인연이 닿았다. 하라다가 청 바닥을 쇠부채로 탁, 탁, 치면서 안용남을 보았다.

"아오야마, 어제 조선놈 코를 베었다고 들었다. 잘했다."

"예, 대장님."

아마 고노가 오카다에게, 오카다가 하라다에게 말이 갔을 것이다. 고노에게 전해준 것은 한베이 부하일 것이다. 한베이는 이야기 해줄 놈이 아니다. 하라다가 쇠부채로 다시 청의 마룻장을 쳤다.

"아오야마, 너를 10인조장으로 임명한다. 오카다 휘하의 조장이다, 알았느냐?"

"예, 대장님."

"내 할머니가 백제계다. 어릴 때 할머니한테 자주 맞았지."

하라다가 쇠부채로 제 머리통을 툭 쳤다. 이마에 쇠테를 감고 있어서 쇠 부딪치는 소리가 났다.

"썩을 놈."

하라다가 조선말을 했으므로 안용남이 숨을 들이켰다. 마당에 둘러섰던 왜장들은 어리둥절했다. 알아듣지 못했기 때문이다. 하라다가 안용남을 내려다보며 빙그레 웃었다.

"저 바보 같은 놈들은 무슨 말인지 알아듣지 못하고 있다, 아오야마."

"예, 대장님."

왜말이었으므로 안용남의 등골이 으스스했다. 그러나 하라다는 거침없이 말을 이었다.

"내가 잘못하면 할머니가 그렇게 소리쳤지. '썩을 놈' 하고…. 나는 조선말은 '썩을 놈' 하나만 안다."

"예, 대장님."

"싸워서 공을 세워라, 아오야마."

소리치듯 말한 하라다가 시선을 돌려 장수들을 보았다.

"자, 청으로 올라오라."

작전 회의를 시작하려는 것이다. 10인조장이 된 안용남이 첨병대로 돌아갔더니 어느새 소문이 쫙 퍼져 있었고 금방 고노가 불렀다.

"아오야마, 지금부터 너는 7번대장이다. 하지만 전투 시에는 항상 오카다 님 측근 호위 겸 향도를 맡는다."

고노가 웃음 띤 얼굴로 말을 이었다.

"나는 네 나이에 5인장이었다. 20년 후에 네가 내 나이가 되었을 때 나처럼 되지는 마라."

"모두 고노 님 덕분입니다."

안용남이 두 손을 모으고 사례했다. 이제 한베이와 같은 10인조장이다. 한베이는 감히 칼도 뽑지 못할 것이다. 그때 고노가 생각난 것처럼 말했다.

"조선군 장군 이일이 결전을 준비하는 것 같다. 군사가 수만이야. 우리도 1번대 뒤를 도와줘야 할 것 같다."

이일(李鎰)은 당시 54세, 선조 16년인 9년 전에 경원부사로 있으면서 나탕개의 난을 진압한 공적이 있다. 용장(勇將)으로 알려졌고 왜란이 발발하자 임금 선조는 이일에게 순변사를 맡겨 급히 외적을 막게 했다. 이일이 명장(名將)으로 알려진 까닭에 조정에서는 명장은 당연히 서울에서 도성과 임금을 지켜야 한다고 했으나 결국 상주로 내려 보낸 것이다. 이런 상황이니 이일의 기세는 하늘을 찌르고 땅을 울렸다. 그러나 이일이 4월 23일, 상주에 도착했을 때 상주목사 김해는 이일을 마중 나간다는 핑계를 대고 도망을 쳤다. 군사를 모으지도 못한 데다 저도 겁이 났기 때문이다.

"이런 개 같은 놈."

동헌에 앉아 발을 굴렀지만 빈 청만 울릴 뿐이다. 이일은 도성에서 종사관들과 장교 50여 명을 데리고 왔을 뿐이다. 이일이 상주목사 관아에 남아있던 판관 권길을 향해 다시 소리쳤다.

"김해 이 놈을 잡아서 당장에 목을 벨 터이다. 이놈 처자식은 어디 있느냐?"

"어제까지 관아에 있었으나 아침이 되자 모두 보이지 않았습니다."

권길이 외면한 채 고하자 이일이 소리쳤다.

"저놈을 대신 잡아라!"

권길을 잡으라는 말이다. 장교들이 주춤거리자 이일의 목소리가 더 높아졌다.

"뭘 하느냐! 저놈 목을 대신 베어라!"

"대감, 고정하시지요."

도성에서 따라온 종사관 안태경이 말렸다. 종4품 종사관이지만 이일을 오래 수행한 터라 집사 역할이다.

"판관이 상주성 내막을 알 터이니 우선 군병부터 모아야 되지 않겠습니까?"

"에에이!"

발을 다시 한 번 구르는 것으로 권길의 목숨이 살아났다. 그러나 정3

품 목사까지 도망친 마당에 군병이 모이겠는가? 권길과 도망치지 않고 남은 관속들이 기를 쓰고 저녁까지 모은 군병이 1천여 명, 그중 7백여 명이 농민과 천민 등 백성이니 의병이나 같다.

"왜군은 문경새재 쪽으로 올 것 같습니다, 대감."

종사관 전호상이 저녁 무렵에 보고했다.

"농군 하나가 왜군이 오는 것을 보았다고 합니다."

"어디서 말이냐?"

"남쪽 장천 근처에서 봤답니다."

장천이면 상주에서 20리 거리다.

"척후를 보내라."

이일이 지그시 전호상을 보았다.

"벌써 여기까지 왔을 리가 없다. 군심(軍心)을 흔들려는 세작일지도 모르니 그 농군놈을 잡아 가두어라."

"예, 대감."

전호상이 돌아가자 이일은 어둠이 덮이는 동헌 마당을 둘러보았다. 군사들이 화톳불을 켜고 있었는데 셋 중 둘이 농군이다. 상민 차림이다. 중도 끼어 있었는데 쥐고 있는 무기도 가지각색이다. 죽창도 있고 대나무에 낫을 묶은 무기도 보인다. 어금니를 문 이일의 입에서 저절로 혼잣소리가 나왔다.

"이놈, 유성룡…. 나를 사지로 보내다니."

그것은 우의정 유성룡이 왜적을 막기에는 용장 이일이 적당하다고 천거했기 때문이다. 병조 판서 홍여순이 이일은 명장이니 도성에서 임금을 지켜야 한다고 주장했지만 우의정을 당할 수는 없었던 것이다. 왜군이 부산진에 상륙했다는 날이 열흘 전이니 이곳까지 왜적이 왔을 리는 없다. 이일의 계산으로는 앞으로 열흘은 더 있어야 된다. 그때 종사관 안태경이 마당으로 들어와 소리쳤다.

"대감, 척후가 돌아왔는데 적이 보이지 않는다고 합니다."

벌써 깊은 밤이 되어 있다.

장천에 진을 친 척후대 본대는 2백2십 명. 묘시(오전 6시)쯤 되었을 때 척후대장 오카다가 휘하 장수들을 모아놓고 말했다.

"어제 조선놈들에게 목격되었으니 이일이란 놈이 방비를 단단히 해놓았을 것이다."

머리를 든 오카다가 하늘을 보았다. 태양은 아직 동녘 산 위에 걸린 이른 아침이지만 날씨는 맑다. 구름 몇 점만 떠 있을 뿐 바람도 적다.

"상주성까지 탁 트인 평야라 조총대가 솜씨를 부릴 만한 날씨다."

어깨를 부풀리며 말한 오카다의 시선이 말석에 앉은 안용남에게서 멈췄다.

"아오야마."

"예, 대장님."

"너에게 일번창을 내지를 영예를 주겠다."

"옛, 대장님."

몸을 굳힌 안용남이 오카다를 보았다. 수십 명의 시선이 안용남에게 옮겨졌다. 가문의 영광이다, 전투에서 적에게 일번창을 내지른다는 것은 기록에 남는다. 전투가 승리로 끝난다면 공 1등에 들어가는 것이다. 그러나 일번창을 내지른 무사는 대개 열에 일곱이 죽는다. 오카다의 내려치는 것 같은 목소리가 진막을 울렸다.

"너는 신시(오후 4시)에 상주성 앞 평원으로 진출하여 적의 중심으로

23

돌진, 일번창을 내지르고 귀환하라. 알겠는가?"

"예, 대장님."

싸움을 일으키라는 말이다. 귀환하라는 말은 듣기 좋은 말일 뿐, 제대로 된 상대라면 일번창을 내지르는 10명 단위의 소부대를 몰살시킬 것이었다. 진막을 나온 안용남의 뒤에서 고노가 말했다.

"아오야마, 우리가 5백 보 뒤에서 따라갈 것이네."

"압니다, 고노 님."

고노의 시선을 받은 안용남이 이만 드러내고 소리 없이 웃었다.

"걱정하지 마십시오. 일번창을 내지르고 곧장 상주성까지 치고 들어갈 테니까요."

"오늘이 조선에서 조총부대의 첫 공격작전이 될 것이네."

주춤 걸음을 멈춘 안용남을 향해 고노가 말을 이었다.

"첨병대 뒤를 하라다 님의 선봉부대가 바짝 붙어 따르다가 평원에서 조총으로 조선군을 몰살시키려는 작전이야."

"그렇습니까?"

"날씨도 좋지 않은가?"

눈으로 하늘을 가리켜 보인 고노가 목소리를 낮췄다.

"조선땅에 상륙한 후에 열흘이 넘도록 한 번도 조총부대 공격을 해볼 기회가 없었어. 오늘이 적당하다고 선봉대장 하라다 님이 결정을 하신 것 같네."

그렇다면 선봉대장 하라다가 주시하는 앞에서 일번창을 찌르게 되었다. 숨을 들이켜면서 안용남이 다시 발을 떼었다. 그러면 그렇지. 첨병대장 오카다가 그 영예를 어제 갓 10인조장이 된 자신에게 내줄 리가 없다. 선봉대장 하라다가 일번창 주인을 정한 것이다. 막사로 돌아온 안용남이 부하들에게 말했다.

"내가 일번창이다."

부하들의 시선을 받은 안용남이 눈을 가늘게 뜨고 웃었다.

"하지만 창보다는 칼이 손에 익으니 칼을 쓰겠다. 그럼 일번칼이 되겠군."

졸개들은 잠자코 시선만 준다. 일번창의 영예보다도 졸개들은 목숨 생각을 하는 중이다. 졸개는 이름이 없으니 일번창이고 일번낫이고 부질없다. 그때 안용남이 말을 이었다.

"잘 들어라. 너희들은 내 뒤에 일렬로 종대로 서서 들어간다. 알았느냐? 내가 너희들의 일번창이고 방패다."

졸개들의 눈이 반짝이기 시작했다.

"그놈 목을 베어라."

오전 묘시 끝(7시) 무렵, 이일이 말에 오르면서 소리쳤다. 어제 장천에서 왜군을 보았다고 신고한 농군이다. 이일은 그놈이 군심을 흔들려는 세작일지도 모른다면서 잡아놓았다.

"예."

종사관 전호상이 대답했지만 뒷말을 흐렸다.

"대감, 하지만 목을 베시는 것은…."

"닥쳐라!"

말이 놀라 푸드덕거렸으므로 이일이 고삐를 감아쥐었다.

"군율이 바로 서야 함을 모르느냐! 당장 베어라!"

곧 농군이 끌려 나왔지만 이미 사색이다. 망나니가 어깨에 칼을 내려놓자 몸을 굳혔는데 입이 쉴 새 없이 들썩였다.

"저놈이 뭐라고 하느냐?"

이일이 소리쳐 묻자 농군에게 귀를 가깝게 댄 전호상이 외면한 채 말했다.

"자식들 이름을 부르는 것 같소이다."

"베어라!"

이일이 소리치자 망나니는 칼춤 한 번 추지 않고 도끼로 장작을 패듯이 내려쳤다. 망나니가 농군에게 선심을 쓴 것이다. 농군의 피로 제사를 지낸 이일이 상주성 남쪽으로 내려왔을 때 숨을 들이켰다. 장천 들판에 왜군의 깃발이 갈대숲처럼 나부끼고 있었기 때문이다. 어젯밤 장천 땅에 왜군이 왔다는 농군 말이 맞다.

"으으음…."

눈을 가늘게 뜨고 앞쪽을 노려본 이일이 소리쳐 말했다.

"왜군이 조금 전에 온 것 같다. 아직 깃발도 제대로 꽂지 않았구나."

헛말이다. 눈을 조금만 돌려보면 나무 밑에 친 진막이 보였다. 어젯밤 숙영을 한 흔적이다. 농군을 죄 없이 죽인 변명거리를 이 상황에서도 생각하느라 이일의 눈동자가 흔들렸다.

"대감, 놈들이 움직입니다!"

종사관 안태경이 소리쳤으므로 이일은 버럭 성을 내었다.

"나도 보았다! 입을 닥쳐라!"

말머리를 돌린 이일이 군사들에게 소리쳤다.

"왜군은 4,5백 정도다! 우리는 학익진으로 맞선다! 알겠느냐!"

북방에서 여진과 싸운 전력이 있는 이일이다. 날래고 용감한 여진 기마대를 맞아 온갖 접전을 다 치러본 경험이 있는 것이다. 이일이 그래도 믿을만한 두 종사관에게 지시했다.

26

"너는 좌군(左軍)을 맡고, 너는 우군(右軍)이다. 자, 가라!"

학익진이란 학의 날개처럼 펴서 적을 포위하고 섬멸하는 진법인데 조선군은 의병까지 합해서 1천 명 가깝게 된다. 장천 들은 평탄했고 넓어서 진을 펼치기에 적당했다. 종사관들이 수하 기마군과 말을 달려 흩어지자 이일이 투구 끈을 조여 매면서 말했다.

"알았느냐! 중심은 호보로 전진한다. 호랑이처럼 무겁고 단단하게 전진하는 것이다."

"예엣!"

둘러선 장교들이 기운차게 대답했다.

"북을 울려라!"

이일이 명령하자 전령이 소리쳤고 고수들이 일제히 전고(戰鼓)를 쳤다. 빠르고 굵은 전고가 사방에서 울리자 군사들의 사기가 치솟았다.

"와앗!"

이쪽저쪽에서 장교들의 선창으로 함성이 울렸고 조선군의 중심은 무겁게 전진하기 시작했다. 동시에 조선군 좌우는 빠르게 벌리면서 나아간다. 기마군은 대략 2백여 기, 왜군의 기마군은 보이지 않는다. 이일의 얼굴에 웃음기가 떠올랐다.

"자, 따르라!"

안용남이 소리치면서 칼을 뽑아 쥐었다. 햇살을 받은 장검이 반짝였다.

"오오!"

졸개들이 일제히 칼을 빼고 창을 치켜들면서 짧은 기합을 뱉는다. 첨병은 선봉대 중에서도 정예다. 졸개 대부분은 조선땅을 밟기 전에도 여러 번 전투를 겪은 터라 전장(戰場)에 익숙하다. 죽음은 예고 없이 찾아오지만 전장에서의 죽음은 예상이 가능하다. 지는 싸움에서는 대개 죽고, 이기는 싸움에서는 대부분 살기 때문이다. 이를 악문 안용남이 뒤에 선 졸개들의 분위기를 느끼고 있다. 자신이 앞장섬으로써 졸개들의 희망이 솟아났다. 희망이 생기면 기력도 올라간다. 검술 시합을 수백 번 한 까닭에 안용남은 그것을 안다. 시합도 죽느냐 사느냐 전장과 같기 때문이다. 그런 자세로 시합을 해야 이긴다.

"와앗!"

기합을 내지르며 안용남이 풀숲을 헤치고 뛰기 시작했다. 뒤를 9명의 졸개가 종대로 서서 따른다.

"오오."

뒤쪽의 조금 높은 언덕 위에 선 선봉대장 하라다의 입에서 탄성이 뱉어졌다. 보라, 일번창이 나아간다. 그런데 이것은 바로 10인조장이 된 아오야마일 것이다. 수십 번 전투를 치른 하라다에게도 이런 일번창은 처음이다. 대개 일번창으로 지명 받은 무사를 중심으로 한 덩어리가 되어 좌우를 보좌하는 부하들을 끼거나 또는 방패 역할로 졸개들을 앞세운 일번창 무사도 있었지만 이건 무엇인가? 아오야마는 화살촉 같다.

"나가자!"

정신을 차린 하라다가 소리치자 기다리고 있던 전령이 호각을 불었다. 그 순간 조총부대가 움직였다.

"둥, 둥, 둥, 둥 ,둥, 둥…"

가볍고 빠른 북소리는 조총부대의 진군 속도를 알려주는 것이다. 조총부대는 1백5십 명, 50명씩 3열(列) 횡대로 섰으며 각 조총수의 간격은 5보(步), 각 열(列) 간 간격도 5보다.

"둥, 둥, 둥, 둥, 둥, 둥…."

이제 조총수 3개 열의 대열이 잡혀졌고 빠른 속도로 전진하고 있다. 보군들은 조총수의 좌우와 후방을 보호하는 역할을 한다. 머리를 든 하라다가 앞쪽의 아오야마를 보았다. 이제 일번창인 아오야마가 이끄는 10인조와 조선군 본진과의 거리는 2백여 보, 조선군 좌우의 기마대가 빠르게 벌려지면서 학익진을 절반쯤 만들었다.

"흐흐흐."

하라다가 쇠부채로 허리갑옷을 치면서 웃었다. 아직 하라다는 투구도 쓰지 않은 맨머리다. 하라다의 본진 50여 명은 뒤쪽에 쳐져 있는 것이다.

"놈들은 우리가 4백여 명 정도라고 얄보았을 것이다."

하라다가 옆에 선 오카다에게 웃음 띤 얼굴로 말을 잇는다.

"이일이 조선군 명장이라고 했던가?"

"그렇습니다."

"경솔한 놈인 것 같다."

"전혀 방비가 되어 있지 않습니다."

함성이 울리고 있다. 양군의 함성이다. 결전이 임박한 것이다. 이쪽은 4백5십, 조선군은 1천여 명. 하라다는 선봉군 2천5백을 아예 5리(2km) 후방에 대기시켜놓고 왔다. 조총부대의 첫 전투를 참관하기 위해서다. 그때 하라다 주변에서 탄성이 울렸다. 머리를 든 하라다는 일번창이 바로 조선군과 1백보 거리로 접근해 있는 것을 보았다. 화살이 날아온다. 조선군 본진은 일번창에 신경을 쓴다.

"저, 개 같은 왜놈이…."

이일이 달려오는 안용남을 향해 뱉은 욕설이다. 화살이 빗발처럼 날아가고 있었지만 아직 하나도 맞히지 못했다. 앞장선 왜놈이 칼로 쳐내기 때문이다. 왜놈들은 뒤로 일렬로 늘어선 데다 주위 바위나 흙구덩이를 이용해서 빠르게 접근하고 있다.

"대감!"

옆에 선전관 임휘석이 소리쳤으므로 이일이 머리를 들었다.

"뒤쪽 부대가 나타났소!"

부대라니, 무엇인가? 눈을 가늘게 뜬 이일은 다가오는 돌격대 뒤쪽으로 벌려선 왜군을 보았다. 저 진용은 무엇인가? 횡대로 나란히 벌려선 부대는 이쪽으로 달려오는 중이었는데 좌우에 보병이 밀접 되어 붙었다. 거리는 3백 보 정도.

"궁수대 같소."

북방에서 근무한 경력이 있는 선전관 임휘석이 다시 소리쳤다. 임휘석도 처음 보는 진용이었기 때문이다.

"와아아!"

이제 화살처럼 달려오던 돌격조 중 둘이 화살에 맞아 쓰러졌다. 가까웠기 때문에 화살을 피하기가 어렵다. 다가오는 속도가 늦춰졌지만 이쪽도 북소리에 맞춰 빠르게 진군하고 있는 것이다. 양쪽 날개는 이미 왜군의 끝과 평행 지점이다. 이제 굽혀오면 된다.

"저놈들이 조총을 들고 있는 것 같습니다, 대감!"

임휘석이 소리쳤을 때 왜군의 돌격조가 조선군 대열의 최선봉군과 부딪쳤다.

"야앗!"

안용남이 겨누고 들어간 상대는 맨 앞에 나와 선 조선군 장교, 장검을 치켜든 장교도 안용남을 노리고 있다.

"아앗!"

장교의 기합이 울리면서 칼날끼리 부딪쳤다. 일번칼, 일본군에서 가장 먼저 적에게 칼을 내지른 것이다. 그것으로 적을 베면 더 좋고 이쪽이 당하면 안됐지만 영예는 같다.

"쨍강!"

칼날 부딪치는 소리.

"와아앗"

그때 뒤를 따라온 6명의 졸개가 무더기로 조선군 대열로 뛰어 들었다.

"나를 따르라!"

칼을 휘두르면서 안용남이 목이 터져라 외쳤다. 이곳에서 엉켰다가는 금방 개죽음이다. 그러니 죽든 살든 뚫고 나가야만 희망이 생긴다. 조선군도 밀려가고 있는 터라 금방 스쳐가야 한다. 졸개들이 왜말을 알아듣고 기를 쓰면서 뒤에 붙었고 곧 길이 뚫렸다. 조선군이 학익진에 집중하여 계속 북을 쳐대며 10명의 돌격조는 무시했기 때문이기도 하다. 어느새 1합을 겨눴던 장교가 뒤로 빠졌고 앞을 막은 장교 둘과 군사 둘을 벤 안용남의 몸은 금방 피범벅이 되었다. 피를 뒤집어썼기 때문이다.

"따르라!"

안용남이 다시 소리치면서 앞을 덮친 장교 하나의 옆구리를 베었다. 조선땅에 들어와 처음으로 살육을 한다. 그러나 더 생각할 여유가 없다. 또 한 명, 또 한 명, 뒤를 따르던 졸개들이 기운을 차린 듯 함성을 뱉는다. 안용남의 눈부신 검술을 보자 기력이 솟은 것이다. 그때 안용남은 앞쪽이 트여지고 있는 것을 보았다. 본대는 빠져나간 것이다. 본대는 구태여 이쪽을 막을 필요가 없다고 생각한 것 같다. 쏟아지듯 내려가면서 잠깐 몸을 비틀어 길을 내준 것이다. 마치 모기를 피한 것처럼.

"빠져 나왔다!"

앞이 트였을 때 안용남이 소리쳤다.

그 순간이다.

"탕! 탕! 탕! 탕! 탕! 탕! 탕!"

천지를 흔드는 폭음이 울렸다. 조총의 일제 사격 소리다. 조총부대 1번대가 쏜 것이다.

"와앗!"

비명 같은 외침이 뒤쪽 조선군 진중에서 일어났다. 조총은 화승식(火繩式) 활강총(滑降銃)으로 뒤쪽 구멍에 노끈을 끼우고 나서 불을 붙인 후에 방아쇠를 당긴다. 그러면 뒤쪽 화약통에 담긴 화약이 폭발하면서 총알이 나간다. 1번대가 사격을 끝내면 2번대가 앞으로 나가 사격을 하고 그 사이에 1번대는 한쪽 무릎을 꿇고 앉아서 사격 준비를 시작한다. 3번대는 이미 사격 준비를 마친 상태.

"다다당!"

2번대의 발사음은 거의 동시에 울렸다. 이제 질서가 잡힌 것이다. 발사 간격은 숨 세 번 마시고 뱉는 동안이며 그 사이에 앞으로 5보씩 전진한다.

"다당!"

3번대 발사음은 단 한 발처럼 울렸다. 그래서 마치 거대한 천둥소리

같다. 그때 이미 뒤쪽 조선군 진영은 아수라장이 되어 있었다. 50여 명씩의 3번에 걸친 일제사격에 1백 명 가까운 조선군이 쓰러졌기 때문이다. 그것도 숨 여섯 번 마시고 뱉는 동안이었으니 조선군은 공황 상태가 시작되고 있었다.

"앞으로!"

칼을 치켜든 이일이 악을 썼지만 목소리가 떨렸다. 이것이 무슨 일인가? 아직 이일의 머릿속은 혼란에 빠져 체계가 잡히지 않았다. 다만 전진을 멈춘 군사들에 대해서 머리끝이 솟을 만큼 화가 치밀어 올랐다. 그때다.

"다당!"

네 번째 일제 사격. 다시 1번대의 사격이 시작되었지만 이일은 구분하지 못한다.

"와잇!"

주춤거리며 멈춰 섰던 조선군인 데다 거리가 1백여 보 정도여서 명중률은 백발백중이다. 눈 감고 쏘아도 한 발에 둘씩 맞는다. 한꺼번에 70, 80명이 쓰러지자 조선군이 등을 보이기 시작했다.

"이놈들! 물러서지 마라!"

뒤에 선 이일이 다시 악을 썼을 때다.

"다당!"

또다시 일제 사격. 이제는 이일의 옆에 서 있던 군사 하나가 손으로 허공을 움켜쥐며 쓰러졌다.

"앞으로! 나를 따르라!"

그때다. 선전관 임휘석이 칼을 휘두르며 내달려갔다. 그 뒤를 장교 10여 명이 고함을 치며 따른다.

"다당!"

이제 발사음이 더 가깝게 들리는 것은 조선군의 함성이 가라앉아 있다는 증거다

"아앗!"

깃발을 든 군사가 쓰러지면서 깃발이 넘어지고 있다. 그때 앞으로 내달리던 임휘석이 보이지 않았다. 군사들이 사방으로 흩어지고 있다.

"다당!"

다시 옆쪽의 군사가 쓰러졌을 때 이일이 악을 썼다

"말을! 말을!"

"예에?"

호위 장교가 소리쳐 물었을 때 이일이 악을 썼다.

"이놈아! 말을 가져와라!"

"다당!"

다시 발사음이 울리면서 이일은 앞이 환하게 트여 있는 것을 보았다. 조선군이 사방으로 흩어지고 있다. 앞에는 조선군의 시체, 그 건너편 1백 보쯤 앞에 조총대가 벌리고 서 있다. 그때 장교가 말을 끌고 왔으므로 이일은 말에 뛰어 올랐는데 눈이 뒤집혀져 있다.

부상자까지 포로는 2백5십여 명, 그중 선전관 임휘식이 끼었다. 오시(낮 12시)가 되어갈 무렵, 전장이 내려다보이는 작은 언덕 위에서 하라다가 쇠부채로 무릎을 두드리며 포로들을 훑어보고 있다. 학익진의 좌우 날개를 이끌었던 종사관 둘은 전사했지만 중군(中軍)의 선전관 임휘식은 포로가 되었다. 무릎에 조총을 맞아 쓰러졌기 때문이다. 그러나 조선군의 총대장 이일은 말을 타고 도망쳐서 잡지 못했다. 하라다가 포로

중 가장 관직이 높은 임휘식을 턱으로 가리키며 안용남에게 물었다.

"아오야마, 저놈 관직이 뭐라구?"

"예, 선전관청 소속의 정5품 선전관이라고 합니다."

안용남이 왜말로 대답했다. 이미 임휘식과 문답을 끝낸 것이다.

"도성에서 순변사 이일을 따라 상주까지 왔다고 합니다."

하라다의 시선이 임휘식에게로 옮겨졌다. 임휘식은 30대 후반쯤으로 기골이 컸고 턱수염이 무성한 무반이다. 하라다의 시선을 받은 임휘식이 입맛을 다셨다.

"그놈, 참 쥐새끼 몰골이로군."

임휘식이 혼잣소리처럼 말했지만 목소리가 커서 다 들렸다. 뒤쪽에 꿇어앉은 포로들도 들었을 것이다.

"아오야마, 저놈이 뭐라고 하느냐?"

쇠부채로 무릎을 두드리던 하라다가 다시 물었다. 눈을 치켜뜬 하라다의 얼굴이 성난 쥐 같았으므로 안용남은 숨을 들이켰다. 입이 튀어나왔고 귀가 솟아서 쥐가 맞다. 안용남이 하라다를 보았다.

"빨리 죽이라고 합니다."

"그래?"

쓴웃음을 지은 하라다가 머리를 저었다.

"저놈을 본진의 주군께 끌고 가야겠다. 한양 도성에서 내려왔다니 조정의 상황을 알 수 있을 것이다."

하라다가 손을 들어 임휘식을 옆쪽으로 떼어 놓으라는 시늉을 했다. 그때 첨병대장 오카다가 다가와 한쪽 무릎을 꿇었다.

"하라다 님, 코보다는 귀가 나을 것 같아서 귀를 베었습니다. 왼쪽 귀만 베었는데 모두 780개가 됩니다."

"그럼 포로로 잡은 놈들까지 떼면 1천 개가 넘겠다."

만족한 하라다의 얼굴에 웃음이 떠올랐다.

"뒤를 따라오는 놈들이 오른쪽 귀를 떼어 장난을 칠지 모른다, 오카다."

"예, 그래서 오른쪽 귀까지 떼어서 불에 태웠습니다."

"잘했어."

"소금에 절여야 해서 소금이 많이 필요합니다."

"소금을 많이 확보해 두도록 해라."

"예."

납작 엎드렸다가 허리를 편 오카다의 시선이 안용남에게 옮겨졌다. 아직도 안용남은 오카다의 첨병대 소속이다. 이번 일번창의 공로로 선봉대장 앞에 불려와 있지만 원대복귀를 해야 한다. 하라다의 선봉대 중군에 나이든 대마도 출신 향도가 배속되었지만 몸살이 나서 이번 전투에 따라오지 못했다. 그것을 본 하라다가 말했다.

"오카다, 핫도리의 몸살이 나을 동안만 아오야마를 빌리겠다."

"예, 하라다 님."

"오늘 아오야마는 일번창으로 공을 세웠다."

"저도 보았습니다."

머리를 끄덕인 하라다의 시선이 다시 앞쪽 조선군 포로에게로 옮겨졌다.

"모두 죽여라."

하라다가 자리에서 일어서며 말했다.

"저놈, 선전관놈만 빼고."

바람결에 피비린내가 맡아졌다.

36

"네 이름이 무엇이냐?"

하라다의 지시로 임휘석의 부서진 무릎에 붕대를 감아주던 안용남이 머리를 들었다. 임휘석이 불쑥 물었기 때문이다. 유시(오후 6시) 무렵, 진중에 밥 짓는 냄새가 내려앉아 있다. 날씨가 갑자기 흐려져서 비가 내릴 것 같다. 주위를 둘러본 안용남이 대답했다.

"안용남이오."

"대마도에서 왔느냐?"

"그렇소."

무릎은 뼈가 박살나서 벌써 썩기 시작했지만 상처를 감싸 매는 수밖에 없다. 어차피 며칠 살지도 못할 것이기 때문이다. 안용남이 무릎을 힘껏 감았지만 임휘석은 어금니를 물 뿐 신음 한 번 뱉지 않았다.

"내가 왜말을 안다."

바위에 등을 붙인 임휘석이 혼잣소리처럼 말했다. 안용남은 숨을 삼켰다.

"네가 왜놈 대장한테 통역하는 말도 다 들었다."

주위를 왜군이 오가고 있었으므로 임휘석은 말을 그쳤다가 계속했다.

"네 조상도 사연이 있어서 조국을 떠났겠지. 허나 조선말을 잊지 않았으니 그것만으로도 훌륭하다."

"말이 많소."

"희망이 있어."

"당치도 않소."

무릎을 다시 조였을 때 임휘석은 어금니만 물었을 뿐 이맛살도 찌푸리지 않았다. 신경까지 끊긴 것 같다. 갑자기 화가 난 안용남이 이 사이로 말했다.

"그래, 조총대 앞에 무조건 군사를 내오는 장수가 어디 있단 말이오? 짐승들도 그러지 않을 거요."

"그러게 말이다."

"그런 놈을 장수로 내세운 조선 임금은 눈이 붙어 있기나 하오?"

"이놈!"

임휘석이 눈을 치켜떴다가 곧 웃었다. 허탈한 웃음이다.

"아느냐?"

눈만 치켜뜬 안용남에게 임휘석이 말을 이었다.

"나는 임금을 위해서 싸운 것이 아니다. 조선 백성을 위해서 싸우다 죽는다."

임휘석의 시선이 들판을 향했다.

"어디, 나뿐이겠느냐? 이름 없는 군사들도 마찬가지다. 조선은 망하지 않을 것이다."

길게 숨을 뱉은 임휘석이 머리를 올려 안용남을 보았다.

"봐라, 끈질기게 이어가는 핏줄을…, 저렇게 잔혹하게 학살을 당했어도 핏줄이 남아 있지 않느냐?"

임휘석의 눈동자에 초점이 잡혔다.

"바로 너처럼 말이다. 네가 조선인의 핏줄을 이어가고 있는 게다."

"에이, 여보시오."

안용남이 몸을 일으켜 임휘석을 내려다보았다.

"핏줄이 무슨 소용이 있단 말이오? 조선말을 같이 쓴다는 것뿐이지 않소? 부산진에서 이곳까지 오는 동안 조선 관리들의 무능과 장수들의 비겁한 행태를 보고 내가 조선 핏줄이라는 것이 부끄러워서 피를 다 뽑아내고 싶었소."

안용남이 숨을 골랐다. 마침 주위에 왜군의 왕래가 끊겼기 때문에 긴 말을 할 수 있었다. 임휘석은 다시 아직도 시체로 덮인 들판을 바라보고 있었는데 옆얼굴이 평온했다. 안용남이 몸을 돌리면서 말했다.

"내가 충고 한마디 하리다. 내일 우리 대장님을 만나면 조선 조정의 내막을 아는 대로 털어놓고 목숨을 부지하시오. 이놈의 땅에서 당신이 충성을 바칠 이유가 없는 것 같소."

달려오는 발소리에 안용남이 눈을 떴다. 숙소로 삼은 3칸 초가집에는 무려 20명이 넘는 군사가 들어 있었기 때문에 코 고는 소리가 요란했다. 아직 밖은 어둡다. 그때 발자국 소리가 방문 밖에서 멈추었다.

"아오야마!"

부르는 소리를 듣자마자 안용남이 몸을 솟구쳐 일어섰다. 불길한 예감으로 온몸이 굳어지는 느낌이다. 서둘러 방문을 열고 나오자 선봉군의 전령으로 낯이 익은 기치베가 마당에 서 있었다.

"아오야마, 선전관놈이 돌담에 머리를 박고 자결했어."

기치베가 투덜거렸다.

"조금 전에 발견했는데 그놈은 자네 책임 아닌가? 대장님께 보고를 해야 될지 어쩔지를 몰라서 자넬 찾아왔네."

마당으로 내려간 안용남의 옆에 붙어선 기치베가 말을 이었다.

"경비장 사토 님이 자네가 보고 하는 것이 낫다고 하네."

인시(새벽 4시) 무렵이어서 아직 세상은 짙은 어둠에 덮여 있다. 임휘석을 묶어둔 초가로 다가가면서 안용남이 투덜거렸다.

"제에길…, 나한테 책임을 덮어씌우려고 안달이군."

임휘석은 상주성 아랫마을의 초가집 담장 가에 두 손을 묶은 채 놔두었는데 무릎이 부서져서 움직일 수 없었기 때문이다. 초가집 안에도 수십 명의 왜군이 자고 있었는데 이미 모두 깨어나 임휘석의 시체 주위에서 웅성거렸다.

"비켜! 이 자식들아!"

조장이 된 지 얼마 되지 않았지만 안용남이 소리치자 왜군들이 쫙 길을 텄다. 횃불에 비친 임휘석의 시체는 처참했다. 돌담에 머리를 힘껏 박아서 머리 윗부분이 다 깨어져 흰 뇌수가 쏟아져 나왔다. 그러나 눈을 감은 얼굴은 평온해 보였다.

"지독한 놈이야."

옆에 붙어 서 있던 기치베가 혼잣말을 했다. 그도 조장급이다. 힐끗 안용남을 쳐다본 기치베가 말을 이었다.

"더 이상 수모를 당하지 않으려고 죽은 것 같군. 조선땅에 와서 무장다운 무장을 처음 보았어."

안용남이 군사가 가져온 거적을 임휘석의 시체 위에 덮었다.

"고니시군이 동래부사 송상헌을 잡아 죽일 때도 문관이었지만 장렬하게 죽었다는군. 가끔 그런 놈도 있는 모양이야."

다시 기치베가 말했을 때 안용남이 버럭 소리쳤다.

"그만 지껄여! 시체 앞에서 염불하는 거냐?"

기치베가 찔끔했고 군사들이 한 발짝 뒤로 물러섰다. 어깨를 부풀린 안용남이 주위를 둘러보며 말했다.

"이런 일로 대장님을 깨울 수는 없다. 대장님이 일어나시면 내가 보고하겠다."

보고에는 책임이 뒤따른다는 뜻이다. 기치베가 뒷걸음으로 물러가자 군사들도 모두 흩어졌다. 마당에 시체와 둘이 남았을 때 갑자기 짙은 피비린내가 풍겨왔다. 동쪽 산등성이가 조금 부옇게 껍질이 벗겨진 것처럼 보였지만 아직 어둡다. 구석에 피워놓은 모닥불도 사그라져가는 중이었다. 안용남이 거적에 덮인 임휘석의 시체 옆으로 다가가 섰다.

"잘 죽었소."

안용남이 제법 큰 목소리로 말했다. 조선말이어서 누가 듣는다고 해도 알아듣지 못한다.

"제법 무장답소."

피비린내가 다시 코를 자극했지만 역겹지는 않다. 내친김에 안용남이 말을 이었다.

"당신 같은 위인이 좀 많이 나오는 것이 은근히 기다려지는구려. 왠지 모르겠소."

"충주성은 1번대가 맡기로 했다."

하라다가 말하더니 머리를 돌려 말석에 서 있는 안용남을 보았다.

"아오야마, 오카다에게 돌아가서 당분간 진출하지 말라고 전해라."

"예."

머리를 숙인 안용남에게 다시 하라다가 말을 이었다.

"충주 싸움은 조선 진출 후에 가장 큰 규모의 전투가 되겠지만 그건 1번대 몫이다. 우리가 너무 앞섰다."

그리고 공도 세운 것이다. 하라다는 선전관 임휘석의 자결 보고를 받고는 머리만 끄덕였을 뿐이다. 본진을 물러나온 안용남이 오카다의 첨병대로 귀대했을 때는 사시(오전 10시)가 되어갈 무렵이다. 오카다에게 하라다의 지시를 전하고 조(組)의 숙소로 삼고 있는 폐가에서 쉬고 있을 때 고노가 찾아왔다.

"아오야마, 네 용명(勇名)이 이제는 첨병대는 물론 선봉군에도 쫙 퍼졌다."

마루에 앉은 고노가 얼굴을 펴고 웃었다.

"어제 네 모습을 우리가 뒤에서 다 보았기 때문이야."

"어제 부하 넷을 잃었소."

"앞으로는 졸개들이 모두 네 부하가 되려고 할 거다."

마당에 어디서 왔는지 모르는 닭 한 마리가 모이를 쪼고 있는데 곧 졸개들한테 잡아먹힐 것이었다. 고노가 안용남에게 물었다.

"아오야먀, 모처럼 쉬는 날인데 사냥을 가지 않겠느냐? 한베이는 벌써 떠났다."

"…."

"산속과 골짜기를 뒤져서 숨어있는 피란민 찾는 재미가 짐승 사냥하는 것보다 큰 모양이다."

고노의 얼굴에 웃음이 떠올랐다.

"짐승보다 느려서 잡기도 쉬운 데다 잘하면 재물도 뺏고 회포도 풀수 있거든. 너하고 같이 사냥을 가려고 온 거다."

고노의 시선을 받은 안용남이 이윽고 머리를 끄덕였다.

"활을 가져가지요."

방으로 들어간 안용남이 각궁(角弓)과 살통을 들고 나왔는데 조선 활이다.

"아니. 그거, 조선 활이 아니냐?"

고노가 묻자 안용남이 쓴웃음을 지었다.

"내가 쓰시마에서 사냥할 때 쓰던 활이오."

"그렇지."

안용남한테서 활을 받아 쥔 고노가 시위를 당겨보면서 머리를 끄덕였다.

"네가 백제계였지. 네 조상이 갖고 온 활이구나."

"쓰시마에서 만든 겁니다."

살통을 등에 맨 안용남이 마당으로 내려서자 졸개들이 물었다.

"조장, 사냥 가시오? 저희들도 데려가지요?"

"둘만 따라오너라."

안용남이 말하자 곧 둘이 붙었고 일행은 넷이 되었다. 졸개 둘은 뒤에 따르게 하고 안용남과 고노는 나란히 들길을 걷는다. 오시(낮 12시)가 조금 지났을 무렵이어서 햇살이 환했다. 이곳저곳에 피어난 이름 모를 꽃 더미 위에서 나비들이 팔랑대며 떠 있다. 평화로운 풍경이다. 그러나 2리만 서쪽으로 나아가면 도랑가에는 학살당한 조선군과 양민의 시체가 수백 구 쌓여 있다. 고노가 혼잣소리처럼 말했다.

"이봐, 아오야마. 9년 전만해도 나는 시바다 가쓰이에 님의 본성(本城) 기타노쇼에서 1백 석 녹봉을 받는 경호무사였다."

그렇다면 소문이 사실이란 말인가? 시바다 가쓰이에는 오다 노부나가의 중신으로 히데요시와 싸워 패망한 역적이다. 안용남의 표정을 본 고노가 방긋 웃었다.

"나는 신분을 숨기고 시바다 님을 패망시킨 주역 중의 하나인 가토 기요마사의 1백 석 녹봉을 받는다. 기이한 인연 아닌가?"

"그런 소문을 들은 것 같습니다."

43

안용남이 말하자 고노가 머리를 끄덕였다.

"내가 알기로는 가토 님 휘하에 아케치 미쓰히데의 잔당도 있어."

놀란 안용남의 시선을 받은 고노가 쓴웃음을 지었다.

"그것이 태합 전하의 용인술이지. 전쟁을 이용해서 전리품을 챙기고 무사들의 일자리를 챙기며 불순분자를 자연스럽게 소탕하는 것이야. 일석삼조다."

태합(太閤)이란 지금 일본을 지배하는 도요토미 히데요시(豊臣秀吉)를 말한다. 꿩 한 마리가 발밑에서 튀어 올라 왼쪽으로 날아갔지만 활을 겨누기에는 늦었다. 뒤를 따르던 졸개들이 탄성을 질렀다. 아케치 미쓰히데가 누구인가? 바로 히데요시의 주군이었던 오다 노부나가를 혼간사에서 기습해 죽인 반역자다. 히데요시는 미쓰히데를 죽인 공으로 실력자로 부상했으며 권력 다툼에서 노부나가의 중신 시바다 가쓰이에를 죽이고 마침내 일본 천하를 장악했다. 그 미쓰히데의 가신도 가토군 휘하에서 장수가 되어있다는 말이다. 고노의 말이 이어졌다.

"아오야마, 그대도 우리와 같다."

"무엇이 말씀이오?"

"쓰시마의 백제계가 이번에 통역이나 징용으로 몇 명이 끌려왔나?"

"5천쯤 되오."

"그것이 무슨 의미겠는가?"

"모릅니다."

등에 맨 살통에서 화살을 꺼낸 안용남이 이번에는 꿩이 나타나면 놓치지 않으리라고 마음먹었다. 고노가 머리를 돌려 안용남을 보았다.

"대마도주가 이번에 1번대장 고니시 님 사위로 바뀌었지?"

"그렇습니다."

"백제계 5천이면 젊은이 대부분을 끌고 온 셈이다, 그렇지?"

"맞소."

"쓰시마에서 이 기회에 백제계를 멸족시키려는 작전이라고 생각되지 않나?"

안용남은 숨만 들이켜고 대답하지 않았다. 맞는 말인 것 같다. 새로운 대마도주 소 요시토시(義知)는 통역 명목으로 가차 없이 백제계만 징발했다. 조선어를 아는 왜인은 제외시켰다. 그때 고노가 긴 숨을 내쉬고 나서 말했다.

"이 전쟁으로 지난 10년 전 천하 혼란 때 생겨난 떠돌이 무사들은 모두 모아서 소진시키려는 거야. 그래서 나도 받아들인 거고 미쓰히데의 잔당들도 등용된 것이라구."

"모르겠소."

뱉듯이 말한 안용남이 걸음을 늦추고는 주위를 둘러보았다. 어느덧 골짜기 입구로 들어서 있었는데 피비린내가 진동했다. 시체 썩는 냄새도 났다. 갑자기 심장박동이 빨라졌고 저절로 어금니가 물려졌으므로 안용남은 눈을 부릅떴다. 지금까지 자신이 백제계라는 것만 인식했지 이 땅, 이 사람들에 대한 어떤 연민도 존재하지 않았다. 그런데 윗놈들은 아닌 모양이다. 그때 앞에서 움직이는 물체가 보였다. 사슴 같다. 무의식중에 활을 겨눈 안용남이 1백여 보 밖의 물체를 향해 살을 날렸다.

"쌕!"

골짜기 안으로 화살이 빨려 들어갔다.

"캥!"

펄쩍 뛰어 오르면서 땅바닥에 내동댕이치듯이 쓰러진 짐승은 개다.

"이런…."

그쪽으로 다가가면서 고노가 투덜거렸다.

"화살만 버렸네. 시체 뜯어 먹는 개야."

졸개들이 그쪽으로 달려갔으므로 안용남이 소리쳤다.

"화살만 빼오너라!"

이제는 쌓여진 시체가 보였다.

골짜기 안으로 5백 보쯤 들어가자 폭이 좁아지면서 짙은 숲이 펼쳐졌다.

"여기서 막힌 모양이군."

고노가 몸을 돌리면서 말했을 때 안용남이 머리를 저었다.

"피 냄새가 납니다."

"천지가 피 냄새 아닌가?"

시큰둥한 표정으로 고노가 발을 뗐지만 안용남은 숲을 헤치고 들어갔다.

"이봐, 아오야마! 어디 가느냐?"

불렀던 고노가 뒤를 따랐고 졸개들도 숲으로 들어섰다. 잡목이 무성했고 잡초가 무릎까지 덮어서 다섯 걸음 앞은 보이지 않는다. 숲 안으로 30보쯤 들어간 고노는 나무 옆에 서 있는 안용남의 뒷모습을 보았다. 잡초를 헤치고 겨우 다가간 고노가 잔소리를 하려고 막 입을 벌렸을 때다.

"헉!"

놀란 고노의 입에서 숨 들이켜는 소리가 그렇게 들렸다. 눈앞에 펼쳐진 참상 때문이다. 풀숲 위에는 7, 8명의 시체가 널브러져 있었는데 모두 머리가 몸통에서 떼어졌고 내장이 튀어나왔다. 배를 갈라 내장을 끄집어낸 것이다. 내장을 나뭇가지에 걸쳐 놓은 것도 있다. 고노의 시선이 옆으로 옮겨졌다. 그곳에는 여자 둘이 알몸으로 쓰러져 있다. 그런데 음부에 나뭇가지를 박아놓았다. 강간을 하고 죽인 것이다. 여자들은 목 자르기 내기를 하지 않았는지 머리는 붙어 있지만 음부에서 흘러내린 피가 하반신에 낭자해서 처참한 모습이다.

"한베이 짓이야."

고노가 여자 음부에 박힌 나무를 빼내면서 말했다.

"그놈은 꼭 이런 짓을 하거든."

살육한 지 얼마 되지 않아서 시체에는 벌레들이 아직 꼬이지는 않았다.

"한베이가 저쪽으로 간 것 같군."

앞쪽을 턱으로 가리키며 고노가 말했다. 산등성이 쪽으로 풀숲이 갈라진 흔적이 나 있는 것이다. 젖혀진 잡초에 밟은 자국이 뚜렷했다. 서너 명이다.

"따라 가겠는가? 이곳에서 저만큼 잡았으면 안에 더 숨어 있을 가능성이 많아. 그래서 한베이가 들어간 거야."

고노가 의향을 물었으므로 안용남이 머리를 저었다.

"싫소. 난 먹을 짐승을 잡으려고 왔습니다."

"산짐승은 보이지 않고 시체를 뜯는 들개 떼만 있지 않는가?"

투덜거리면서 고노가 몸을 돌렸다. 산길이 좁아서 다시 안용남이 앞장섰고 그 뒤를 고노와 두 졸개가 종대로 서서 풀숲을 헤치고 나온다.

"한베이가 귀를 10개는 더 모았겠군."

고노가 혼잣말을 했다. 시체의 귀는 다 떼어져 있었던 것이다.

"그놈이 아마 귀는 가장 많이 모은 조장일 거야."

그때 안용남은 옆쪽 덤불 속에서 나뭇가지가 흔들리는 것을 보았다.

무성하게 엉킨 나뭇가지 한 개가 흔들렸던 것이다 다시 20여 보를 걷자 골짜기가 조금 넓어졌다. 잔 나무도 엉키지 않았으므로 졸개들이 한숨을 내쉬었다. 안용남이 머리를 돌려 고노를 보았다.

"여기서 좀 기다리시오, 볼일을 좀 보고 오겠소."

"어, 그래."

고노가 발을 떼어 앞쪽 작은 개울을 향해 다가가며 말했다.

"난 그동안 씻고 있을 테니까 천천히 볼일 보고 나오게."

안용남은 몸을 돌려 다시 울창한 잡목 숲으로 들어섰다. 그러고는 손에 쥐고 있던 활을 등에 매고 허리에 찬 칼을 빼들었다.

조금 전에 흔들리던 덤불 가지 앞으로 다가간 안용남이 칼을 휘둘러 가지를 쳐냈다. 두 걸음 안으로 들어가자 나뭇잎에 가려진 바위틈에 희끗한 물체가 보였다. 사람이다. 칼을 휘둘러 다시 나뭇가지를 쳐내었을 때 사람의 상반신이 드러났다. 여자다. 머리칼이 헝클어졌고 옷도 찢겨 있었지만 검은 눈동자가 또렷한 젊은 여자. 그런데 여자의 손에는 비수가 쥐어져 있다. 그때 안용남이 칼을 휘둘러 여자의 앞을 가린 나뭇가지를 다 쳐내었다. 이제 여자는 바위틈에 쪼그리고 앉은 채 손에 비수를 쥔 모습이 다 드러났다. 치마저고리는 깨끗했다. 저고리 소매 한쪽이 찢어졌고 한쪽 볼에 긁힌 상처가 있다. 미인이다. 그때 여자가 떨리는 목소리로 말했다.

"이놈, 내 시체를 가져가거라."

다음 순간 여자가 비수로 제 가슴을 찌르려 했다. 그러나 그것은 마음뿐이다. 안용남이 칼등으로 여자의 칼 쥔 손목을 내려쳤기 때문이다. 칼을 놓친 여자가 손바닥으로 제 가슴을 치고 말았다. 그 순간 치켜뜬 여자의 눈에서 눈물이 쏟아졌다. 여자가 울먹이며 말했다.

"아이고 어머니…."

"날 따라와. 내가 숨겨줄 테니까."

불쑥 안용남이 말했더니 놀란 여자의 입이 딱 닫혔다. 다음 순간 딸꾹질이 일어난 여자의 어깨가 들썩였다. 눈물과 콧물로 범벅이 된 얼굴로 여자가 안용남을 보았다. 왜놈이 조선말을 한 것이다. 여자가 다시 딸꾹질을 했을 때 안용남이 말했다.

"조금 전에 살육을 한 놈들이 곧 내려올 텐데 이곳에 있다가는 잡힌다. 그러니 날 따라와."

"당, 당신은…."

여자가 겨우 말했을 때 안용남이 이맛살을 찌푸렸다.

"서둘러라, 이야기를 나눌 시간이 없다."

몸을 돌린 안용남은 발을 떼었고 뒤쪽의 기척을 들었다. 여자가 따라오는 것이다. 전장을 여러 번 거쳤기 때문에 안용남도 그런 습성이 있다. 자신이 살육했던 현장은 다시 보고 싶지 않다. 안용남이 살육의 현장으로 다가가자 여자의 걸음이 늦춰졌다. 현장으로 다가간 안용남이 몸을 돌려 여자를 보았다. 여자는 키가 컸다. 날씬한 몸매다. 여자가 두려운 표정으로 안용남을 응시했다.

"저쪽 덤불 속이 좋겠다."

안용남이 창자가 늘어져 있는 덤불 속을 가리켰다.

"놈들은 이곳을 피해 지나갈 테니 놈들이 지나갈 때까지만 숨어 있어."

나뭇가지 사이로 하늘을 본 안용남이 말을 이었다.

"아마 한식경(30분) 후면 돌아올 테니까 그때까지만 숨어 있어."

그리고는 안용남이 몸을 돌리자 뒤쪽에서 여자가 물었다.

"왜 살려주시오?"

잠자코 발을 떼는 안용남의 등에 대고 여자가 다시 물었다.

"당신은 뉘시오? 왜군이 맞소?"

몇 걸음 더 걸었더니 여자의 목소리가 다급해졌다.

"난 갈 데가 없습니다. 나중에 돌아와 주시겠소?"

안용남이 나무등치를 돌아 나오자 더 이상 목소리는 들리지 않았다. 트인 곳으로 나왔을 때 개울가에서 씻은 얼굴을 말리고 있던 고노가 쓴 웃음을 지었다.

"이 골짜기는 한베이가 다 훑고 간 것 같구만. 다른 곳으로 가자구."

"그러지요."

앞장서서 발을 떼면서 안용남이 주위를 둘러보았다.

"사람 사냥하기에는 좋은 곳입니다."

사람 사냥꾼 한베이를 두고 한 말이다.

한베이는 28세였으니 안용남보다 네 살 연상이다. 첨병대장 오카다의 처가 쪽 친척으로 첨병대 안에서는 안하무인, 그러나 전공도 많이 세웠다. 본인은 무심검(無心劍)을 10년 동안 수련했다고 해서 모두 그런 줄 안다. 유시(오후 6시) 무렵, 첨병대는 저녁식사를 하는 중이었는데 안용남의 조(組)가 묵는 초가의 마당으로 한베이가 불쑥 들어왔다.

"여, 아오야마."

한베이가 마루에 앉아있는 안용남을 보더니 이를 드러내고 웃었다.

"듣자하니 내가 훑고 간 골짜기를 들어가 시체 청소만 했다던데, 맞나?"

닷새 전만 해도 안용남은 한베이의 조에 통역으로 배속되었다가 칼부림을 당했다. 칼을 피하지 못했다면 죽었고 항명으로 처리되었을 것이다.

"맞아, 한베이."

안용남이 대답하자 숨을 들이켠 한베이가 토방으로 올라와 마루 옆자리에 앉았다. 눈은 치켜떴지만 입술은 웃는다.

"아오야마, 조장이 되었다고 건방져졌구나."

"지난번처럼 너한테 칼부림만 당하지는 않게 되었어."

안용남도 입으로만 웃었다. 마당을 오가던 졸개들이 바짝 긴장했고 집안이 조용해졌다. 어깨를 편 안용남이 한베이를 쏘아보았다.

"왜? 귀 사냥만 하다 보니 먹을 것이 모자란 것이냐? 내가 잡아온 노루 두 마리는 벌써 다 먹었다."

"이 개새끼."

마침내 한베이가 어금니를 물었다가 풀고 말했다.

"내일 아침에 너하고 우리 조가 충주성 근처까지 정찰을 다녀오라는 지시다, 이 개자식아."

"하필 가장 더러운 놈하고 같이 가게 되었군."

쓴웃음을 지은 안용남이 어깨를 펴고 한베이를 보았다.

"좋아. 내가 앞장을 서지."

그러자 한베이가 호흡을 조정했다.

"새벽 인시에 출발이니 마을 아래 은행나무 앞에서 만나자."

자리에서 일어난 한베이가 마당으로 내려갔을 때 안용남이 등에 대고 말했다.

"한베이, 너도 보았겠지만 적진에 일번창으로 들어가는 건 무방비

상태의 양민 배를 가르는 것보다 조금 어려울 뿐이다. 그러니 기운을 내라."

한베이의 어깨가 올라갔지만 뒤를 돌아보지 않고 마당 밖으로 나갔다. 한베이의 모습이 사라지자 안용남이 어깨를 늘어뜨리면서 길게 숨을 뱉었다. 이제 어둠이 덮이고 있다. 마당을 오가는 졸개들의 분위기가 다시 밝아졌다. 안용남이 노루 두 마리를 잡아왔기 때문이다. 한 마리는 고노에게 들려 보내고 한 마리로 졸개들과 나눠 먹었는데도 고기가 남았다. 그때 방으로 들어갔다가 나온 안용남이 마당으로 나서면서 말했다.

"나, 고노 님께 다녀오겠다."

"예, 다녀오시오, 조장."

졸개들의 인사를 받으면서 밖으로 나온 안용남이 초가 마을 모퉁이를 돌아 아랫길로 내려갔다.

"누구냐!"

마을 입구에서 초병의 검문을 받았지만 소리쳐 신분을 밝힌 안용남이 서둘러 골짜기로 향한다. 이제 어둠이 덮여서 사방은 적막강산이다. 첨병대 숙소로 삼은 마을도 산 일부분처럼 어둡다. 불을 켜지 않았기 때문이다. 안용남이 골짜기 입구로 들어섰을 때는 한식경쯤 후다. 시체를 먹는 들개 한 마리가 인기척을 듣더니 내달려 도망쳤다. 골짜기 안에서 다시 피비린내가 진동했다. 안용남의 걸음이 더 빨라졌다. 살아있을까?

"아직 거기 있느냐?"

골짜기 윗부분, 짙은 풀숲으로 막힌 곳에 다다른 안용남이 소리쳐 부른 순간이다. 앞쪽 숲이 갈라지면서 짐승 한 마리가 튀어나왔다. 크다. 담대한 편이어서 어지간한 일에는 움찔도 하지 않는 안용남이지만, 휘청 한 걸음 뒤로 물러서면서 허리에 찬 칼을 후려치듯 뽑았다. 짐승이 내달려왔다. 짙은 어둠에 덮인 숲, 지척이 분간되지 않는 풀숲을 뚫고 거침없이 달려오는 짐승. 숨 한 번 들이켜는 순간, 짐승이 두 발짝 앞까지 달려왔다.

"앗!"

그 순간 안용남의 입에서 놀란 외침이 터졌다. 짐승은 여자다. 그 여자. 다음 순간 여자가 안용남의 가슴에 몸을 던졌다. 놀라고 당황했지만 안용남은 자신이 빼든 칼에 여자가 찔릴까봐 두 팔을 벌렸다. 여자는 그대로 가슴에 파고들었다.

"흐흑…."

두 팔로 안용남의 허리를 감아 안은 여자의 입에서 커다란 울음소리가 터졌다. 안용남이 한 팔로 여자가 넘어지지 않도록 부축했더니 여자가 더 크게 울었다. 숲속에 여자의 울음소리가 울려 퍼졌다. 안으로 30보만 더 들어가면 처참하게 죽은 시체들이 널브러져 있다. 그 시체 사이에 숨어있으라고 했더니 지금까지 박혀 있었단 말인가? 돌아와 달라길래 대답도 하지 않았는데도 기다렸단 말인가? 여자가 가슴에 얼굴을 비비며 울더니 이윽고 어깨를 들썩이며 울음을 가라앉혔다. 그때 안용남이 여자의 몸을 떼어내며 말했다.

"자, 우선 밖으로 나가자."

여자가 비틀거렸으므로 안용남은 겨드랑이에 팔을 껴서 절반은 안 듯이 하고 숲을 나왔다. 작은 개울가로 나왔을 때 공기가 좀 맑아졌다.

"자, 이걸 좀 먹어라."

방에서 가져온 노루고기 삶은 것과 주먹밥 한 덩이를 내민 안용남이 개울가에 앉았다.

"천천히 먹어, 개울물 마시면서."

먹을 것을 받아든 여자가 울다가, 딸꾹질을 하다가, 씹다가, 물을 마시는 바람에 안용남은 조마조마했다. 어두워서 다행이었다. 여자도 경황 중이었지만 낮이라면 부끄러웠을 것이기 때문이다. 여자가 다 먹고 긴 숨을 내쉬었을 때 안용남이 입을 열었다.

"이봐, 충주성 쪽으로는 가지마. 곧 그곳에서 전투가 일어날 거야."

여자는 시선만 주었고 안용남이 말을 이었다.

"내가 골짜기 밖까지는 데려다 주겠지만 거기서부터는 혼자 가야 돼. 거기서 서남방으로 쭉 내려가라구. 전라도 쪽이 지금은 안전할 거야."

"저, 못 걸어요."

불쑥 여자가 말했으므로 안용남이 이맛살을 찌푸렸다.

"못 걷다니?"

"발에 물집이 생겨 부르텄어요."

어깨를 늘어뜨린 안용남이 길게 숨을 뱉고 나서 여자의 발을 잡았다. 버선을 신은 발 한쪽에만 가죽신이 걸쳐져 있다. 놀란 여자가 발을 빼려고 힘을 주었다가 곧 늘어뜨렸다. 버선을 벗긴 안용남이 여자의 발을 개울에 담갔다. 여자가 작게 신음소리를 냈을 때 안용남이 몸을 일으켰다.

"내가 숲에 들어가서 옷가지라도 챙겨올 테니까 기다려라."

"아니에요, 가지마세요. 무서워요."

질색을 한 여자가 안용남의 바짓가랑이를 잡았다. 여자가 울음 섞인 목소리로 말을 이었다.

"그냥 이대로가 좋아요. 가지 마세요."

발의 물집을 손톱 끝으로 따고 말린 다음 다시 버선을 신긴 후에 안용남이 여자에게 등을 내밀었다.

"업혀라."

그러자 여자가 두말 않고 업혔으므로 안용남은 숨을 들이켰다. 업고 일어섰더니 생각보다 가볍다. 여자를 들쳐업으면서 풀어놓은 칼과 보퉁이를 뒤로 넘겨주었다. 여자가 칼과 보퉁이를 꺼안고 업힌 셈이다. 안용남은 빠른 걸음으로 골짜기를 내려가기 시작했다.

"어디로 가요?"

여자가 그때서야 물었으므로 안용남이 대답했다.

"내가 봐둔 데가 있어. 골짜기 건너편 산중턱의 폐가로 가는 거야."

여자가 두 팔로 안용남의 목을 안았다. 그러자 흔들리지 않고 걷기가 더 편해졌다. 어둠에 눈이 익숙해졌으므로 안용남은 거침없이 발을 떼었다.

"다 죽었어요."

여자가 불쑥 말하더니 긴 숨을 내쉬었다.

"내 유모, 하녀, 하인들까지 다."

"…"

"내 이름은 여진입니다. 상주 김 판서 댁 서녀(庶女)죠, 제 아비 되는 분이 형조 판서를 지낸 김명기고 제 어미는 두 번째 첩이지요."

"…"

"아비는 마침 한양 도성으로 출타했고 어미는 불사를 드린다고 합천 마곡사에 간 사이에 이 난리를 만났습니다. 집안 하인들과 이 골짜기로 숨어들었다가 다 죽었어요."

"이젠 정신이 나느냐?"

여진을 추켜 업으면서 안용남이 묻자 바로 대답이 돌아왔다.

"나리는 왜군이 맞소?"

"그렇다."

"조선어를 어디서 배웠소?"

"대마도에서."

"그럼 조선인이구려. 대마도가 경상도 관찰사 휘하의 섬 아니오?"

"녹봉이나 제대로 주고 제 땅이라고 해야지."

"나리 성함이 무엇이오?"

"알아서 뭐 하려고?"

문답이 가벼워졌다. 여진은 밝은 성품인 것 같다. 안용남의 목을 고쳐 안은 여진이 말을 이었다.

"나리, 날 폐가에 두고 가시려오?"

"부대로 돌아가야지."

"그냥 가시게요?"

이윽고 골짜기를 벗어난 안용남이 황무지를 건널 때 들개 서너 마리와 마주쳤다. 업힌 여진도 그것을 보더니 안용남의 목을 단단히 감아안는다. 그러나 개떼는 눈에 푸른빛을 번쩍이며 스치고 지나갔다. 골짜기의 시체 냄새를 맡은 것 같다. 그때 여진이 다시 물었다.

"나리, 성함을 알려주시오."

"안용남이다."

"성혼을 하셨소?"

"못 했다."

"왜요?"

"시끄럽다."

"난 올해 스물인데 가을에 양 승지 댁 서자하고 혼례를 치르기로 했는데 난리 때문에 될지 모르겠소."

"…"

"얼굴도 보지 못한 작자인데 잘 되었지요. 열여덟이랍니다."

조금 지쳤으므로 안용남은 걸음을 멈추고는 여진을 내려놓았다. 여진이 풀밭에 앉더니 안용남을 올려다보았다. 이곳은 트인 들판이어서 바람이 서늘했고 별도 반짝였다. 여진의 눈동자도 별빛을 받고 선명하게 드러났다. 그때 여진이 말했다.

"나리, 여기 앉으세요."

목소리가 부드럽게 울렸다.

2장 왕의 도망

안용남이 여진의 옆에 앉으면서 쓴웃음을 지었다.

"네가 교태를 부리는구나."

"제 나이 스물입니다."

조금 굳어진 목소리로 말했지만 여진은 똑바로 안용남을 보았다.

"나리께 드릴 것은 제 정조뿐입니다."

"대담하구나."

"눈앞에서 사람이 죽어나가는 꼴을 보았으니 그보다 더한 일이 있겠습니까?"

"말도 잘한다."

그때 여진이 치마 속으로 손을 넣더니 부스럭거렸다. 곧 치마 밑으로 끈이 풀린 속곳이 발밑으로 끌려 내려졌다. 그러더니 여진이 풀 위로 그대로 누우면서 말했다.

"나리…."

"이런…."

오히려 당황한 안용남이 엉겁결에 어둠에 덮인 들판을 둘러보았다. 그러고는 어깨를 움찔했다가 곧 바지 끈을 풀었다. 들판 어느 쪽에서인가 개가 짖었다. 그것이 오히려 빈 들판에 바람 소리만 들리는 것보다는 나았다. 안용남은 이미 무섭게 흥분되어 있었다. 안용남은 곧장 여진을 덮쳤다. 여진은 말은 대담했지만 잔뜩 긴장한 채 몸을 움직이지 않는다. 안용남은 여진의 다리를 벌리고는 곧장 몸을 합쳤다.

"아, 아, 앗…!"

여진의 비명이 들판을 울렸다. 거칠게 진입한 터라 여진은 아직 준비가 덜 되어 있었다. 여진이 두 손으로 안용남의 어깨를 움켜쥐었다. 치켜뜬 눈이 별빛을 받아 반짝였다.

"아이구…, 나리!"

그러나 안용남은 거침없이 허리를 흔들기 시작했다.

"아이구…, 아이구."

허리를 움직일 때마다 여진의 비명이 퍼져나갔다. 안용남이 상반신을 든 채로 여진의 저고리 고름을 당겨 풀었다. 그러나 치마끈이 젖가슴을 단단히 동여매서 젖가슴은 잡히지 않는다.

"아이구…, 나리, 살살…."

여진의 비명이 더 높아졌다. 그러나 안용남의 움직임은 오히려 더 거칠어졌다. 그 사이에 동여맨 치마끈이 풀렸고 여진의 젖가슴이 펼쳐졌다. 허리를 움직이면서 안용남이 여진의 젖가슴을 움켜쥐었다. 풍만하고 탄력 있는 젖가슴이 손에 가득 잡혔다.

"아이구, 나리…, 저 죽어요."

여진이 소리쳤는데 어느새 두 손이 안용남의 어깨를 움켜쥐고 있다. 그런데 밀치지 않고 당기려고 한다. 가쁜 여진의 숨소리에 섞여 비명이 이어지고 있다. 이윽고 여진이 흐느껴 울기 시작했다.

"나리, 이제 그만요…."

"좋으냐?"

안용남이 처음으로 묻자 여진이 눈을 치켜떴다. 그러나 눈동자의 초점이 멀다.

"나리, 저, 처음입니다."

여진이 헐떡이며 말했을 때 안용남은 그녀의 몸에서 탄력을 느꼈다. 그 순간 안용남은 폭발했고 여진의 몸 위에 쓰러졌다. 그리고 얼마나 시간이 지났는지 모른다. 벗은 엉덩이에 찬 기운이 느껴졌고 여진의 숨결이 가라앉기 시작했으므로 안용남은 몸을 떼었다. 바지를 추켜올리면서 안용남이 물었다.

"내가 첫 남자냐?"

"그렇습니다."

일어나 비스듬히 앉은 여진이 옷을 챙겨 입으면서 말했다. 그러더니 치마 안에서 뭉쳐진 속곳을 꺼내 내밀었다.

"이것을 버려주시지요."

"네가 버리지 왜 나를 주느냐?"

받아들면서 말했던 안용남이 피비린내를 맡았다. 그렇구나, 증표로 주는구나.

안용남이 숙소로 돌아왔을 때는 자시(밤 12시) 무렵이었으니 두 시진밖에 자지 못했다. 인시(오전 4시)에 충주성으로 정찰을 떠나게 되었기 때문이다. 한베이의 조와 2개 조가 떠났는데 이제는 안용남이 조장이 되어서 휘하에 여섯 명을 거느렸다. 지난번 전투에서 부하 다섯을 잃었는데 셋밖에 충원되지 않은 것이다. 이제 충주성에서 조선땅에 상륙한 후로 가장 큰 전투가 벌어질 것이었다. 조선군 총사령은 삼도 도순변사 인 신립으로 조선 제1의 명장(名將)으로 이름을 떨쳤는데 이번에 1만여 명의 대군을 몰고 온다는 소문이 났다. 이일의 1천 잡군과는 비교가 되 지 않는 것이다.

"이거 큰일 났다."

진시(오전 8시) 무렵, 고개를 올라가던 안용남이 굳은 얼굴로 졸개들 에게 말했다.

"산이 험하고 길이 가파른 데다 좁아서 이곳에 군사 백 명만 놓아도 1번대는 건너지 못하겠다."

"과연 그렇습니다."

뒤를 따르던 졸개가 땀을 뻘뻘 흘리면서 말했다.

"신립이가 1만 대군을 모았다는데 이곳을 막으면 1번대는 충주성은 가지도 못하고 군사를 다 잃겠습니다."

그들은 문경새재를 넘어가는 중이었다. 고개를 절반쯤 넘고 나서 쉬 고 있었더니 한베이가 물을 뒤집어 쓴 것처럼 땀을 쏟으며 올라왔다. 가쁘게 뱉는 숨에서 쇳소리가 났다.

"이거 야단났다, 아오야마."

한베이도 헐떡이며 말했다.

"이 고개를 넘지 못하겠는데."

"우리가 넘는 것이 아니니까 다행이야. 1번대가 알아서 하겠지."

안용남이 땀을 닦으며 말했을 때다. 위쪽에서 인기척이 났으므로 모 두 긴장했다. 산세가 험하고 구불구불한 길이 많아서 20여 보 앞은 보 이지도 않았기 때문이다. 그때 숲속에서 한 무리의 왜군이 나타났다.

거리가 10여 보밖에 안 되었는데도 모르고 있었던 것이다.

"어이쿠!"

한베이가 놀람과 안도의 외침을 내뱉었고 안용남도 어깨를 늘어뜨렸다. 조선군이 매복하고 있었다면 전멸했을 것이다.

"어이구, 살았다."

다가오는 왜군들을 향해 한베이가 커다랗게 소리쳤다.

"1번대 척후시오?"

"그렇소."

그쪽이 다시 묻는다.

"거긴 보아하니 2번대 척후시구만?"

"그렇소. 오카다 님 휘하요."

"나는 사쿠마 님 휘하 조장 아소요."

다가선 아소가 손등으로 얼굴의 땀을 닦으며 투덜거렸다.

"큰일 났소. 이곳 새재 너머에 신립이가 1만 대군을 거느리고 오는 중인데 우리는 70리나 떨어져 있어서 이미 늦었어."

"그렇군."

머리를 끄덕인 한베이가 안쓰러운 표정으로 아소를 보았다. 새재를 넘어가는 것은 1번대인 것이다. 2번대는 그보다 더 뒤로 떨어져 있다. 아소가 말을 이었다.

"신립이가 보낸 기마군 1천이 이미 새재 반대편을 오르고 있소. 그래서 우리가 서둘러 돌아가는 길이오."

"그럼 당분간 새재에서 양군이 대치하게 되겠소."

안용남이 한마디 거들자 한베이는 물론 아소도 머리만 끄덕였다.

"하긴 열흘 동안 너무 빨리 왔지."

안용남이 말했을 때 아소가 다시 발을 떼면서 말했다.

"새재에다 1천 병력만 깔아도 1번대는 물론이고 2번대도 건너오기 힘들 거요."

새재 중턱에 선 삼도 도순변사 신립이 손등으로 이마의 땀을 닦았다. 사시(오전 10시) 무렵, 말이 지쳤기 때문에 내려서 끌고 오느라 땀이 비 오듯이 쏟아졌다. 그만큼 새재가 가파른 것이다.

"에에, 길이 험하구나."

역정을 낸 신립이 주위에 선 장수들을 보았다. 신립이 직접 문경새재 정찰을 나온 것이다. 그러니 장수들이 거의 다 따라왔다. 신립이 가쁜 숨을 내쉬며 물었다.

"탄금대와 이곳 새재 둘 중에서 왜적을 치는데 어느 곳이 낫겠는가?"

그때 충주목사 이종장이 나섰다.

"왜적이 지금까지 무인지대를 달려온 것처럼 기세를 타고 있습니다. 그러니 탄금대에서 맞아 싸우는 것보다 이곳에서 막는 것이 나을 것 같습니다."

신립이 대꾸하지 않고 서울에서 따라온 종사관 김여물을 보았다. 김여물은 비록 종사관으로 신립을 따라왔으나 작년에는 의주목사를 지냈으니 신립보다 관등이 높았다. 하지만 작년에 정철의 당으로 몰려 투옥되었는데 난이 일어나자 사면을 받았다. 그리고 나서 신립이 부랴부랴 삼도 도순변사로 파견될 때 끌려나온 것이다. 마침 어전에 있다가 신립이 가자고 하는 바람에 휩쓸린 셈이다.

"종사관 생각은 어떻소?"

정2품 신립이 정5품 김여물에게 제법 예의를 차리고 물었다. 그러자 김여물이 입맛을 다시고 나서 대답했다.

"저는 문관이어서 병법은 모르나 적은 계속 뒤를 잇는 대군이고 우리는 1만여 명이 아닙니까? 더욱이 기세를 탔으니 넓은 땅에서 맞는 것은 불리할 것 같습니다. 이곳이 방어하기가 적당하니 이곳에 진을 펼치시지요."

"맞습니다."

관등은 도순변사로 정3품이었으나 며칠 전 상주 싸움에서 1천여 명 관군을 잃고 도망친 죄가 있는 터라 말석에 서 있던 이일이 나섰다. 신립의 시선을 받은 이일이 말을 이었다.

"정면으로 맞아 싸우는 것은 불리합니다. 왜적의 조총대에게 기회를 주면 안 됩니다."

"그대는 입을 다물라."

눈을 치켜뜬 신립이 이일의 말을 자르고는 김여물을 보았다.

"왜적도 그렇게 생각했을 것이오. 우리가 이곳을 방어할 것이라고 말이오."

쓴웃음을 지은 신립이 장수들을 둘러보았다.

"조선군은 기마군이 3천이나 있다. 왜군의 1번대는 기마군이 1천도 되지 않는다고 들었는데 기마군으로 방어를 하란 말인가?"

신립의 시선이 다시 이일을 보았다.

"그렇지 않은가?"

"기마군은 많지 않았소, 하지만…."

"내가 여진 기마군을 무찌른 조선 북방 기마군 3천을 이끌고 있는데 이런 산속에 박혀서 왜군을 방어하다니."

어깨를 부풀렸다가 내린 신립이 명령했다.

"적의 의표를 찌르는 것이 병법의 기본이다. 조선군은 탄금대에서 왜군을 맞아 격멸시킬 것이다."

전권을 지닌 총사령의 지시다. 모두 입을 다물었지만 김여물이 나섰다.

"대감, 탄금대에서 왜적을 맞는다면 그럼 달래강을 건너서 진을 칩니까?"

"허어, 과연 그대는 문관(文官) 행세를 하시는구려."

쓴웃음을 지은 신립이 말에 오르더니 고개를 내려가기 시작했다. 이곳을 비워놓을 테니 고개 꼭대기까지 올라갈 필요도 없는 것이다. 신립이 주위를 둘러보며 말을 이었다.

"탄금대 앞에서 배수진을 칠 것이오. 그럼 군사들은 뒤에 강이 있으니 죽기를 각오하고 싸울 것이고 3천 기마군이 노도처럼 몰려가면 산도 허물어질 것이오."

"어떻게 하시겠소?"

충주목사 이종장이 묻자 김여물이 하늘을 올려다보았다. 신시(오후 4시)쯤 되었다. 앞은 갈대밭이고 수렁이다. 그리고 뒤쪽은 강이었으니 마치 함정에 빠진 것 같다. 좌우에 기병 3천이 날개처럼 받치고 있어서 든든하기는 하다. 보군 7천여 명을 배수진을 친 채 왜군을 맞을 채비를 마쳤다. 이윽고 김여물이 말했다.

"이건 배수진도 아니오."

"그럼 무엇이오?"

이종장이 묻자 김여물의 얼굴에 쓴웃음이 번졌다.

"내가 의주목사를 지냈을 때 신립은 온성부사로 여진과 싸워 여러 번 공을 세웠지요. 그러나 여진과의 싸움은 기마군 2, 3백 규모였소."

"…."

"신립의 용명(勇名)은 과장되었소. 지금 이 진(陣)을 보면 신립의 심중을 읽을 수가 있소."

"심중이 어떻습니까?"

힐끗 뒤쪽으로 시선을 준 이종장이 묻자 김여물이 길게 숨을 내쉬었다.

"뒤에 강을 두고 배수진을 쳤다고 하나 앞은 갈대밭에 수렁이오. 뒤에 강이 막혔으나 죽기를 각오하고 앞으로 나가야 하거늘, 앞에 수렁을 놓다니…."

"과연…."

이종장의 턱수염이 떨렸다.

"우리는 꼼짝 못하고 죽는구려."

"적을 수렁으로 끌어들여 섬멸시키겠다는 모양인데 끌려들겠소?"

그때 뒤에서 말발굽 소리가 들리더니 이일이 달려왔다. 이일은 가죽 갑옷을 걸쳐 입었지만 눈동자에 초점이 잡혀있지 않다. 올해 54세인 이일은 신립보다 8살 연상이다.

"두 분이 같이 계시는군."

말에서 내린 이일이 가쁜 숨을 고르면서 말했다.

"도순변사께서 배수진을 거두라고 간하는 비장 둘을 베어 죽였소."

"이런…."

이종장이 혀를 찼다. 그러나 이일은 수하군관은 말할 것도 없고 죄 없는 농군까지 베어 죽였다. 상주성 앞 싸움에서의 이일의 행태가 군사들한테까지 알려져 있는 것이다.

"야단났소. 곧 왜군이 닥칠 것이오."

바짝 다가선 이일이 치켜뜬 눈으로 둘을 번갈아 보았다.

"내가 도순변사하고 북방에서 여진을 상대로 같이 싸웠기 때문에 잘 압니다. 저 사람은 대군을 지휘할 재목이 아니오."

둘은 숨을 죽였고 이일의 말이 이어졌다.

"기마군 1, 2백으로 여진 기마군과 추격전을 하라면 잘할 거요. 그뿐이오. 저 사람과 같이 있으면 개죽음을 당하게 될 것이오."

"이보오, 순변사."

종사관 신분이지만 김여물은 의주목사로 있을 때 경원부사였던 이일과 안면이 있다. 눈을 치켜뜬 김여물이 물었다.

"그래서 어쩌자는 것이오?"

"접전이 일어나면 빠져 나갑시다."

이일이 초점 잡힌 눈으로 김여물, 이종장을 차례로 보았다.

"저 천방지축인 신립 때문에 개죽음을 당할 수는 없소. 살아남아서 조선왕조를 구출해내야 되지 않겠소?"

그때 김여물이 어깨를 늘어뜨리면서 길게 숨을 뱉었다.

"임금도 불쌍하지."

이일의 시선을 받은 채 김여물이 한 마디씩 분명하게 말했다.

"신립, 이일이 조선 제1의 명장이라고 임금이 그러더구만, 그 임금에 그 명장이지."

김여물이 얼굴을 일그러뜨리며 웃었다.

말고삐를 당겨 멈춰 선 고니시 유키나가가 굳은 얼굴로 주위를 둘러

보았다. 사시(오전 10시) 무렵, 이곳은 새재 중턱이다. 바로 어제 낮에 안용남과 한베이가 머물다 돌아간 곳이다. 무거운 쇠 갑옷을 입은 몸에서 땀이 물벼락을 맞은 듯이 쏟아졌고 말의 몸도 땀에 젖었다.

"이런 요지를 비워놓다니, 도대체 어느 곳에 신립이 진을 치고 있단 말인가?"

고니시가 말했지만 둘러선 측근들은 입을 열지 않았다. 모두 긴장하고 있기 때문이다. 선봉은 이미 새재를 넘어갔기 때문에 안심이 되었지만 도무지 믿기지가 않는 것이다. 고니시가 멈춰 서자 중군(中軍) 5천여 명의 대군이 새재 중턱에 멈춰 선 셈이 되었으므로 전령이 이리저리 뛰었고 장수들의 외침이 사방에서 일어났다. 1번대 1만 4천여 명이 지금 문경새재를 오르고 있는 것이다. 고니시가 옆에 선 중신 나가타를 보았다.

"나가타, 이게 무슨 일이냐? 신립이 조선 제일의 명장이라고 하지 않았느냐?"

"그렇습니다."

나가타가 애매한 표정으로 고니시를 보았다.

"무슨 간계가 있는 것 같아서 불안합니다. 주군, 어서 새재를 넘어 가시지요."

산속의 길은 가팔랐고 좌우 벼랑에서 아래쪽 길이 훤하게 내려다 보였다. 새재 15리 길이 다 이러니 양쪽 벼랑에 1백 명 군사만 숨겨 놓아도 1만 일본군은 새재에서 꼼짝 못 하고 당할 것이었다.

"선봉은 새재 아래쪽으로 내려갔지만 매복하고 있다가 중군을 치려는 속셈인지도 모릅니다."

나가타가 다시 간했을 때 위쪽에서 전령이 말을 내달려왔다. 전령은

68

반대쪽 산을 넘어 내려온 것이다.

"웬일이냐?"

고니시의 경호장 와타나베가 버럭 소리친 것은 전령이 모퉁이를 돌아올 때까지 이쪽에서 모르고 있었기 때문이다. 겨우 30여 보 앞에서야 시야가 트이는 험지였으니 매복에 이만큼 좋은 곳이 없다. 그때 전령이 말에서 뛰어 내리더니 땅바닥에 무릎을 꿇었다. 고니시의 전령대 부장(副將)이 직접 달려온 것이다.

"주군! 보고 드리오!"

"오, 가네다! 네가 직접 왔느냐! 무슨 급한 일이 있느냐!"

고니시의 안색이 굳어졌다. 주위의 장수들도 일제히 가네다에게 시선을 준다. 그때 가네다가 소리치듯 말했다.

"신립이 탄금대 앞에 배수진을 치고 기다리고 있습니다."

고니시가 이맛살만 찌푸렸고 가네다의 목소리가 숲을 울렸다.

"탄금대에 모인 조선 병력은 대략 1만, 그중 기마군이 3천입니다."

"탄금대라면…."

고니시가 가네다를 노려보았다.

"뒤에 강이 있고 앞이 늪지대 아니냐?"

진격로를 살피는 것이 장수의 기본이다. 그 동안 히데요시의 막장으로 수많은 전투를 치른 고니시는 탄금대와 뒤쪽의 달래강, 남한강 위치를 머릿속에 넣고 있다. 머리를 든 고니시가 확인하듯 물었다.

"그게 정말이냐?"

"예, 기마군 3천이 좌우에 벌려서 대기하고 있는데 보군은 습지와 강 사이에 있습니다."

"이건 도무지…."

머리를 기울였던 고니시가 마침내 소리 내어 웃었다.

"그 말이 사실이라면 내가 조선 명장이 아니라 미친놈을 만났구나."

그러고는 고니시가 말고삐를 다시 쥐었다.

"자, 가자. 오늘 중으로 이 싸움을 끝낼 수가 있겠다."

"죽어도 좋은 놈만 이곳에 보낸 거다."

쓴웃음을 지은 고노가 말했다.

"하지만 인간의 명(命)은 제각기 타고난 거야. 누가 사지(死地)에 밀어 넣는다고 해서 명이 끊기는 건 아니다."

지금 고노는 고니시군 지원군으로 선발된 가토군 선봉대 첨병대장 오카다를 말하고 있다. 그들은 충주성에서 조선군 명장 신립의 대군(大軍)을 맞는 1번대장 고니시군의 지원군으로 파견된 것이다. 오카다는 첨병대에서 3개 조를 뽑아 고니시군 첨병대에 배속시켰는데 지휘자는 고노다. 그리고 안용남도 3개 조에 포함되어 있는 것이다. 그러나 그들은 후방의 치중대에 배속되어 있다. 고니시군은 일본군 최정예다. 자부심이 대단해서 가토군 첨병대를 선두에 세울 생각은 없는 것이다.

"중군은 다 내려갔겠다."

새재 정상에 올랐을 때 고노가 이마의 땀을 닦으면서 말했다.

"이곳에 매복병을 배치하지 않다니, 기가 막힐 노릇이군."

"탄금대에서 기다리고 있다는데, 병사들이 도망칠까 두려운 것일까요?"

안용남이 묻자 고노가 피식 웃었다.

"제 군사를 못 믿는 장수는 이미 싸움에서 진 것이지."

"고니시 님은 오늘 해가 떨어지기 전에 전쟁을 끝낸다고 했답니다."

"그렇게 되겠지."

그들은 치중대 호위를 맡고 있어서 새재 위에서 꽤 오래 쉬었다. 식량과 집기들을 싣고 가는 말들이 지쳤기 때문이다. 그때 고노가 물끄러미 안용남을 보았다.

"아오야먀, 우리 2군에 쓰시마 용병이 몇 명인지 아느냐?"

"선봉대에 여섯인가…, 까지는 압니다."

그리고 그동안에 넷이 죽어서 안용남까지 둘이 남았다. 그것까지도 안다. 머리를 끄덕인 고노가 얼굴의 땀을 닦으면서 말했다.

"맞다. 2군 전체에 125명이 배속되었어. 그중 60여 명이 죽고 30명은 점령지 주둔병으로 남았고, 지금 현재는 30명 정도가 북진하고 있다."

"어찌 그리 잘 아십니까?"

"내가 중군에 들렀다가 가토 님 측근 가신이 하는 말을 들었기 때문이지."

이곳저곳에 주저앉은 치중병들은 대개 노약자였고 지금 앞장서 가있는 장수들의 종들도 있다. 저녁때면 제 주인에게 달려가 시중을 드는 것이다. 모두 더위와 피로에 늘어져 있었고 치중대장도 보이지 않았다. 이곳에서 오래 쉰 모양이다. 그때 고노가 말을 이었다.

"쓰시마에서 다시 조선계 향도 3천 명을 더 데려올 거야."

"3천 명이나?"

눈을 치켜뜬 안용남이 고노를 보았다.

"이번에 5천이나 데려와서 젊은 조선계는 씨가 말랐을 겁니다. 그런데도 또 뽑아오다니요? 군사가 모자란 것도 아닌데 왜 그렇습니까?"

"그대 말대로 씨를 말리려는 것이지."

고노가 목소리를 낮췄다.

"쓰시마를 이번 기회에 조선령에서 고니시 님 영지로 만들려는 것이다. 그래서 요시토시 님이 쓰시마주(主)로 임명된 것이지."

소 요시토시(義知)는 고니시 유키나가의 사위인 것이다. 이윽고 안용남이 이 사이로 말했다.

"이러다간 내 부친까지 끌고 올지도 모르겠군."

그때 뒤쪽 숲에서 한 무리의 왜군이 나타났다. 그런데 왜군들은 조선인 차림 서너 명을 둘러싸고 있다. 포로인가 했더니 아니다. 조선인들을 호위하는 것 같았다.

"누구냐?"

버럭 소리친 이쪽의 군사 하나가 내달려 갔고 군사들이 모였다. 그때 숲에서 나온 왜군들이 소리쳤다.

"우린 1번대 소속 밀정단이다! 길을 비켜라!"

"밀정단이라구?"

고노가 한 걸음 앞으로 다가섰다.

"돌아오는 이유가 무엇이냐?"

"곧 큰 싸움이 시작된다."

그쪽의 수뇌로 보이는 조선인 차림의 사내가 다가와 고노 앞에 섰다. 40대쯤으로 영락없는 조선인 양반이다. 둘러선 세 명은 사내의 하인 행색이었고, 왜군들은 호위 역이다.

"나는 밀정단 조장 시계모리다. 탄금대 앞에서 곧 싸움이 벌어질 모양이니 치중대는 한 시진쯤 뒤에나 움직이면 적당할 거야."

사내가 왜말로 이야기했는데 조선인 차림이어서 어색했다. 안용남은 뒤쪽에 서 있었는데 왜군 차림의 자신이 조선말을 할 때도 저런 분위기일 것이라는 생각이 들었다. 그때 조선인 하인 복색의 사내가 양반에게 속삭였는데 조선말이다.

"조장, 이들은 2번대 첨병대장 오카다 소속입니다."

"그렇군, 지원을 나왔구나."

시게모리란 사내의 시선이 안용남까지 훑고 지나갔다.

"서둘러라, 해가 지기 전에 상주성에 닿아야 한다."

조선말로 말한 시게모리가 고노 무리를 둘러보았다.

"우리는 고니시 님 지시를 받고 상주성으로 가는 길이야. 그럼 수고들 하시게."

"조심해 가십시오."

고노가 길을 터주면서 인사를 했다. 밀정대 조장이면 중요한 직책이다. 고니시의 가신 중 하나일 것이다. 한 무리의 밀정단 일행이 반대편 숲속으로 사라졌을 때 고노가 안용남에게 물었다.

"저자들이 조선말로 숙덕거렸는데 너는 알아들었겠지?"

"예, 고니시 님의 밀정단이 맞는 것 같습니다. 우리가 2번대 오카다 님 휘하라는 것도 알아봅니다."

"하긴 졸개의 등에 오카다 님 깃발이 꽂혀있으니까."

머리를 끄덕인 고노의 시선이 다시 앞을 향했다.

"곧 큰 싸움이 일어날 모양이군."

"한 시진쯤 기다렸다가 가라고 하니 기다립시다. 싸움에 끼어들 필요는 없소."

"맞다."

머리를 끄덕인 고노가 소리쳐 치중대 조장을 부르더니 한 시진쯤 더 쉬었다가 가자고 지시했다. 인솔 책임자의 말을 들은 나이든 치중대 조장이 빠진 이를 드러내며 웃었다.

"마침 발병이 난 계집종이 셋이나 있었는데 잘 되었소."

그때 안용남이 허리띠를 고쳐 매면서 고노에게 말했다.

"고노 님, 내가 졸개 둘을 데리고 먼저 새재를 내려가지요. 싸움이 끝나면 바로 연락을 할 테니까 그때까지 마음 놓고 계시면 되겠소."

"그렇게 해주면 오죽 좋겠느냐?"

쓴웃음을 지은 고노가 다른 조장 와카를 흘겨보며 말했다.

"그럼 내가 이 밥만 축내는 와카하고 여기서 기다리겠다."

"내 졸개들을 부탁하오."

몸을 돌린 안용남이 그중 날랜 졸개 둘을 지명하고는 셋이 숲길을 돌아 새재를 내려가기 시작했다. 치중대를 적당한 시간에 안내하려는 것보다는 왜와 조선 양군(兩軍)의 대접전을 보려는 욕심이 일었기 때문이다. 대전(大戰)이 될 것이다.

"오고 있느냐?"

눈을 부릅뜬 신립이 이를 악문 채 물었지만 이미 왜군의 전진을 보았다. 미시(오후 2시) 무렵, 날씨는 화창했다. 4월 28일, 왜군이 부산진에 상륙한 지 15일째다. 이제 조선땅 중심인 충주 탄금대 앞에서 조선군 1만과 고니시군 1만 3천의 결전이 시작될 참이다.

"북을 쳐라!"

장검을 짚고 선 신립의 위풍은 당당했다. 가차 없이 군율을 세우는 터다. 영(令)이 떨어지면 빈틈없이 움직인다. 전령의 복창을 받은 전고(戰鼓)가 일제히 울리기 시작했다. 전고는 군사들의 사기를 진작시키는 효과가 있다. 북소리가 차츰 빨라지면 군사들의 용기도 상승된다. 신립은 앞쪽에서 번쩍이는 빛살을 보았다. 왜군의 갑옷이 햇빛을 받아 반짝이는 것이다. 거리는 3리(1.2㎞)정도, 넓은 벌판에 산개된 왜군이 다가오고 있다. 그때 신립이 칼을 빼들어 하늘을 가리켰다.

"1진 출격!"

칼날이 햇살을 받아 반짝였다. 신립의 명을 받은 전령이 복창하자 다음 순간 요란한 폭음이 터졌다.

"쾅!"

지자총통이다. 신호용으로 발사한 것이어서 안에 든 돌멩이는 1백여 보밖에 나가지 않았다. 그 순간 이제나저제나 하고 기다리던 좌우의 기마군이 움직였다.

"와앗!"

일제히 함성을 지르며 내닫는 조선 기마군의 기세는 압도적이다. 좌우에서 각각 5백여 기의 기마군이 왜군을 향해 내닫는 것이다. 정면의 중앙엔 보군이 자리 잡았고 그 앞은 진창으로 덮인 갈대숲이다. 왜군은 진창길로 들어오기 전에 좌우 기마군의 기습을 받게 되어 있는 것이다. 그리고 조선군의 뒤쪽은 탄금대, 달래강으로 막혀 있다. 이것이 배수진이다.

"옳지!"

칼을 움켜쥔 신립이 눈을 치켜뜨고 소리쳤다.

"잘한다! 전고를 빨리!"

전령이 소리쳐 복창하자 20여 개의 전고가 수백 발의 천둥이 울리는 것처럼 벌판에 울려 퍼졌다.

"와아앗!"

조선 보군들은 칼과 창을 치켜 흔들면서 함성을 내지른다. 그 사이에 1차 기마군이 왜군 진영으로 쏟아져 들어갔다.

"타타타탕탕!"

왜군의 조총 소리가 울렸지만 기마군의 말굽소리에 묻혔다.

"적이 도망간다!"

누군가 소리치자 조선군의 함성은 더 높아졌다. 과연, 왜군의 좌우 진이 허물어지면서 뒤로 밀려가고 있다. 바위 위에 선 신립은 그것을 보았다. 기회를 놓치면 안 된다.

"제2진!"

신립이 목청껏 소리치자 기다리고 있던 지자총통이 다시 터졌다.

"쾅!"

그 순간, 발을 구르고만 있던 기마군 2진이 함성과 함께 돌격했다. 다시 땅이 울리면서 천둥 같은 말발굽 소리가 들렸다. 기마군 1천 기가 다시 돌진해간 것이다.

"잘한다!"

군사들의 함성이 높아졌다. 전고는 끊임없이 울리고 있다. 그때 바위 아래에 있던 김여물이 신립에게 소리쳤다.

"장군! 보군을 좌우로 나누어 진격시키시오!"

진창인 갈대숲을 피해 좌우로 나누어 기마군 뒤를 따라 공격하라는 말이다. 신립이 눈을 부릅떴다.

"닥쳐라!"

그러고는 전령에게 다시 소리쳤다.

"기마군 제3진!"

"쾅!"

세 번째 폭음이 울리더니 함성과 함께 조선 기마군 3진이 돌진해왔다. 맹렬한 기세다.

"장관이다."

고니시 유키나가는 탄성을 질렀다. 이제 투구를 쓰고 얼굴만 내놓은 고니시가 눈을 치켜뜨고 기마군을 보았다.

"맹렬하구나."

"주군!"

중신 나가타가 다시 불렀다.

"좌우 군이 밀리고 있습니다."

"밀리라고 해라."

고니시가 웃음 띤 얼굴로 말을 이었다.

"조선군은 기마군 3천뿐이다."

"예?"

"모르느냐?"

고니시가 말채찍으로 앞을 가리켰다. 갈대숲이 펼쳐진 정면, 그 뒤에 조선 보군 7천이 포진하고 있다.

"저 조선 대군을 보면 무슨 생각이 드느냐?"

"예? 저는….."

답답한 나가타가 입안의 침을 삼켰다. 천둥과 같은 말굽소리가 가까워지더니 이제는 함성이 들렸다.

"타타타타타타탕!"

조총의 발사음은 말굽 소리에 묻혀 있다. 이제 조선 기마군 3천은 좌우에 협력해 왜의 좌우 군(軍)을 혼란에 빠트리고 있다. 고니시가 웃음 띤 얼굴로 나가타를 보았다.

"저 7천은 관 속에 들어간 시체다."

나가타는 숨을 들이켰고 고니시의 말이 이어졌다.

"난 수십 번 대전(大戰)을 치렀지만 저렇게 대군(大軍)을 관 속에 처박아 둔 놈은 처음 보았다. 저 7천 보군은 그저 죽여주기만 기다리고 있을 뿐 나오지도, 물러가지도 못하고 있지 않느냐?"

그때서야 나가타는 숨을 내뿜었다. 과연 그렇다. 이쪽에서 가만있으면 7천 대군은 움직이지 못하는 것이다.

"자, 이제 기마군이 다 나왔나보다."

걸상에서 일어선 고니시가 손을 든 순간이다. 요란한 호각 소리가 울렸다. 고니시가 나가타를 보며 웃었다.

"신립은 새재를 비워 놓은 것이 치명적인 실수였다. 난 지금도 도무지 이해할 수가 없다."

그때였다.

"타타타타타탕!"

"타타타타타탕!"

요란한 조총 발사음이 말발굽 소리를 압도했다. 머리를 돌린 나가타는 뒤로 물러간 줄 알았던 아군이 대열을 옆으로 벌린 뒤 일제히 조총을 발사하는 것을 보았다. 이제 기마군은 그물 안에 든 고기나 다름없다.

"내가 기마군을 다 잡으려고 기다렸다."

고니시가 말했을 때 조총 발사음이 더 요란해졌다. 기마군이 엄습해 오자 왜군은 더 넓게 진을 벌려 조선군을 포위한 것이다. 맞닥친 군사들을 뒤로 물렸으므로 후퇴한 것처럼 보였을 뿐이다.

"전진 신호를!"

정색한 고니시가 말하자 다시 호각 소리가 요란하게 울렸다. 북소리도 따라 울렸고 함성이 진동을 한다. 이제 왜군이 천천히 전진하는 것이다.

"타타타타타탕!"

조총 발사음은 시간이 지날수록 커졌다. 연속 발사음이어서 그치지를 않는다.

"전진!"

고니시가 다시 소리치자 일본 보군은 좌우로 갈라졌다. 진창을 피하고 좌우에서 협력하는 것이다. 그때서야 말에 오른 고니시가 웃음 띤 얼굴로 경호장 와타나베에게 지시했다.

"어디, 조선 명장 신립이 어떻게 죽는가를 듣자. 와타나베, 네가 보고 와라."

말을 달려 온 김여물은 온몸이 피투성이가 되어 있다.

"대감! 기마군이 전멸했소!"

대전(大戰)이 시작된 지 반 시진(1시간)밖에 되지 않았다. 김여물이 눈을 치켜뜨고 있었는데 마치 악귀 같다.

"보셨는가?"

김여물이 다시 소리쳐 묻자 신립이 어깨를 폈다.

"보았어."

그러다 말고삐를 챈 김여물이 얼굴을 일그러뜨리며 웃었다.

"어떠신가? 분수에 맞지 않는 감투를 쓰고 수많은 군사를 사지에 몰아넣은 소감을 묻고 있네!"

"닥쳐라!"

신립이 발을 굴렀다.

"나는 조선군을 이끌고 당당히 싸우고 싶었을 뿐이다!"

"그러냐!"

눈을 치켜뜬 김여물도 소리쳤다.

"그럼 나는 네 부하로서 당당히 죽을 테니 본보기로 삼거라!"

김여물이 말에 박차를 넣더니 칼을 치켜들고 내달려갔다. 사방에서 함성과 비명, 조총의 발사음이 울리고 있다. 이제 난전(亂戰)이다. 서로 뒤엉켜 싸우고 있었지만 조선군이 밀리고 있다. 전세는 순식간에 판가름이 났다. 좌우로 쳐들어간 기마군이 왜군을 밀어젖혔다고 함성을 질렀을 때가 분수령이었다. 흩어져 밀려난 줄만 알았던 왜군이 기마군을 좌우에서 포위한 채 조총으로 독안에 든 쥐를 잡듯 전멸시킨 것이다. 그리고 나서 왜군은 정면을 비워놓고 좌우로 밀고 들어왔다. 앞면은 늪지대요, 뒤는 달래강이니 이런 배수진이 없다. 그래서 말마따나 관 속에서 죽을 날을 기다리는 꼴이었다. 그때 선전관 강기옥이 달려왔다. 좌측 보군을 맡고 있는 장수다.

"대감! 좌군이 허물어졌소! 내가 이곳을 맡을 테니 피신을!"

"무엇이라!"

"승패는 병가지상사! 후일을 도모하시오!"

그 순간 왈칵 눈물을 쏟은 신립이 어깨를 펴고 소리쳤다.

"오냐! 고맙다!"

신립이 말에 뛰어 오르더니 허리에 찬 칼을 빼들었다.

"내가 죽음으로 사죄하리라!"

"대감! 어디 가시오?"

강기옥이 소리쳤으나 신립은 말에 박차를 넣어 내달렸다. 무서운 기세다. 다가오는 왜군 본진을 향해 돌진한 것이다.

"대감을 따르라!"

말고삐를 챈 강기옥이 칼을 휘두르며 뒤를 따랐고 이종장이 그 뒤를 잇는다.

"에잇!"

신립의 기마술은 뛰어났다. 말을 달리면서 왜군의 창대를 칼로 쳐내면서 서슬로 목을 찍어 넘어뜨렸다. 전장의 말도 주인을 닮는 법, 머리로 왜군을 밀고 굽으로 짓이긴다. 신립은 왜군의 진 복판으로 뛰어들었다. 난전이어서 조총은 겨눌 수도 없었기 때움에 여진과 싸울 때의 용맹이 다 살아났다.

"대감! 여기 계시오!"

그때 다가온 이종장이 소리쳤다가 입을 쩍 벌렸다. 뒤에서 왜군이 찌른 창이 가슴으로 빠져 나왔다.

"김여물! 어디 있느냐!"

신립이 아우성을 쳤다.

"내가 네 옆에서 죽으려고 왔다!"

그때 조선 군사 하나가 소리쳤다.

"종사관은 조금 전에 칼에 찔려 가셨소!"

"이런!"

다음 순간 신립은 앞에서 왜장이 내려친 칼을 어깨로 받았다. 신립은 칼을 내찔러 왜장의 가슴을 뚫었다. 서로 맞베었다.

"살려주시오!"

수백 명이 모여 있는 조선군 사이에서 외침이 터졌다. 물론 조선어다. 왜군들도 둘러서서 지켜보고 있다. 유시(오후 6시) 무렵, 달래강 가에는 시체가 쌓여서 물을 긷지도 못했다. 강가는 온통 핏물이 되어 있었기 때문이다, 조선군 1만은 전멸했다. 배수진을 쳐놓고 있었기 때문에 물에 빠져 죽은 자도 수천 명이다. 순변사 이일만이 이번에도 용케 도 망질을 쳤을 뿐 신립 이하 장수들도 다 죽었다. 안용남이 둘러선 왜군 졸개 하나에게 다가가 물었다.

"무슨 일이냐?"

"투항한 조선군들이오."

졸개가 귀찮다는 표정으로 대답했다.

"머릿수를 세었더니 삼백스물일곱 놈인데 조장이 선봉대장한테 물으러 갔소."

"물으러 가다니?"

"어떻게 해야 되는지를 말이오."

안용남이 머리를 끄덕였다. 이곳까지 오는 동안 조선군 시체 수천 구를 보았다. 1만여 명 중 살아 도망쳐간 숫자는 수백 명 정도일 것이다. 왜군은 부상자도 모조리 죽였는데 전리품으로 코를 뗐다. 뒤를 따르는 2번대에게 전리품으로 남겨주지 않으려고 양쪽 귀도 떼어다가 태웠다. 모여 있는 조선군을 보면서 안용남이 혼잣말을 했다.

"그럼 저놈들이 살아 있는 마지막 조선군이로군."

"코 떼는 것도 질렸소."

졸개가 진저리를 치면서 말했다.

"차라리 목을 베는 것이 낫지 더러운 코를 떼는 건 싫소."

"나도 그러네."

그때 뒤에서 고노가 불렀다.

"이봐, 아오야마, 돌아가라."

치중대 호위는 끝났으니 지원 임무는 마친 셈이다. 다가온 안용남에게 고노가 이맛살을 찌푸리며 말했다.

"이건 전쟁이 아니야, 학살이지."

머리를 든 안용남이 기마무사 하나가 포로들 쪽으로 달려가는 것을 보았다. 기마무사가 포로들 앞에서 말을 멈추었을 때 안용남의 예상이 맞았다. 살육이 일어난 것이다. 고노가 말한 것처럼 학살이다. 비명과 신음이 다시 어두워지는 벌판으로 번져 나갔다. 머리를 돌린 안용남에게 고노가 말했다.

"고니시 님이 경호장을 시켜 신립의 최후를 보고 오라고 했다는군."

늪지대를 헤쳐가면서 고노가 말을 이었다.

"신립은 맹장이었다는 거다. 혼자서 졸개 여섯, 조장급 무사 둘을 죽이고 나중에는 선봉대의 부장 가쓰라와 서로 맞찌르고 죽었다는군."

"…."

"그것을 보고 받은 고니시 님이 웃으면서 말했다는 거야. 신립이 그렇게 죽어서 다행이라고, 도망치다가 죽었다면 고니시 님의 체면이 깎일 테니까."

뒤쪽에서 들리던 비명이 어느덧 그쳐 있는 것으로 보아 학살은 끝난 것 같다.

"아오야마, 바로 복귀할 거냐?"

불쑥 고노가 물었으므로 안용남이 머리를 들었다.

"고노 님은 어디 갈 곳이 있습니까?"

"내일 복귀해도 좋으니 호젓한 민가에서 오늘밤 쉬었다가 가자. 졸개들도 좋아할 거다."

"그러지요."

앞쪽 갈대숲에서 꿈틀거리는 기척이 일어났지만 안용남은 놔두었다. 조선군 부상병일 것이다. 그때 고노가 혼잣소리처럼 말했다.

"지금까지 조선인 수십만 명을 죽이고 온 것 같다. 아오야마, 이들은 모두 네 동족이 아니냐?"

산골짜기에 박힌 민가의 방 안에서 조장 셋이 둘러앉아 술을 마신다. 술은 고노가 고니시의 치중대에서 **빼내온** 것이다. 졸개들은 오는 도중에 닭 몇 마리를 잡은 데다 안용남이 노루 한 마리를 쏘아 잡아서 마당이 소란스럽다. 오후 술시(8시) 무렵, 고노가 옆에 앉은 와카에게 말했다.

"와카, 네가 들은 소문을 말해보아라. 쓰시마 출신 향도로 밀정단을 모집한다구?"

"예."

와카가 힐끗 안용남에게 시선을 주더니 말을 이었다.

"대장님께서 고니시 님만 밀정단을 부리시는 것이 불쾌하시다는 것이오. 그래서 조선말에 익숙한 쓰시마 출신 향도들로 밀정단을 만드신다고 합디다."

"누구한테 들었다구?"

"첨병대장님 측근에 있는 내 동무한테서 들었으니 틀림없습니다."

30대 중반의 와카는 태생을 알 수 없는 떠돌이 무사였다가 선봉대장 하라다에게 채용된 지 5년째가 되었다고 했다. 히데요시에게 패하여 죽은 시바나 가쓰이에를 모셨던 고노와 비슷한 과거를 가졌는지도 모른다. 고노가 머리를 돌려 안용남을 보았다.

"오늘 낮에 새재에서 만난 고니시 님의 밀정단이 생각나는군. 조장이 누구라고 했던가?"

"시게모리였소."

안용남이 바로 대답하자 고노는 쓴웃음을 지었다.

"그놈은 미노 사투리를 썼다. 어때? 조선말은 잘하더냐?"

"잘합디다."

"밀정단에 갈 생각이 있느냐?"

"내가 뭐하러 갑니까? 억지로 끌려온 주제에 나설 이유가 없소."

"하지만 시키면 해야지."

와카가 벽에 등을 붙이며 웃었다.

"그리고 첨병대 따라 다니는 것보다 자유로울 것 아닌가? 마음 내키면 조선 계집을 품고 잘 수도 있고."

"싫소. 와카 님이나 하시오."

"내가 조선말을 한다면 당장이라도 나서지, 내가 아는 조선말은 어무니뿐이네."

"어머니요, 어무니가 아니라."

"아오야마."

고노가 불렀으므로 안용남이 긴장했다. 정색한 고노가 물었다.

"첨병대는 사상자가 가장 많다. 너도 알고 있지?"

"그건 다른 부대도 마찬가지 아닙니까?"

"지금까지 열에 넷은 죽었다."

한 모금 술을 삼킨 고노가 말을 이었다.

"지난번 상주에서 죽은 이치로는 본색을 밝히지 않았지만 내가 알지. 다케다의 경호무사였어."

안용남은 물론이고 와카의 얼굴도 굳어졌다. 다케다는 시바다와 함께 히데요시에게 대항했다가 패망한 영주인 것이다. 고노가 말을 이

85

었다.

"여기 있는 와카도 미쓰히데의 측근 구기치의 무사였다는 건 내가 안다."

와카의 얼굴이 하얗게 굳어졌지만 입을 열지는 않았다. 고노가 얼굴을 펴고 웃었다.

"그래, 우리 같은 떠돌이 무사는 이렇게 최전선에 앞장 세워서 전쟁의 소모품으로 사용되지. 일거삼득이야. 이것이 태합 히데요시 님의 용병술이다."

술잔을 안용남에게 건네준 고노가 말을 이었다.

"아오야마, 아마 첨병대장 오카다는 네가 밀정단에 지원하는 것을 반대할 테니 선봉대장한테 직접 가서 말하거라. 그럼 너한테 새 세상이 열릴 거다."

그때 와카가 혼잣소리를 했다.

"우리는 헌 세상에 남는 셈인가?"

기회가 빨리 왔다. 다음날 오전, 첨병대로 복귀한 안용남은 안쪽에 꽂힌 선봉대장 하라다의 깃발을 보았다. 하라다가 첨병대에 와 있는 것이다. 복귀 인사를 하려고 본진에 들어간 안용남에게 먼저 말을 건 것도 하라다다.

"여, 아오야마, 싸움 구경 잘하고 왔느냐?"

첨병대장 오카다와 함께 앉아 있던 하라다가 버럭 소리쳤다.

"예에, 그건 싸움도 아니었습니다."

허리를 굽혀 보인 안용남이 가만있어도 될 것을 한마디 한 것은 탄금대 싸움은 학살이었기 때문이다. 1번대 고니시군(軍)이 잘 싸워서가 아닌 것이다. 조선군 장수 신립이 조선군 1만 명을 죽인 것이나 같다. 하라다가 눈을 부릅떴다.

"뭐야? 싸움이 아니면 뭐란 말이냐? 1번대는 대승을 했다고 태합께 사자를 보냈다는데."

"그런 장수가 이끈 군사라면 누구라도 대승했을 것입니다."

"앗하하하."

하라다가 소리 높여 웃더니 곧 정색을 했다.

"아오야마, 그런 말 1번대가 들으면 모두 널 죽이려고 할 것이다."

"압니다."

"너, 내일 본진의 미쓰이 님께 가거라."

불쑥 말한 하라다의 시선이 옆에 앉은 오카다를 스치고 지나갔다. 오카다는 잠자코 마당에 선 안용남에게 시선을 준 채로 입을 열지 않는다.

"무엇 때문입니까?"

"널 본진의 미쓰이 님 휘하로 배속시키기로 방금 첨병대장과 합의를 했다."

안용남은 시선을 내렸다. 더 이상 물어볼 수도 없는 일이다. 이들은 생사여탈권을 쥔 장수들인 것이다. 그때 오카다가 입을 열었다.

"아오야마, 조금 전 고노가 다녀갔다."

머리를 든 안용남에게 오카다가 입술 끝을 비틀며 웃었다.

"고노가 널 추천했어, 네 후견인이란 말이다."

"예에."

허리를 숙여 보인 안용남이 청에서 물러나왔을 때 한베이가 다가 왔다.

"이봐, 아오야마, 미쓰이 님이 누군지 아느냐?"

한베이는 마당에서 다 들은 것이다.

"네 친척 되느냐?"

안용남이 되물었더니 한베이가 쓴웃음을 지었다.

"이 조선 잡종놈이 말끝마다 시비를 잡는군. 이놈아, 미쓰이 님은 가토 대장님 가문의 중신(重臣)이다. 1만 석을 받는 영주급 중신이란 말이다."

"…"

"네놈이 이제 날 볼 일이 없을 테니 머릿속에 잘 새겨 넣어라. 미쓰이 님 별명이 독사다. 휘하 부대에서 문제가 생기면 가차 없이 부대장을 베시는 분이란 말이다. 넌 제대로 부대 배치를 받은 거다."

한베이가 걸음을 늦추더니 안용남의 등에 대고 소리쳤다.

"이놈아, 일번창의 좋은 시절은 다 간 것이란 말이다."

막사로 돌아왔더니 고노가 마루에 앉아 기다리고 있었다. 마당으로 들어선 안용남에게 고노가 웃음 띤 얼굴로 말했다.

"하라다 님이 나한테 네 보증인이 되라고 하시더구나. 그래서 두말 않고 승낙했다."

"왜 그러셨소? 내가 도망치기라도 하면 어쩌려고?"

마루에 나란히 앉으며 묻자 고노가 쓴웃음을 지었다.

"그럼 어때? 이 세상에 미련은 없다. 그나저나 미쓰이 님이 네 직속 상관이 될 모양인데 제대로 된 대장을 만났다."

고노는 제대로 된 대장이라고 말한다.

본진으로 가기 전에 안용남은 길을 돌아 산중턱의 폐가를 찾았다.

사흘 만이다. 한낮, 오시(12시) 무렵이다. 땀을 쏟으며 폐가로 다가간 안용남이 주변부터 살폈지만 인기척이 들리지 않았다. 잡초가 마루 위까지 돋아난 폐가는 낮에 보니 더 을씨년스럽다. 마루 앞에 선 안용남이 떼어진 문짝 안의 방을 보았다. 비었다. 상주 김 판서의 서녀 여진은 이곳을 떠난 것이다. 몸을 돌린 안용남이 마당으로 내려섰다가 멈춰 섰다. 그러고는 다시 마루 위로 올라와 방 안으로 들어섰다. 빈 방이 깨끗한 것은 여진의 손길이 닿았기 때문일 것이다. 빈 방을 둘러보던 안용남의 시선이 아랫목의 벽으로 옮겨졌다. 헐려서 나무가 드러난 벽 사이에 손가락만 한 헝겊조각이 붙어 있다. 다가간 안용남이 헝겊을 빼들었다. 여진의 옷고름이다. 여진이 잘라서 벽에 끼워놓은 것이다. 옷고름 조각을 내려다보던 안용남이 그것을 손에 쥐고는 방을 나왔다. 여진은 흔적을 남긴 것이다. 그것이 어떤 의미인지는 알 수가 없다. 그냥 떠나기가 서운했던 모양이다.

신시(오후 4시) 무렵, 진중(陣中)에 있던 미쓰이가 안용남의 인사를 받았다. 미쓰이는 중군(中軍)의 감독으로 2번대 대장 가토 기요마사와 함께 본진에 위치했고 휘하에 감군(監軍) 2천을 거느렸다. 감군이란 전투 시에 독려, 군율 위반 감시를 맡는 부대다. 그래서 군사들은 적보다 감군을 더 무서워한다. 전쟁 때 등을 보이거나 명령을 어기는 군사는 감군이 베어 죽이기 때문이다. 그러니 감군대장은 원로 중신이 맡는 것이다.

"네가 아오야마냐?"

미쓰이가 지그시 창밖 마당에 꿇어앉은 안용남을 보았다. 40대 중반의 미쓰이는 가토 기요마사와 고락을 함께 한 신하였다. 가토의 가신

중 태합 히데요시를 알현할 수 있는 자는 미쓰이뿐이다. 마른 몸, 말라서 가죽만 남은 것 같은 미쓰이의 얼굴은 창백했다. 허리갑옷만 입은 차림으로 청에 앉은 미쓰이가 말을 이었다.

"너, 가까이 오너라."

"네엣!"

마당에서 일어선 안용남이 마루 끝까지 갔더니 미쓰이가 손짓을 했다.

"청으로 오너라, 이놈아."

"에엣!"

이곳은 상주성 서쪽의 대로변 마을이다. 가토군은 새재 밑까지 닿아 있었는데 앞쪽 탄금대 싸움이 끝난 지 얼마 되지 않아서 진군을 멈췄다. 고니시군이 전리품을 챙길 여유를 주려는 것이다. 짐승 떼의 사냥과 인간의 전투는 비슷하다. 먹이를 잡은 짐승이 뜯어먹을 우선권이 있는 것이다. 안용남이 청으로 올라가 미쓰이와 세 걸음 거리에 앉았을 때 모두의 시선이 돌려졌다. 미쓰이가 기밀을 이야기하려는 것이었기 때문이다.

"네 일번창 이야기는 하라다한테서 들었다."

미쓰이가 억양 없는 목소리로 말했다. 잠자코 납작 엎드린 안용남의 머리 위로 미쓰이의 말이 쏟아졌다.

"네가 일도류의 달인이라면서?"

"황송합니다. 변변치 않습니다."

"쓰시마는 조선령이지, 그렇지 않으냐?"

"아닙니다."

안용남의 등에서 찬 땀방울이 등뼈를 타고 조금 흘렀다가 멈췄다.

"조선령이 맞다."

미쓰이가 단정하듯 말했다.

"고니시 님이 제 사위놈을 쓰시마 도주(島主)로 밀어 넣은 것이지."

"…"

"하지만 넌 가토군의 조장이다, 그렇지 않으냐?"

머리를 든 안용남이 미쓰이를 보았다.

"예예, 그렇습니다."

안용남이 한 마디씩 분명하게 말했다.

"저는 하라다 님의 선봉대 소속으로 첨병대 조장입니다."

"네 조상이 태어난 이 땅을 보아라."

손을 들어 밖을 가리킨 미쓰이의 마른 얼굴에 희미한 웃음이 번졌다.

"충주 싸움에서 조선군 1만이 죽었다. 너도 보지 않았느냐?"

"예, 보았습니다."

"부끄럽지 않더냐?"

"아니올시다."

안용남이 엎드린 채 미쓰이를 보았다. 두 눈이 번들거리고 있다.

"소인은 그들의 말만 쓰고 있을 뿐입니다. 오히려 비웃었습니다."

"조선왕은 도망칠 궁리를 한다고 들었다."

미쓰이가 말머리를 돌렸다. 휙휙 말을 바꾸는 바람에 긴장하고 있어 야만 한다. 안용남은 숨을 죽였고, 미쓰이의 말이 이어졌다.

"그 소문을 고니시 님 진중에서 들었다. 그것도 겨우 말이다."

"…"

"화가 나지 않겠느냐?"

"예."

"너는 지금 한양성으로 가도록 해라."

머리를 든 안용남을 미쓰이가 눈을 치켜뜨고 노려보았다.

"내가 고른 두 명이 있다. 하나는 너처럼 쓰시마 출신인 다로다. 네가 조장이 되어서 한양성으로 가라."

"예예."

대답부터 하고 난 안용남이 미쓰이를 보았다.

"나리, 가서 무엇을 합니까?"

"내시 김윤수가 고니시 님의 정보원이라는 것을 우리가 알아냈다. 우리가 고니시 님 진중에 첩자를 심어놓은 덕분이지."

입술만 달싹이며 낮게 말한 미쓰이의 얼굴에 다시 웃음이 떠올랐다.

"김윤수는 이미 고니시 님에게 뇌물을 받고 조선을 배신한 놈이지만 네가 접근하면 두려워할지 모른다. 그러니 그놈을 네가 매수해야 될 것이다."

미쓰이가 머리를 돌려 뒤에 앉은 호위무사에게 눈짓을 했다. 그러자 호위무사가 옆에 놓았던 보따리를 들고 와 안용남의 앞에 놓았다. 마룻바닥에 보따리가 닿는 느낌이 육중했고, 돌 부딪치는 소리가 났다.

"황금이다."

미쓰이가 눈으로 보따리를 가리키며 말했다.

"금 350냥이 들었다. 50냥은 경비로 쓰고 3백 냥은 김윤수에게 주어라."

"예, 나리."

"네 역량에 달렸다."

미쓰이의 목소리가 더 가라앉았으므로 안용남은 신경을 곤두세워야만 했다.

"고니시 님의 밀정단은 이미 한양성에 가 있을 것이다. 그들이 네 정체를 안다면 가차 없이 벨 지도 모른다."

"…"

"너도 그들을 상황에 따라서 처리해라. 너희들의 싸움은 흔적이 남지 않는다."

미쓰이가 외면한 채 말을 이었다.

"너는 3조다. 네 조의 암호명은 히로, 어려서 죽은 내 딸 이름이야."

"…"

"네 조로 접근해온 자가 히로라는 암호명을 대면 믿어도 된다."

어깨를 늘어뜨린 안용남이 미쓰이를 보았다. 가토 기요마사의 책사인 미쓰이다

"나리, 연락은 어떻게 합니까?"

"다로가 연락원이다."

미쓰이가 기다렸다는 듯이 대답했다.

"각 조는 조장, 부조장, 연락원으로 셋이다."

그렇다. 밀정대는 안용남뿐만이 아닌 것이다. 안용남은 3조 조장이었으니 몇 조까지 뻗어있는지는 미쓰이만 알고 있다. 지정된 숙소로 들어섰더니 두 사내가 방 안으로 따라 들어왔다.

"아오야마 님, 제가 겐조올시다."

먼저 인사를 한 사내는 안용남 또래로 보였는데, 둥근 얼굴에 어깨가 넓었고 팔이 길었다. 웃음 띤 얼굴이 호인(好人) 인상이다.

"저는 다로올시다."

두어 살 연하로 보이는 사내가 머리를 꾸벅 숙였다. 쓰시마 출신이

라는 사내다. 마른 체격이었지만 눈빛이 강했고 얼굴이 길었다.

"잘 만났다. 미쓰이 님은 오늘 저녁에 바로 출발하라시네."

둘을 번갈아 보면서 안용남이 말했다.

"조선인 복색으로 갈아입고 떠날 차비들 하게."

"옷은 제가 받아놓았소."

겐조가 말하더니 얼굴을 펴고 웃었다.

"나는 하라다 님 위사대 소속이었소. 그래서 지난번에 조장이 일번 창을 내지를 때 구경을 했소."

"난 정신이 없었는데 구경 잘했구먼."

따라 웃은 안용남이 둘을 번갈아 보았다.

"둘 다 조선말은 익숙하지?"

"제가 좀 문제올시다."

겐조가 쓴웃음을 지었다.

"부산포에서 왜관 심부름을 하다가 배운 조선말이어서요."

"그럼 너는 앞에 나서지 말고…."

안용남의 시선이 다로를 향했다.

"너는 검술을 배웠나?"

"어떻게 아시오?"

놀란 듯 다로의 눈이 커졌다.

"그냥 안다."

"헤이조의 무라키 도장을 10년 가깝게 다녔습니다. 차석 사범을 했지요."

"무라키 도장 이야기는 들었다."

무라키는 가토의 영지에서 꽤 유명한 검술 도장이다. 머리를 끄덕인 안용남이 방구석에 놓인 보따리를 가리켰다.

"저것들이 우리들 짐이다. 저걸 들고 한양성까지 가야 한다."

금 350냥이다. 그날 유시(오후 6시)가 되었을 때 농군 복색의 세 사내가 가토군 진중을 나와 새재를 오르기 시작했다. 돌아갈 수도 있지만 새재는 지름길이다. 선두에 다로가 섰고 가운데 안용남, 뒤에 겐조가 따랐는데 셋 다 걸음이 날래서 한 시진(2시간) 만에 새재 마루턱에 닿았다. 술시(오후 8시)가 되자 주위는 칠흑 같은 어둠에 묻혔다. 새재에 오르는 동안 왜군은 한 명도 보이지 않았다.

"시체 냄새가 나는군."

코를 킁킁 거리면서 겐조가 말하더니 나무 밑에 앉아 있는 안용남에게 물었다.

"조장, 조선왕 자리를 두고 가토 님과 고니시 님이 다투고 있다는 것을 아시오?"

"… 모른다."

나무에 등을 붙인 안용남이 말을 이었다.

"도대체 그런 말을 어디서 들었나?"

"대개 장수들 측근에 있는 위사들의 입을 통해서요. 이대로 가면 고니시 님이 조선왕을 차지하게 될 것 같다고 그럽디다."

"누가 조선왕이 되건 난 상관없다."

"가토 님이 되시면 우리가 좋지요."

다로가 끼어들었다.

"그럼 나도 현감 자리는 앉아볼 것 아니오? 조장은 관찰사가 되시고."

"나는 병마사나 되어볼까?"

겐조가 나섰을 때 안용남이 땅바닥에서 작은 돌멩이를 집어 그들에게 던졌다. 그러고는 손가락을 입에 붙였으므로 둘은 긴장했다. 그때 옆쪽 숲에서 나뭇가지 부러지는 소리가 났다. 인기척이다. 짐승은 저런 소리를 내지 않는다.

"누구냐?"

안용남이 낮은 목소리로 물었다. 물론 조선말이다. 그 순간 숲속의 기척이 뚝 끊겼다. 숨도 죽이고 있는 것 같다. 왜군이라면 숲속을 헤매고 있을 이유가 없는 것이다. 안용남이 다시 물었다.

"거기 누구냐? 여긴 왜군이 없으니까 나와도 된다."

그러고 나서 숨을 세 번쯤 쉬었을 때 다시 인기척이 났다. 나뭇가지 밟히는 소리, 풀숲이 스치는 소리, 안용남은 6, 7명으로 예상했다. 뒤에 서 있던 겐조와 다로는 아직도 긴장을 풀지 않았으므로 안용남이 주의를 주었다.

"자, 지금부터 우린 조선인이다."

그때 어둠에 덮인 숲속에서 사람이 나왔다. 조선인은 대부분 흰옷을 입는다. 흰 옷자락이 보였고 그것이 대여섯 개로 늘어났다. 그때 그쪽에서 사내 목소리가 울렸다.

"거기 누구시오?"

"우린 개성에 사는 상민이오."

안용남이 말했더니 사내가 다가왔다. 40대쯤으로 머리에는 수건만 둘렀는데 수염이 잘 다듬어졌고 어둠 속이었지만 얼굴도 단정했다. 양반 같다.

"부산포에 장사하려고 갔다가 난리를 만나서 맨몸으로 올라가는 길이오."

96

미리 꾸며놓은 대로 그렇게 말했더니 숨을 고른 사내가 대답했다.

"나는 충주에 사는 김 교리일세. 식구들과 함께 난리를 피해 새재로 숨어들었다가 나오는 길이네."

"다행이오, 탄금대에서 조선군이 몰사했다는 소문을 들었소."

그때 식구들이 나왔는데 모두 여섯이다. 하인으로 보이는 사내가 둘, 중년 여자와 20대쯤의 여자, 그리고 하녀 하나에 10살 안팎의 아이가 둘이다.

"그럼 새재 아래쪽은 안전한가? 왜군이 없던가?"

김 교리가 이제는 거침없이 '해라'를 했는데 자연스럽다. 지쳤는지 어깨가 늘어졌고 얼굴은 땀에 젖어 번들거렸다. 겐조가 힐끗 안용남을 보았다. 새재 아래에는 가토의 2번대가 운집해 있는 것이다. 내려가다가 중턱에서 잡힐 것이 뻔했다. 안용남이 머리를 저었다.

"아래쪽은 텅 비었소. 마음놓고 길로 내려가셔도 될 것이오."

"그런가?"

김 교리가 뒤에 선 식솔들에게 말했다.

"들었지? 이젠 살았다. 조금 쉬고 새재를 내려가자."

그러자 모두 길바닥에 주저앉았는데 20대 여자만 내외를 하느라고 맨 끝 쪽에 가서 돌아앉는다. 해사한 용모의 여자다. 그때 안용남이 김 교리에게 물었다.

"왜군이 이곳까지 오는 동안 조선군은 연전연패 했다고 합니다. 도대체 왜 이렇게 된 것입니까? 분해서 못 살겠소."

"작업자득이여."

뱉듯이 말한 김 교리가 소매 끝으로 얼굴의 땀을 닦았다.

"무능한 임금을 만난 죄로 백성들이 이런 참혹한 고통을 받는 것이네.”

“교리 양반이 그렇게 임금을 욕해도 되는 것이오?”

“당연히 벌을 받아야 되네.”

어깨를 부풀렸다가 내린 김 교리가 말을 이었다.

“자네는 율곡 이이, 이 판서 대감을 아는가?”

“저 같은 무식한 놈이 누굴 알겠소?”

“이 대감이 돌아가시기 전에 10만 양병설을 주창하셨네. 지금부터 9년 전이지.”

김 교리의 목소리가 숲을 울렸다.

“그런데도 임금은 미적거리기만 하더니 동인(東人)놈들의 간언에 넘어가 이 대감을 탄핵했네. 나도 그때 벼슬을 내놓았다네.”

하긴 조선 중앙군 10만이 움직였다면 큰일이다. 자리에서 일어선 안용남이 겐조와 다로에게 말했다.

“자, 가자.”

그러고는 머리를 돌려 김 교리를 보았다.

“한양성 안에 누구 아시는 분 없습니까? 우리가 한양을 거쳐서 갈 것이라 안부 전해드리지요.”

“여기 있소.”

갑자기 중년 여인이 나섰으므로 모두의 시선이 모였다. 여인이 안용남을 외면한 채 말했다.

“남대문 안의 허 참판 댁이라면 다 압니다. 대문 앞에 5백 년 된 은행나무가 있어서 은행나무집이라고도 하지요. 그 집에 들러 주인 되시는 우리 오라버니한테 우리가 새재 아래 동막골로 피신하다고 전해주시오.”

"동막골이라고 하셨소?"

"그러네."

대답을 김 교리가 했다. 다가선 김 교리가 번들거리는 눈으로 안용남을 보았다.

"친척들이 다 죽고 우리 식솔만 남았지만 천운이 따른다면 가문을 잇겠지."

김 교리가 8살쯤으로 보이는 사내아이에게로 시선을 옮겼다.

"저놈이 내 핏줄일세. 이 난리가 끝날 때까지 살아있어야 할 텐데."

머리를 끄덕인 안용남이 길게 숨을 내쉬고 나서 말했다.

"새재를 길을 따라 내려가지 마시오. 조금 전에는 내가 잘못 생각하고 말했소."

"그게 무슨 말이오?"

"새재 아래쪽에 왜군 대군이 있었으니 지금쯤 선두가 길을 따라 올라오고 있을 것이오."

"아이구, 저런…."

"숲속으로 피하시고, 힘들더라도 숲을 헤치고 내려가시오."

"그래야겠구만."

"우린 가오."

안용남이 몸을 돌렸을 때 뒤에서 여자의 목소리가 울렸다.

"허 참판 댁이오! 내 이름이 순이오!"

숲이 깊어서 메아리도 없다. 금방 모퉁이를 돌자 뒤쪽 교리 식솔은 다른 세상 사람들이 되었다. 그때 뒤에서 겐조가 물었다.

"조장, 왜 살려주셨소?"

"우리가 허 참판 신세를 질 수도 있지 않겠느냐?"

"그렇더라도 우리가 저들을 죽인 건 모를 것 아니오?"

"네 고향이 어디냐?"

"가고시마요."

"그쪽 놈들은 남이 안 보면 배신해도 되는 모양이군."

그러자 앞서 가던 다로가 짧게 웃고 나서 말했다.

"조장은 인정이 많은 것 같소."

"필요 없는 살생은 안 한다는 것뿐이다."

그때 겐조가 다시 물었다.

"쓰시마 조선족이어서 그런 것 아니오?"

안용남은 대답하지 않았다. 갑자기 무거운 정적이 덮였다. 스무 발짝을 뗄 때까지 아무도 입을 열지 않았다. 어디선가 시체 썩는 냄새가 났다. 그때 참지 못한 겐조가 작게 헛기침을 했다.

"조장…, 들으셨소?"

"한 번만 그따위로 입을 놀린다면…."

앞을 응시한 채 안용남이 발을 떼며 말했다.

"네 몸을 두 동강으로 떼어주마."

"조장…."

"입을 닥치지 않으면 그때도 베겠다."

겐조의 입이 닫혔을 때 다시 다로가 짧게 웃었다.

"뒤에 있는 놈을 후려쳐 베는 것은 쉽지요. 저도 한 번 해보았습니다."

"너도 닥쳐라. 나는 앞쪽 놈도 쉽다."

다로도 입을 다물었고 발걸음 소리만 났다.

다로에게는 검기(劍氣)가 보인다. 묵묵히 산길을 걸으면서 안용남이 다로의 등을 응시했다. 쓰시마 출신이지만 본토로 옮겨가서 산 다로는 이미 왜인이나 같다. 조선말만 잊지 않았을 뿐이다. 헤이조의 무라키 도장에서 차석 사범까지 한 솜씨라면 쓰시마의 이름 없는 도장에서 일 도류를 닦은 안용남을 무시할 만하다. 더구나 안용남은 무명(無名)이다. 아오야마란 이름으로 검술 시합에 나간 적도 없다. 이윽고 새재 아래쪽 대로에 내려왔을 때는 한 시진쯤 지난 후였다.

"고니시군을 피해 우회하기로 하자."

안용남이 말하자 앞장선 다로가 두말 않고 우측 황무지로 발길을 돌렸다. 깊은 밤, 밤을 새워 길을 걸으려는 것이다. 이곳은 이틀 전만 해도 2만여 명의 대군이 접전을 벌였던 충주 지역이다. 고니시군은 이미 충주성에 진입한 터라 전장엔 치우지 않은 시체만 쌓여 있었다. 악취가 산천을 메우고 있다. 셋은 모두 수건으로 코를 싸매고 전장을 서둘러 빠져 나간다.

"이런 빌어먹을…."

시체를 밟은 다로가 놀라 엉겁결에 왜말로 투덜거렸다. 코를 싸매고 있어서 냄새를 맡지 못한 때문이기도 하다. 낮에 지났다면 주변이 더 끔찍했을 것이다. 이곳에 시체를 노리는 들개나 짐승 무리도 보이지 않았다. 그래서 더 귀기(鬼氣)가 덮여 있다. 아무 소리도 들리지 않았고, 움직이는 것은 그들 셋뿐이다.

"내가 왜관에서 조선 양반들 글과 그림 장사로 돈을 좀 벌었는데…"

불쑥 뒤에서 겐조가 오랜만의 정적을 깨뜨렸다. 적막에 숨이 막힌 것 같다.

"조선 양반놈들이 쓴 글을 가져가면 꽤 좋은 값을 받거든…. 그것이 그림이나 비단, 인삼 장사보다 나았지."

다로가 작은 개울을 뛰어 건넜는데 몸이 가볍다. 등에 금화 1백 냥을 메고 있는데도 전혀 힘들어 보이지 않는다. 안용남도 10자(약 3m)폭의 개울을 건너뛰었다. 등에 150냥의 금을 메고 있었지만 넉넉하게 넘었다.

"에구 난 힘들겠군."

개울 앞에 선 겐조가 등에 맨 짐을 벗더니 두어 번 휘두르고 나서 먼저 건너 쪽으로 던졌다. 그러고는 뛰어 건넌다. 겐조의 짐에도 금화 1백 냥이 들어 있다. 350냥을 셋이 나눠 진 데다 각자의 길 양식과 무기까지 있어서 제각기 30근씩은 짊어지고 있다. 그때 안용남이 일행에게 말했다.

"저기 산기슭에서 쉬었다 가자."

안용남이 가리킨 곳은 앞쪽에 보이는 검은 산이다. 이제 겨우 전장을 벗어나 충주성 아래쪽을 우회한 것이다.

"조장, 저쪽은 아직 1번대가 진출하지 않은 것 같소."

겐조가 눈을 가늘게 뜨고 앞쪽을 응시하며 말했다.

"하긴 이쪽은 충주성 아래쪽이니까."

다로가 말을 받았다.

"1번대는 곧장 북상할 테니까요."

"우리가 1번대를 앞서야 돼."

다시 발을 떼면서 안용남이 말했다.

"10리쯤 우회했지만 저 산기슭에서 두 식경쯤 쉬고 나서 오전에 다시 길을 떠나기로 하자."

"하루에 150리는 걷겠소."

겐조가 투덜거리는 듯 말했지만 곧 뒤를 붙어 따른다.

102

안용남은 문득 아버지의 얼굴을 떠올렸다. 조선땅에 발을 딛고 나서 처음 아버지 생각이 난 것이다. 왜군의 향도로 차출되었다는 말을 들은 아버지가 한참 동안이나 말없이 안용남을 응시하더니 얼굴을 펴고 웃었다.

"네 조상은 웅진이라는 곳에서 이곳에 왔다. 한번 찾아 보거라."

한양 도성에 도착한 것은 충주를 떠난 지 사흘 만이었다. 하루에 150리 가깝게 주파한 셈이다. 한양성에 들어올 때 검문을 걱정했지만 조선인 차림의 셋은 피란민들과 함께 통과했다. 군사 서너 명이 양쪽에 지키고 서 있었지만 쳐다보지도 않았다. 모두 눈동자의 초점이 없다.

"이곳이 조선 도성이란 말인가?"

다로가 주위를 둘러보며 비웃었다.

"전혀 방비가 되어 있지 않습니다. 군사 1천 명만 끌고 와도 함락시키겠습니다."

사흘 동안 다로를 겪어보니 기(氣)가 세어서 약한 자를 무시했다. 자존심이 강해서 예민하게 반응하고 경솔했다. 조선인의 피를 받았다고 하나 조선과 조선인에 대해서 전혀 애착이 없고 오히려 경멸했다. 반면교사(反面敎師)라고 했던가. 안용남은 다로를 통해서 자신을 살펴볼 기회를 갖게 되었다. 아버지 안광수의 영향을 받았기 때문인지 마음이 무겁다. 조선인의 무고한 희생도 그렇고, 조선 관리들의 무능함을 봐도 그렇다. 왜군의 선봉이었지만 계속되는 승전에도 신바람이 나지 않는다. 그리고 그것을 감추는 것도 괴롭다.

"임금이 어젯밤 도망쳤다네요."

겐조가 다가와 말했다. 백성들의 말을 들은 것이다.

"지금 종들이 궁성을 약탈하고 있다는 겁니다. 군사들이 도망을 친다는군요."

그러고 보니 앞쪽 여러 곳에서 불길이 오르고 있다. 그때 말굽 소리가 뒤에서 들리더니 10여 기의 기마군이 내달려왔다. 앞장 선 장수는 갑옷을 입었지만 맨머리다. 싸우다 벗은 것이 아니라 무거워서 벗은 것 같다.

"이놈들아! 어딜 도망가느냐!"

갑자기 옆쪽에서 주민 하나가 소리치자 피란민까지 합세했다. 곧 수십 명의 주민이 돌멩이를 던졌으므로 기마군은 더 속력을 내어 달려갔다. 도망치는 것이다.

"임금이 도성을 지키겠다고 거짓말을 하고는 밤중에 도망질을 했다는 겁니다."

겐조가 다시 말했지만 안용남은 대답하지 않았다. 그들은 피란민 대열에 휩쓸렸는데 자연스럽게 임금이 도망친 북쪽으로 방향을 잡게 되었다. 이틀 전, 고니시는 양주의 북한강까지 거침없이 건넜다. 2번대의 가토 기요마사는 한강에서 앞을 막은 조선 도원수 김명원을 조총의 일제사격 한 번으로 격퇴시켰다. 김명원이 무기와 장비, 식량까지 모두 강물에 쏟아 넣고는 옷을 갈아입고 도망쳤기 때문이다.

"저기 은행나무가 보이는데 혹시 허 참판 댁이 아닐까요?"

문득 겐조가 말했다. 그러자 안용남이 머리를 들었다. 피란민에 끼어 밀리듯이 오다보니 어느덧 이곳까지 와 있었던 것이다. 과연 거대한 은행나무가 서 있는 뒤로 대문이 보였다.

"다 피란가지 않았겠소?"

다로가 귀찮은 듯 말했을 때 안용남이 그쪽으로 발을 떼었다.

"허 참판 일족이 남아있다면 같이 피란 가는 것이 낫겠다."

둘은 잠자코 안용남의 뒤를 따랐다. 신시(오후 4시) 무렵이다. 도성 안은 혼란에 휩싸였고 이곳저곳에서 불길이 솟는 데다 거리에는 피란민들로 가득 찼다. 이제는 군사들도 보이지 않는다. 모두 도망친 모양이다. 대문 앞으로 다가간 안용남이 주먹으로 문을 두드렸다.

"계시오?"

대답이 없다 안용남이 다시 소리쳤다.

"우린 충주에서 김 교리 부탁을 받고 온 사람들이오. 마님의 심부름을 왔으니 계시면 문을 여시오!"

안용남이 다시 문을 두드렸을 때 빗장 빼내는 소리가 들렸다. 곧 문이 조금 열리더니 하인 복색의 사내가 안용남을 보았다.

"충주에서 오셨다구?"

"그렇소, 교리 마님의 심부름이오, 허 참판 영감의 누이가 되신다고 했소."

그러자 사내가 뒤에 서 있는 겐조와 다로를 보더니 문을 더 열었다.

"들어오시오."

집안으로 들어선 안용남은 마당에 모인 사람들을 보았다. 남녀 20여 명은 피란길을 떠나려는 참이었다. 그때 턱수염을 기른 40대쯤의 사내가 안용남에게 물었다.

"네가 충주에서 왔느냐?"

"예, 마님 심부름이오."

"다 무고하냐?"

허 참판 같다. 그런데 상인 행색으로 변복을 했다.

"예, 동막골로 피신한다고 하셨습니다."

"동막골…"

눈을 가늘게 뜬 사내가 곧 머리를 끄덕이며 말했다.

"다행이다. 그런데 너희들은 어디로 갈 참이냐?"

"소인들은 여주에 사는데 난리를 맞아 돌아갈 수가 없게 되었습니다. 그러니 나리께서 가시는 길에 따라가게 해줍시오. 마님께서도 나리께 부탁하라고 하셨습니다."

"허어…, 너희들 식솔들은 어떻게 하고?"

"셋 다 헛상투를 틀었습니다. 행상으로 먹고 사는 놈이 처자식 가질 여유가 있겠습니까? 모시고 가게 해줍시오."

그때 늙수그레한 사내가 허 참판에게 다가가 귓속말을 했다. 듣고 난 허 참판이 안용남을 보았다.

"우리가 주상전하를 따라 잡으려고 한다. 짐꾼으로 따라 가겠느냐?"

"짐꾼이라면 하루 삯을 얼마 주시렵니까?"

다시 늙은이가 귓속말을 했고 허 참판이 말했다.

"짐말을 끌고 가는 삯으로 먹여주고 하루 은 한 냥을 주마."

"두 냥 주십시오."

"오냐, 그래라."

허 참판이 승낙하자 안용남이 겐조와 다로를 돌아보았다. 셋의 눈이 마주쳤고 다로도 머리를 끄덕였다. 자연스럽게 임금 있는 곳까지 갈 기회가 만들어진 것이다.

"이봐, 그 짐들은 말에 같이 신게."

귓속말을 하던 늙은이가 다가와 셋의 등짐을 눈으로 가리키며 말했다.

"며칠 동안 동고동락을 할 테니 인사나 해야지, 난 집사 박가일세."

"저는 안가이고 이 동무는 최가, 장가입지요."

안용남이 겐조는 최가, 다로는 장가로 소개했다. 머리를 끄덕인 박가가 수선스러운 마당을 눈으로 가리키며 말했다.

"짐말이 9필, 나리와 마님, 아가씨와 서방님 등이 타실 말이 8필, 하인과 계집종이 12명이야. 마부가 모자랐는데 잘 되었네."

"아이구, 행차가 너무 크지 않소?"

놀란 안용남이 묻자 집사가 작게 혀를 찼다.

"이보게, 그것도 줄이고 줄인 거네, 집안에 남은 종들만 스물이 넘어."

안용남은 입을 다물었다. 모두 왕을 따라 도망을 친다. 집사 박 씨가 말을 이었다.

"광에는 쌀이 3백 석, 무명이 2백 동이나 쌓였지만 손도 대지 못했어. 종들이 모두 나눠 갖겠지."

"임금은 어디로 갔습니까?"

"어젯밤 빗줄기를 뚫고 개성으로 도망쳤는데 지금쯤 정신없이 북상하고 있겠지."

쓴웃음을 지은 박 씨가 몸을 돌리면서 말을 이었다.

"종들은 새 세상이 왔다고 들썩인다네."

3장 인연

셋은 짐말을 끌고 싶었지만 집사 박 씨는 마부(馬夫)를 시켰다. 짐말을 끌고 도망칠지도 모르기 때문일 것이다. 사람 실은 말을 끌고 도망칠 수는 없지 않겠는가? 밤이 되기를 기다려 일행은 야반도주를 하는 죄인처럼 도성을 빠져 나왔는데 의외로 혼란은 가라앉고 있었다. 곧 왜군이 입성할 것이라는 소문이 퍼져 약탈과 방화가 줄어든 것이다. 안용남이 고삐를 쥔 말에는 장옷을 뒤집어쓴 아기씨가 타고 있었는데 성을 빠져 나올 때까지 얼굴도 보지 못했다. 깊은 밤이다. 앞장선 집사 박 씨는 지리를 잘 아는지 인적이 드문 샛길로만 거침없이 나아가고 있다. 국도는 피란민으로 가득 차 있었기 때문이기도 했다. 자시(밤 12시)쯤 되었을 때다. 말없이 앞쪽 말을 따라가던 안용남을 마상(馬上)의 아기씨가 불렀다.

"이보게, 마부."

"왜 그러시오?"

머리를 돌린 안용남은 장옷 사이로 반짝이는 두 눈을 보았다. 아기씨가 두 눈만 내어놓고 있었기 때문이다.

"소피를 보고 싶네. 잠깐 옆길로 가세."

"그럽시다."

쓴웃음을 지은 안용남이 말고삐를 당겨 옆쪽 숲으로 다가갔다. 뒤를 따르던 겐조에게는 낮게 말했다.

"볼일 좀 보겠대."

길가 숲속에 말을 세운 안용남이 아기씨에게 말했다.

"자, 볼일 보시오."

"내려주지 않을 텐가?"

"이런 젠장…."

투덜거린 안용남이 다가가 아기씨의 겨드랑이에 손을 넣고는 번쩍 들어 땅바닥에 내려놓았다. 조랑말이었지만 치마 입은 몸으로 혼자 타고 내리기에 거북하긴 했다. 아기씨가 풀숲 안으로 들어선 조금 후에 안용남이 그쪽에 대고 말했다.

"이보시오, 아기씨. 남녀칠세부동석에 남녀 간 내외한다고 하더니 종이나 상놈은 남자로 치지 않는 것이오?"

풀숲 속에서 대꾸가 없었지만 안용남이 말을 이었다.

"나도 큼직한 양물이 있고 그놈이 아기씨 다리 사이에 들어가면 열 달 후에 아이가 나옵니다. 내기 해보시려오?"

"내기까지 할 건 없어."

갑자기 뒤에서 목소리가 들렸으므로 안용남이 흠칫했다. 몸을 돌린 안용남이 앞에 선 아기씨를 보았다. 별빛이 비치고 있어서 장옷을 벗은 아기씨의 얼굴이 드러났다. 그림으로 그린 것 같은 미인이다. 안용남은 이런 미인은 처음 본다. 숨을 죽인 안용남에게 아기씨가 표정 없는 얼굴로 말을 이었다.

"그 잘난 양물 간수를 잘 하도록 해. 난리가 끝나면 열심히 써야 할 테니까."

"무슨 말씀이오?"

기는 죽었지만 안용남이 오기로 물었더니 아기씨가 흰 이를 드러내며 웃었다.

"많이 죽었을 테니 열심히 생산을 해야 되지 않겠는가?"

"말을 잘하시는구려."

"올려주게."

바짝 다가선 아기씨가 말했을 때 옅은 향내가 풍겼다. 숨을 들이켠 안용남은 머리끝에서 솟구치는 느낌이 들었다.

"아기씨, 양물을 지금 한번 써 봐도 되겠소?"

"난 받아드릴 생각이 없네."

아기씨가 똑바로 안용남을 보았다. 별빛을 받은 눈동자가 반짝였다.

"그리고 그대도 그럴 만한 위인도 아니고…."

"내가 용기가 없다는 것이오?"

"사리분별을 한다는 것이지. 우리가 늦으면 어떻게 될지 알지 않는가?"

안용남은 두 팔을 뻗어 아기씨를 다시 들었다.

임진강을 겨우 건너 개성에 도착한 때는 5월 4일이었다. 그러나 임금은 이미 전날에 개성을 떠나 평양으로 향했으므로 일행은 다시 출발했다. 왜군 1번대와 2번대는 이틀 전인 5월 2일 도성에 입성한 상황이다. 사시(오전 10시) 무렵, 개성 북방 20리 지점인 나오동 고개를 허 참판 일행이 넘어가고 있다. 오는 도중에 여종 둘이 발병이 난 데다 하인 하나가 짐말을 끌고 도망쳤기 때문에 일행은 셋이 줄어들었다. 그러나 지금도 말이 16필에 일행이 20명인 터라 이목을 끈다.

"임금이 평양에 오래 머물 것이라니 평양에 닿으면 좀 쉬겠지."

집사 박 씨가 소리쳐 일행들을 격려했다. 이곳은 길이 험한 데다 주위 숲이 울창해서 한낮에도 으스스한 곳이다. 태평성대에도 가끔 산도둑이 나오는 터라 고개 양쪽에 현에서 초소를 세워 놓았는데 넘으면서 보니까 초소가 비었다. 난리 바람에 모두 도망친 것이다. 그래서 고개를 넘는 행인이 뜸했지만 허 참판은 돌파를 결심했다. 장정 하인이 10명 가깝게 있는 데다 집을 떠날 때 모두 무장을 했기 때문이다. 서너 명은 환도를 찼고, 셋은 창을 쥐었으며 둘은 활에 전통(箭筒)을 매었다.

"자네들도 제 몫은 하지?"

박 씨가 다가와 물었으므로 안용남이 쓴웃음을 지었다.

"제 몫이라니? 당연하지요. 도둑이 출현하면 줄행랑을 놓으면 폐 끼치지 않는 것이 되겠지요?"

"에이, 이 사람아."

"하루 은 두 닢 받고 목을 걸 생각은 없소."

아기씨 말고삐를 쥐고 있었지만 안용남은 뒤에 사람이 없는 것처럼 말했다.

"이 사람아, 나리께서 포상을 하실 테니 도둑 나오면 힘껏 싸우게."

"놔둬, 집사."

뒤에서 아기씨가 끼어들었으므로 둘은 입을 다물었다. 아기씨가 눈만 내놓고 말했다.

"도망치려면 말고삐는 놓고 가."

"아, 그럼요."

어깨를 편 안용남이 대신 박 씨를 흘겨보았다.

"내가 짐 덩어리를 끌고 갈 이유가 있습니까?"

"이놈, 무엄하다."

박 씨가 위엄을 부리며 꾸짖었지만 곧 입맛을 다시고 자리를 떴다. 더운 날씨다. 한낮에는 폭염이 쏟아지는 날이 계속되고 있다. 고개를 절반밖에 넘지 못했는데도 일행은 물을 뒤집어 쓴 것처럼 땀을 쏟았고 모두 말에서 내려 걸어야만 했다. 말도 헐떡였기 때문이다.

"저곳에서 쉬도록 하자."

앞장선 허 참판이 말채찍으로 앞쪽 숲을 가리킨 순간이다.

"섰거라!"

벽력같은 외침이 뒤에서 울렸으므로 모두 기절초풍을 했다. 뒤라면 고개 아래쪽이다. 머리를 돌린 일행은 아래쪽 숲에서 쏟아져 나오는 사내들을 보았다. 산적들이다. 험한 입성에 모두 손에 병장기를 쥐었는데 하나같이 흉악한 몰골이다.

"이놈들! 다 꿇어앉아 목숨을 빌어라!"

앞장선 사내가 대도를 치켜들고 흔들면서 다가왔다. 산적 무리는 10여 명, 기세가 흉포해서 이미 이쪽은 압도당했다.

"에그머니…."

먼저 허 참판 부인이 땅바닥에 주저앉았고 그 다음에는 며느리, 여종들까지 쪼그리고 앉는다. 마치 지친 닭들 같다. 안용남이 머리를 돌려 아기씨를 보았다. 그때 머리에 쓴 장옷을 내린 아기씨와 시선이 마주쳤다.

"이놈들! 꼼짝하지 마라!"

112

다시 사내의 호통이 들린 순간이다.

"아아악…! 악!"

비명이 동시에 터지더니 이쪽 하인 둘이 쓰러졌다. 활을 쥐고 있던 하인들이다. 제각기 시위에 화살을 먹이다가 산적들이 쏜 화살에 맞은 것이다. 그때였다. 위에서 함성이 울렸으므로 모두 머리를 들었다. 위쪽 숲에서도 10여 명의 산적들이 쏟아져 나오고 있다. 앞뒤에서 포위된 것이다.

"네 이놈들!"

허 참판이 소리쳤는데 안용남에게는 비명처럼 들렸다.

"이놈들! 나는 호조 참판 허윤수다! 감히 누구 앞이라고 나서느냐!"

그 순간 허 참판 옆에 서 있던 하인 하나가 신음을 뱉으며 주저앉았다. 화살이 날아와 배에 꽂힌 것이다. 허 참판이 입을 다물었고 산적들이 앞뒤에서 몰려왔다. 거리는 이제 30여 보로 가까워져서 산적들의 거친 숨소리도 들린다. 그때 안용남이 옆에 서 있는 아기씨를 보았다. 허 참판의 외동딸 허옥이다. 하인들한테서 이름을 들은 것이다. 방년 19살, 허 참판이 아들 허수용보다 더 아끼는 딸로 대감, 정승들 자제와의 혼사도 양에 안 찬다고 거절해서 노처녀가 되었다고 했다. 19살이면 노처녀다. 그러다 결국 올가을에 이조 판서 안국주의 아들 안성규와 혼사를 치르기로 했다가 난리를 만난 것이다. 사서삼경에 통달해서 만일 여자에게도 과거를 치렀다면 장원급제는 따냈을 것이라고 아비 허 참판이 탄식을 했다는 재원. 거기에다 미모는 천하절색이었으니 허 참판은 궁중에 소문이 들어 갈까봐 딸 대역을 시켜 손님을 맞은 적도 있었다던가? 그것이 나흘 동안 여행하면서 입이 싼 하인들한테서 들은 이야기다. 허옥과 시선이 마주치자 안용남이 빙그레 웃었다.

"아기씨, 나 도망치리까?"

장옷 사이로 허옥의 검은 눈동자가 반짝였다. 그러나 대답하지 않는다.

"이놈들! 꼼짝 말고 있어라!"

산적 두목의 호통이 더 기세를 뽐냈다. 짙은 수염, 부릅뜬 눈, 검은 피부에 장신이다. 손에 장검을 쥐고 흔들어 위엄을 보인다. 그때 안용남이 허옥의 옆으로 바짝 다가섰다.

"아기씨, 내가 저 두목을 죽일 테니 아기씨 다리 사이에 양물을 넣게 해주시겠소?"

그 순간 허옥의 눈 밑이 빨개졌다. 옷을 여민 허옥이 안용남을 쏘아보았다.

"미친놈."

"약속하면 내가 뛰어 나가리다."

"죽고 싶으냐?"

"가만있으면 아기씨는 저놈들한테 강간을 당하고 걸레가 되어서 죽소. 자, 어떻게 하실 테요? 내가 두목을 죽이리까?"

"이놈들! 무릎을 꿇어라!"

열 걸음쯤 앞에 선 두목이 목청껏 소리쳤다. 두목의 시선이 장옷을 걸친 허옥에게로 옮겨졌다. 두목이 다시 소리쳤다.

"계집년은 오른쪽으로!"

"자, 어떻게 하실 테요?"

안용남이 바짝 붙어 서서 서두르듯 묻는다.

"내 양물을 받을 테요?"

"받을 테다."

허옥의 목소리가 갈라져 있다.

"네 이년! 뭐하느냐!"

두목이 이제는 허옥을 노려보며 소리쳤다.

"빨리 오른쪽으로 옮겨가지 않을 테냐!"

계집종들은 오른쪽으로 옮겨가고 있었지만 허옥이 움직이지 않았기 때문이다. 그때 참판 마님과 며느리가 오른쪽으로 비틀거리며 옮겨갔다. 그때 안용남이 다시 물었다.

"약속하시는 거요?"

"그래."

허옥의 목소리가 떨렸다. 조급하게 느껴지기도 한 것은 이제 모든 시선이 허옥에게 쏠렸기 때문이다. 그때였다. 안용남이 빙그레 웃었다. 그것을 거의 모든 남녀가 보았다. 안용남이 허옥 옆에 마부로 서 있었기 때문이다. 털보 두목도 의아한 듯 눈을 크게 떴다가 얼굴을 일그러뜨렸다.

"저, 저놈이…."

두목이 입을 연 순간이다. 안용남이 뛰어나가면서 등에 맨 짐에서 칼을 빼내 쥐었다.

"나는 두목을 맡는다!"

안용남이 목청껏 소리쳤다.

"둘은 궁수부터 죽여라!"

두목과의 거리는 10보, 세 발짝을 뛰면서 등짐을 오른쪽으로 던졌고, 네 발짝이 땅에 닿았을 때 첫 칼이 날았다. 일번칼의 목표는 졸개인가? 미처 방비를 못 한 산적의 목이 반쯤 베어지면서 피가 분수처럼 솟았다. 다섯 발짝째는 앞을 막은 산적이 몸을 피하는 바람에 그냥 지나갔다. 여섯 발짝, 뛰는 걸음이었으니 바로 눈앞에 두목이 서 있다. 어느새 두목은 장검을 두 손으로 움켜쥐고 있었는데 머리 위로 치켜든 상태, 기세로 보면 바위도 조각으로 자를 태세였지만 검술의 기본조차 모르는 인간이다. 지금 도끼로 통나무를 찍으려는 듯이 서 있다. 그 순간 안용남이 한 발짝 앞으로 다가섰다.

"에익!"

주위가 떠나갈 것 같은 기합이 터지면서 두목이 통나무를 가르려는 듯 내려찍었다. 엄청난 기세다. 그러나 안용남은 땅에 박힌 통나무가 아니다. 몸을 슬쩍 비튼 안용남이 옆으로 스치고 지나면서 두목의 목을 훑었다. 칼로 훑은 것이다. 그러자 달려가는 기세를 탄 검세(劍勢)가 두목의 머리를 몸에서 떼어 놓았다.

"와앗!"

그 순간 외침이 일어났는데 주변의 산적들이다. 놀란 외침이다.

"으아악!"

옆쪽 산적 무리 사이에서도 비명이 터졌다. 겐조와 다로가 칼부림을 시작했기 때문이다.

"이놈들! 다 죽인다!"

안용남이 벽력같이 외치면서 옆에 선 산적 둘을 거의 동시에 베었다.

"아이고!"

칼에 등을 베인 산적 하나가 악을 쓰는 순간, 산적 무리가 허물어졌다. 사방으로 뛰어 도망치기 시작한 것이다. 안용남과 겐조, 다로, 셋은 아수라(阿修羅)였다. 숨 서너 번 쉬고 뱉는 동안에 10여 명을 베어 죽였기 때문이다.

"으아악!"

겐조가 도망치는 산적 하나의 다리를 베었기 때문에 비명이 울렸고 그것이 마지막이다. 살아남은 산적떼는 내달리기 쉬운 내리막길로 먼지를 일으키며 도망쳐 어느덧 보이지 않았다.

"자, 어서 고개를 넘읍시다."

안용남이 아직도 말에 탄 채 넋을 잃고 앉아 있는 허옥에게 다가가며 소리쳤다.

"집사는 어디 있소?"

안용남이 꾸짖듯이 소리치자 땅바닥에 주저앉아 있던 집사 박 씨가 그제서야 엉거주춤 일어섰다. 그 뒤로 허 참판이 옷을 여미고 있다. 허옥의 말고삐를 쥔 안용남이 소리쳤다.

"이보시오! 정신 차리오! 어서 모시고 떠납시다."

"그…, 그러세."

박 씨가 더듬거리며 대답했는데 아직도 얼이 빠진 얼굴이다. 산적떼보다 안용남 일행의 무자비한 살육에 넋이 나간 것이다. 안용남이 말고삐를 쥐고 머리를 돌려 허옥을 보았다. 장옷이 풀어진 허옥의 얼굴 전모가 드러났다. 절세미녀다.

그날 저녁은 금천의 조 진사를 찾아가 머물렀다. 조 진사와 허 참판은 같은 스승을 모시고 동문수학한 사이라고 했다. 지방 유지인 조진행은 관직에 뜻이 없어서 낙향한 지 15년이 되었는데 전답이 많아서 가세가 풍족했다. 60여 칸짜리 저택에는 행랑채가 세 동이나 있어서 허 참판 일행을 다 수용하고도 남았다.

"허, 산적을 만났다면서?"

저녁을 겸상으로 먹으면서 조진행이 묻자 허윤수는 길게 숨부터 내쉬었다.

"죽다가 살아났네."

"동행한 상민 셋이 검술의 고수여서 산적 두목을 베어 죽였다고 들었네. 난리통에 살아난 게 다행이네."

"그들 셋 아니었으면 다 죽었지."

어깨를 늘어뜨린 허윤수가 입맛을 다셨다.

"처(妻)가 산적에게 놀라 늘어져 있어서 내일 바로 떠나지 못하겠어. 하루 더 폐를 끼쳐도 되겠는가?"

"그럼 모레 아침에 나하고 같이 떠나세. 나도 모레 피란할 예정이었으니."

조진행이 위로하듯 말하고는 허윤수를 보았다.

"이보게 인하, 그, 검술에 능하다는 일행을 불러주지 않겠는가? 그들도 평양으로 간다고 했지?"

"그렇다네."

선뜻 대답한 허윤수가 밖에 대고 소리쳐 집사 박가를 불러 안용남을 데려오라고 시켰다. 잠시 후에 문 밖에 안용남을 대령했다는 박가의 소리가 들리자 조진행이 방으로 불러들였다. 전 같으면 상민이 방에 들어와 같이 마주보고 앉는다는 것은 어림없는 일이었지만 난리통이다. 그리고 안용남은 참판 일가의 생명을 구해준 은인이기도 하다. 안용남이 윗목에 무릎을 꿇고 앉았을 때 조진행이 먼저 입을 열었다.

"네가 검술에 뛰어나다고 들었다. 검술은 어디에서 배웠느냐?"

"북방에서 온 사부한테서 배웠습니다."

"북방은 검을 잘 쓰는 사람이 많지. 네 일행도 그러냐?"

"제각기 다릅니다. 행상을 하다 보니 스스로 배우는 경우도 많지요."

118

"네가 상민이라구?"

"예, 아비는 농사를 지었습니다."

"천민은 아니구나."

"그렇습니다."

머리를 끄덕인 조진행의 시선이 옆에 앉은 허윤수에게로 옮겨졌다.

"여기 계신 허 참판이 손을 쓰시면 넌 무과(武科)를 치르고 무반(武班)으로 입신할 수 있을 것이다. 이보게, 허 참판, 그렇지 않은가?"

"허, 어찌 내 마음대로 한단 말인가?"

"난리 중이니 천민만 아니라면 참판의 추천으로 무반이 될 수도 있지. 더구나 참판의 생명을 구해주지 않았는가? 검사관들도 이의가 없을 것일세."

"나으리."

안용남이 방바닥에 두 손을 짚고 두 양반을 보았다.

"소인은 언문이나 읽고 쓸 뿐 학식도 없는 상민입니다. 벼슬은 꿈도 꾸지 못했으니 그저 행상으로 살다 죽게 해줍시오."

"이놈아, 다 백성을 위해서다."

엄숙한 표정이 된 조진행이 말을 이었다.

"임금이야 도망갈 궁리만 하고 있지만 백성이 땅을 버리고 어디로 간단 말이냐? 너 같은 장사가 백성을 지켜줘야지."

"이보게, 안봉, 말을 삼가시게."

허윤수가 말렸지만 조진행의 얼굴은 상기되었다. 이런 말을 하려고 안용남을 부른 것 같다.

"내가 낙향하고 있다가 임금 만나려고 평양에 가는 것도 그 때문이다. 나하고 같이 평양에 가서 제 할 일을 하자."

해시(오후 10시) 무렵, 마침내 안용남은 내실에서 나오는 허옥을 보았다. 이곳은 안채 마당 끝에 있는 정자 옆이다. 안용남은 안채 담장을 넘어와 정자 기둥 옆에 숨어서 기다리던 중이었다. 허 참판 댁 내실 식구들은 사랑채 안쪽의 안채에서 조 진사 댁 내실과 함께 방을 쓰고 있었던 것이다. 안채는 두 동에 방도 여남은 개나 되어서 손님 치르기에 넉넉했다. 허옥은 뒷간에 가려고 나온 터라 혼자다. 뒷간은 안채 끝에 있었는데 정자를 지나가야 한다. 안용남은 허옥이 다섯 걸음쯤 앞으로 지나가도록 놔두었다. 허옥의 환한 얼굴이 드러났고, 수심에 덮인 듯한 표정도 보였다. 달이 밝은 밤이다. 공기는 신선했고 꽃내음이 풍겼다. 허옥의 뒷모습을 보면서 안용남은 이곳이 딴 세상처럼 느껴졌다. 닷새 전만해도 시체 더미를 헤치고 나왔던 것이다. 시체 썩는 냄새에 머리가 지끈거렸다. 그 이틀 전에는 일번창을 맡아 조선군 진지로 돌진했다. 김 판서의 서녀(庶女) 여진을 안은 것은 또 언제였던가? 이윽고 다시 뒷간 문 열리는 소리가 들리더니 허옥이 다가왔다. 날씬한 자태가 드러났고 걸음에 맞춰 치마폭이 흔들렸다. 이곳에 오느라 담장 셋을 넘어서 한식경(30분)이나 기다렸다. 허옥이 다섯 걸음 앞으로 다가왔을 때 안용남은 어둠 속에서 빠져나왔다. 그 순간 허옥이 걸음을 멈추고는 입을 딱 벌렸다가 손으로 제 입을 막았다. 놀란 두 눈이 방울처럼 커져 있다. 한 발짝 앞으로 안용남이 다가섰지만 허옥은 움직이지 않았다. 눈만 크게 떴고 숨도 쉬지 않는 것 같다.

"아기씨, 저쪽 정자 뒤로 가십시다."

안용남이 능청스러운 목소리로 말했다.

"측간 가는 사람들이 볼까 그럽니다."

그러고는 안용남이 뒷걸음질로 정자의 그늘 속으로 들어섰다. 그러자 허옥이 발을 떼었다. 한 걸음, 두 걸음, 세 걸음…, 이윽고 둘은 정자 끝 기둥 옆에서 마주보고 섰다. 허옥에게서 옅은 향내가 풍겨왔다. 처음 맡아보는 향기다. 그때 안용남이 똑바로 허옥을 보았다.

"아기씨, 내 양물을 받으실 준비가 되었소?"

마치 물을 드실 테냐고 묻는 듯이 천연스럽게 물었더니 허옥이 입을 열었다.

"여기서?"

"정자 위에서."

안용남이 턱으로 옆을 가리켰다.

"약속을 지키시는 것 같아서 고맙소."

발을 뗀 안용남이 정자 옆에 서서 저고리를 벗어 마룻바닥에 깔았다.

"속곳만 벗으시면 되겠소."

다가선 허옥이 시선만 주었으므로 안용남이 말을 이었다.

"누워 계시기만 하면 됩니다. 나머지는 내가 알아서 할 테니까."

"그러고 나서 나 데려가."

허옥이 불쑥 말했다. 안용남은 빙그레 웃었다.

"데려가지요. 자, 어서 누우시오."

숨을 들이켜는 소리를 낸 허옥이 눈길만 주었으므로 안용남이 바짝 다가섰다. 허옥의 가슴이 몸에 닿는다. 눈을 치켜뜬 안용남이 말을 이었다.

"데려간다고 하면 부모님 앞에 함께 가서 말씀을 올려야 한다고 하시겠지."

"…"

"그럼 내가 주춤할 것이고, 그러면 다음 기회로 미루게 될 줄 알았소? 자, 어서 누우시오."

"좋아."

허옥이 이를 악물고 말하더니 정자에 오르다가 발을 헛디뎌 비틀거렸다. 재빠르게 안용남이 허리를 잡았지만 허옥이 몸을 세차게 틀어 뿌리쳤다. 그러자 빙그레 웃은 안용남이 따라서 정자 위에 오른다. 바닥에 깐 저고리 위에 누운 허옥은 두 다리를 딱 붙인 채 움직이지 않았다. 다가간 안용남은 쓴웃음을 지었다. 주위는 조용하다. 안채와 50보쯤 떨어져 있는 데다 밤이 깊었다. 누가 나간 줄도 모를 것이었다. 옆에 다가앉은 안용남이 치마를 들쳤을 때 허옥이 말했다.

"내가 벗겠어."

허옥이 모로 눕더니 속치마가 꽃잎처럼 떼어졌다. 발밑으로 속치마를 내린 허옥이 다시 반듯이 누웠을 때 안용남은 서둘러 바지를 벗었다. 입안이 말랐고, 눈에서 열이 뿜어져 나오는 것 같다. 그러나 이미 몸은 준비가 되어 있다. 안용남이 허옥의 치마를 젖히고는 숨을 삼켰다. 눈앞에 허옥의 알몸이 펼쳐져 있다. 안용남은 허옥의 다리를 벌리고는 몸을 붙였다. 허옥은 얼굴을 옆으로 돌린 채 눈을 감고 있다. 다음 순간 안용남이 거칠게 허옥의 몸 안으로 진입했다.

"으윽…."

어금니를 물었지만 허옥의 입에서 비명이 터졌다. 안용남은 허옥의 몸이 긴장으로 굳어 있는 것을 알 수 있었다. 그래서 몸을 합친 채 한동안 움직이지 않았다. 허옥의 가쁜 숨결이 안용남의 가슴에 와 닿는다. 안용남이 움직이지 않았지만 가쁜 숨소리와 함께 허옥의 몸이 미세하게 흔들리고 있다. 이윽고 안용남은 허옥의 몸이 꿈틀거리는 것을 느꼈다. 하지만 아주 희미해서 거친 숨소리에 묻혔다. 그제서야 안용남은 천천히 허리를 움직이기 시작했다.

"아악…."

마찰의 반응이 전해지면서 허옥의 입에서 다시 신음이 터졌다. 그러나 안용남은 허옥의 몸 깊은 곳에서 습기가 차오르고 있는 것을 알 수 있었다. 그때 안용남이 다시 몸을 깊게 합치면서 허옥의 귀에 입술을 붙였다.

"아기씨, 좋소?"

허옥이 어금니를 물었지만 입에서 거친 숨소리가 터졌다. 숨소리 끝에 옅은 신음이 섞여 나온다.

"아기씨, 어떻소?"

다시 몸을 깊게 넣으면서 안용남이 묻자 허옥의 두 손이 어깨를 움켜쥐었다.

"옳지!"

안용남이 허옥의 입에 입술을 붙였다. 놀란 허옥이 눈을 크게 떴다가 곧 감았다. 안용남은 허옥의 입술을 빨았다. 허옥의 입술에서 복숭아 맛이 났다. 이윽고 허옥의 입이 열리더니 앓는 소리가 터져 나왔다. 어느덧 두 다리가 안용남의 허리 움직임에 맞춰 오르락내리락 하고 있다. 성숙한 몸인 것이다. 안용남은 그 자세에서 상체를 세우고는 허옥의 저고리 고름을 풀었다. 허옥이 거친 숨을 뱉다가 놀란 듯 안용남의 손을 잡았지만 곧 놓았다. 안용남의 허리는 계속해서 움직이고 있었기 때문이다.

"나 몰라…."

마침내 허옥의 입에서 울음 섞인 말이 터져 나왔다. 숨소리는 더 거칠어졌다.

"빨리… 끝내…."

"안 됩니다. 좋으면서 왜 그러시오?"

안용남이 저고리를 풀자 젖가슴이 단단하게 치마끈에 덮여 있었다. 안용남은 치마끈을 풀었다.

"아아, 나 죽어…."

허옥이 소리치더니 두 다리로 안용남의 허리를 감았다. 이미 허옥의 몸은 뜨거운 온천수로 가득 차 있다. 그때 치마가 벗겨지면서 허옥의 젖가슴이 드러났다. 희고 풍만한 가슴이다. 안용남은 머리를 숙여 허옥의 젖가슴을 입에 가득 물었다.

"무반(武班)이 된단 말씀이오?"

목소리를 죽인 겐조가 묻더니 주위를 둘러보았다. 다음날 아침. 행랑채에서 밥을 얻어먹고 나서 셋은 마당가 나무 밑에 둘러앉았다. 조 진사 댁 하인들이 부산하게 움직였고 손님이지만 허 참판 댁 종들도 서성거렸다. 내일 피란 갈 준비 때문이다. 그러나 셋은 부르는 사람도 없거니와 부담 느낄 것도 없다. 아침을 마친 후에야 안용남은 어제 저녁 두 양반한테서 들은 이야기를 해준 것이다. 둘은 놀라 입이 딱 벌어졌다. 이렇게 일이 진전될 줄은 몰랐기 때문이다.

"별시(別試)도 치르지 않고 무반을 시켜준다고 합니까?"

"그렇다니까."

쓴웃음을 지은 안용남이 둘을 번갈아 보았다.

"내가 비장이나 별장이 되어서 일본군 밀정을 잡으러 다녀볼까?"

"조장, 우리는 어떻소?"

정색한 겐조가 물었다.

"우리도 한몫했지 않소? 조장보다는 못했지만 말이오."

"그렇지. 너희들도 한몫했지."

"난 셋이나 죽였고 다로는 넷이오. 조장이 두목 포함해서 넷이던가?"

"이놈이 조선 벼슬을 하려고 눈이 뒤집혔구나, 곧 망할 왕조인데 말이야."

"아니, 조장."

다시 주위를 둘러본 겐조가 목소리를 낮췄다.

"말직이지만 조선 무반이 되는 것이 밀정 역을 수행하기에 더 이롭지 않겠소?"

"그건 미쓰이 님께 허락을 받아야 해."

이제는 정색한 안용남이 겐조를 보았다.

"내가 괜한 이야기를 했군. 우리가 무반이 된다면 셋은 떨어지게 된다. 한 조로 뭉쳐 다닐 수가 없단 말이다. 그리고 내시 김윤수를 잡는 계획에도 차질이 생긴다."

그러나 겐조가 머리를 젓더니 말을 이었다.

"이런 기회를 놓친다면 오히려 문책을 받을 것이오. 일단 무반이 되고 나서 봅시다. 그까짓 것 놔두라면 나중에 뛰쳐나가도 상관없지 않겠소?"

"겐조 님의 말씀이 맞는 것 같소."

다로까지 거들었으므로 안용남이 혀를 찼다.

"그 양반들은 내 이야기만 했지, 너희들 이야기는 하지 않았어. 만일 나만 뽑히고 너희들은 남는다면 어떻게 한단 말이냐?"

"그래도 할 수 없지 않겠소?"

"안 된다."

안용남이 둘을 번갈아 보았다.

"내가 조장이다. 결정은 내가 한다. 조선 무반은 안 한다."

"원, 참….."

얼굴을 찌푸린 겐조가 안용남의 옆얼굴을 흘겨보더니 혼잣말을 했다.

"조선인 피가 흐를 텐데 어지간히 조선을 싫어하는군그래."

"무엇이 어쩌구?"

안용남이 눈을 치켜뜨자 겐조가 손을 저었다.

"혼잣말이 크게 나왔소. 잘못했소."

이번 산적단과의 싸움에서 잠깐이었지만 안용남의 칼솜씨를 본 터라 겐조의 기세는 많이 누그러졌다. 그때 중문으로 허 참판 댁 집사 박씨가 나오더니 마당을 둘러보다가 안용남을 찾아내고 소리쳤다.

"이보게, 안 서방."

박 씨의 대우는 달라졌다. '해라'에서 '하게'로 변하더니 눈도 제대로 마주치지 못한다. 안용남이 시선만 주었더니 박 씨가 소리쳤다.

"나리께서 찾으시네!"

안용남이 다가서자 마루에 나란히 앉아 있던 허윤수와 조진행이 동시에 그를 바라보았다.

"어, 잘 왔네."

이번에도 조진행이 빠르다. 갑자기 '해라'에서 '하게'를 하는 것도 긴장을 시킨다. 안용남은 올려다만 보았고 조진행이 말을 이었다.

"오늘 오후에 황해도 병마절도사 안상철 영감이 이곳에 오실 거야.

그때 자네가 뵙고 인사를 드리게.”

“나리.”

당황한 안용남의 얼굴이 붉어졌다. 조금 전 바깥마당에서 겐조와 다로한테 면박을 주듯이 잘랐던 터다.

“소인은 그럴 재목이 아니올시다.”

그때 안용남의 시선 끝에 안채 좌측에서 어른거리는 옷깃이 보였다. 여자들이다. 여자들이 행랑채 끝에 모여 있었는데 짐을 싸던 중인 것 같다. 그 속에 허옥의 남빛 치마도 섞여있었던 것이다. 거리가 이십여 보였으니 다 듣고 있는 중이다. 그때 허윤수가 말했다.

“어허, 사양도 지나치면 오만이라고 했네. 난리를 만나 국가에 재목이 하나라도 더 필요한 시기에 어른들의 추천을 이제는 받아들여야 하네.”

그때 조진행이 이어받듯이 묻는다.

“안가라고는 했는데 본관이 어딘가?”

“여주올시다.”

“옳지. 내가 여주 안가를 알지. 상민으로 천민이 아니야. 너끈히 무반이 될 수 있어.”

무릎을 칠 듯이 말한 조진행이 지그시 안용남을 보았다. 이제는 여자 종들뿐만이 아니라 남자 종들도 모여들어 마당에 구경꾼이 50명도 더 되는 것 같다. 그러나 두 양반은 제 위세들을 부리려는지 구경꾼들을 쫓지도 않고 오히려 목소리를 높인다. 이제는 허윤수가 물었다.

“우리가 추천을 하려면 자네 근본을 알아야지. 그래, 올해 나이가 몇인가?”

“스물넷 범띠올시다.”

"무반이 되기 딱 좋군."

머리를 끄덕인 허윤수가 말을 이었다.

"내가 산에서 만난 산적을 베어 죽이던 자네의 용맹을 그대로 절도사 영감께 말하겠네. 안 절도사는 우리하고 동문수학한 사이일세."

"그리고…."

조진행이 어깨를 펴고 말했다.

"내가 조금 전에 절도사 영감 심부름을 온 별장한테 물어보았더니 난리 중이라 병마절도사 권한으로 무반을 임명할 수 있다고 하네. 정7품 사정, 감군에서 종6품 부장이나 수문장, 종사관까지 특채를 할 수가 있다고 했어."

"소인은 나리를 모시고 평양으로 가는 것으로 해줍시오. 무반은 당치가 않습니다."

안용남이 겨우 말했더니 둘러선 종들한테서까지 혀 차는 소리가 들렸다. 특히 산에서 산적을 만났던 허 참판 댁 종들이 더 그랬다. 문득 머리를 든 안용남의 시선이 다시 왼쪽 끝으로 옮겨졌다. 종들 뒤에 서 있었지만 허옥은 키가 커서 머리가 드러났다. 시선이 마주치자 당황한 허옥이 종들 사이로 몸을 숨긴다. 그 순간 안용남의 가슴이 뛰었고 눈에 열기가 실렸다. 그때 허윤수가 다짐하듯 말했다.

"안 되네. 병마절도사를 뵙고 나서 우리하고 같이 평양으로 가도록 하세. 그러면 되지 않겠는가?"

허윤수의 시선을 받은 안용남이 어깨를 부풀렸다가 내리면서 대답했다.

"예, 나리."

"됐어, 됐어."

조진행과 허윤수가 제각기 머리를 끄덕였을 때 안용남이 다시 허옥을 보았다. 허옥이 몸을 돌리고 있다.

유시(오후 6시) 무렵, 조 진사 댁에 들른 황해도 병마절도사 안상철은 갑옷 차림에 말을 탔다. 안상철은 별장(別將) 둘에다 장교 10여 명으로 이루어진 기마군을 이끌고 온 것이다. 안상철이 안용남을 부른 것은 저녁을 마친 술시(8시) 무렵이다. 사랑방에 셋이 나란히 앉아서 방문을 열어놓고 안용남을 마루에 들도록 한 후에 안상철이 물었다.

"두 어른으로부터 말씀 들었다. 특히 허 참판께서 네 무술을 높이 평가하셨다."

안상철은 무골(武骨)이었다. 눈 끝이 치솟았고 입술이 두터워서 절간의 사천왕 같다. 목소리도 쉬어서 나무통을 긁는 소리가 난다. 안상철이 목소리를 낮춰 물었다.

"두 분이 추천은 하셨으나 첫째, 내 눈으로 네 무술을 보지 못했고, 둘째, 네 근본이 불확실하며, 셋째, 네가 국록을 먹을 관직에 적합한지가 의문이다."

절절이 맞는 소리였지만 듣다보니 은근히 가소로운 느낌이 든 안용남이 슬쩍 시선을 들었다. 눈이 마주치자 안상철의 눈빛이 강해졌다.

"아무리 전시(戰時)라고 해도 군사를 부리는 무관(武官)을 뽑으려면 신중해야 된다. 너 글을 아느냐?"

"언문은 아오."

안용남의 대답이 불퉁스러워졌다. 머리를 독사처럼 치켜든 안용남이 안상철을 보았다.

"그래서 제가 자격이 안 된다고 두 나리께 말씀 드렸소이다. 소인 이만 돌아가겠소."

안용남은 뒤쪽의 인기척을 진즉부터 느끼고 있었지만 돌아보지 않았다. 하인들이 숨어 듣고 있는 것이다. 허옥도 끼어 있는지 모르겠다. 그때 안상철이 쓴웃음을 지으며 두 양반을 보았다.

"저놈이 제법 기(氣)가 있구려. 무골이오."

"글쎄, 내가 뭐라고 합디까?"

허 참판이 나섰고 조 진사는 안용남이 불퉁거리는 것이 마음에 안 든 것 같다. 입을 딱 물고 있다. 그때 안상철이 턱을 들더니 어둠에 덮인 마당 쪽을 향해 불렀다.

"서 별장 있느냐?"

"예, 나리."

굵은 목소리와 함께 가죽 갑옷 차림의 사내가 다가와 안용남 옆에 섰다.

"네가 이놈과 한번 겨뤄 보아라."

안상철이 눈으로 안용남을 가리켰다.

"지게 작대기를 쓰는 게 낫겠다."

"예, 그렇지요."

사내가 선선히 대답했지만 안용남이 머리를 저었다.

"소인은 싫소이다. 국록은 안 먹겠소. 내가 벌어서 내가 먹겠소이다."

"아니, 저놈이…."

조 진사가 눈을 치켜떴을 때였다.

"쉿!"

안상철이 갑자기 이 사이로 쉿소리를 내더니 뭔가를 던졌다. 그 순간 안용남이 몸을 틀면서 날아온 단검을 두 손을 모아 잡았다. 두 손바닥을 부딪쳐 단검 날을 잡은 것이다. 다음 순간 단검 손잡이가 안용남에게 쥐어졌고 마룻바닥에 꽂혔다. 안용남이 던져 꽂은 것이다. 순식간에 일어난 일이어서 두 문관(文官)은 무슨 영문인지 몰라 눈만 껌벅였지만 안상철은 빙그레 웃었다. 그러고는 서 별장에게 묻는다.

"서 별장, 어떠냐?"

"소인보다 낫소이다."

30대 중반쯤의 서 별장이 서글서글한 얼굴로 안용남을 훑어보며 말을 이었다.

"단검을 받으면서도 소인에게 빈틈을 보이지 않았습니다. 너끈히 서너 명은 감당할 수 있는 실력이오."

"그럼 이것으로 됐다."

머리를 끄덕인 안상철의 표정이 엄숙해졌다.

"국난을 만나 인재가 필요한 때다. 본인이 싫다고 물러날 수 없다. 너는 지금부터 정7품 사정이다."

"잘못 걸렸어."

입맛을 다신 안용남이 겐조와 다로를 번갈아 보았다. 해시(오후 10시) 무렵, 셋은 조 진사 댁 행랑채 담장 쪽의 나무 밑에 서 있다. 안용남이 말을 이었다.

"내일 아침에 일찍 이 집 식구들하고 같이 떠난다는데, 도망치는 수밖에 없다. 자, 짐을 꾸려라."

"조장!"

겐조가 나섰다.

"그러지 말고 관직을 잡으시오. 미쓰이 님도 틀림없이 기뻐하실 것이오."

"네가 어떻게 아느냐?"

버럭 성을 낸 안용남이 겐조를 노려보았다.

"나를 망해가는 나라 무관을 시켜서 함께 망하라는 거냐?"

"나, 이런…."

혀를 찬 겐조가 말을 이었다.

"우리 목적이 궁중 내시 김윤수를 만나 왕실 정보를 빼내는 것 아니었소? 조장이 무관이 되어 궁중 출입을 하면 더 잘될 수가 있지 않겠소?"

"네가 조선 임금이냐? 날 궁중 출입 무관을 만들게?"

"무슨 방법이 있을 것이오."

"시끄럽다. 짐 싸!"

그때 잠자코 있던 다로가 나섰다.

"조장, 조선 임금이 있는 평양까지만 무관으로 가 보십시다."

안용남의 시선을 받은 다로가 빙그레 웃었다.

"어차피 내일 모두 평양으로 갈 것 아닙니까? 가서 수틀리면 도망쳐 나와도 되지 않겠소?"

"병마사가 두 양반 식솔 호위를 하면서 따라갈 것 같으냐? 보아하니 병마사는 내일 먼저 떠난다. 그럼 나도 너희들하고 떨어지게 돼."

"황해도 병마사 휘하가 되었으니 얼마든지 찾을 수 있지요."

이번에는 겐조가 말하더니 다로를 보았다. 마치 말을 맞춘 것 같다.

"우리 2번대도 바로 지척에서 북상하고 있으니 내일 다로를 미쓰이 님께 보내 지시를 받도록 하겠소. 그럼 되지 않겠소?"

"이놈들이 조장 모르게 모의를 한 것 같군."

"조장이 너무 진절머리를 내어서 그렇소. 인연을 잡으시오."

겐조가 달래듯이 말했으므로 안용남이 마침내 쓴웃음을 지었다.

"일이 꼬이는군."

그날 밤 자시(12시)가 되었을 때 허옥이 눈을 떴다. 뭔가 어깨에 떨어졌기 때문이다. 벌레가 물었는가 하고 어깨를 주물렀던 허옥이 모로 누웠을 때 이번에는 등에 뭔가 떨어졌다. 놀란 허옥이 머리를 들었을 때 뒤쪽 창이 한 뼘쯤 열려 있는 것이 보였다. 올리고 내리는 창이다. 숨을 죽이고 창을 응시하던 허옥이 상반신을 일으켰다. 이곳은 안채의 별채여서 방에 몸종 막순과 둘이서 자고 있던 중이다. 막순은 고른 숨소리를 내면서 잠이 들었는데 본래 잠이 들면 떠메 가도 모르는 잠충이다. 그때 문이 조금 더 열리더니 사람 얼굴이 희미하게 드러났다. 귀신같다. 숨을 들이켠 허옥이 상반신을 일으켰지만 눈만 치켜뜬 채 소리는 지르지 않았다. 짐작이 갔기 때문이다. 막순을 돌아본 허옥이 침구에서 일어나 창으로 다가가 섰다. 그러자 한 뼘 간격을 두고 사내의 얼굴이 떠 있다. 마부(馬夫), 이제 정7품 무관이 된 사내가 보며 이 사이로 말했다.

"아기씨, 받을 것이 있어서 왔소."

허옥은 어금니를 물었지만 물러서지도, 창문을 닫지도 않았다. 그때 사내가 다시 말했다.

"주시겠소?"

별당 옆에 신주를 모신 사당이 있다. 피란을 떠나려고 신주는 다 따로 챙겼고 빈 마루방이 을씨년스럽지만 정갈했다. 이곳은 집 안에서 가장 신성한 곳이다.

"여기는…."

따라 들어온 허옥이 겨우 말했을 때 어둠 속에서 안용남이 이를 드러내며 웃었다.

"아기씨답지가 않군. 여기 모셨던 귀신은 다 옮겨졌소."

안용남이 들고 온 옷가지를 마룻바닥에 깔면서 말을 이었다.

"자리는 옹색하지만 곧 잊게 될 것이오."

"넌 도둑놈이야."

마침내 허옥이 이 사이로 말했다.

"강도 같은 놈."

"자, 어서…."

옷가지를 깐 옆에서 바지 끈을 풀면서 안용남이 말했다.

"난리통에 꿀같이 단 이야기를 나눈다면 미친 연놈들이지. 그저 치고받고 싸우는 것이 당연하지."

그때 허옥이 치마를 젖히더니 속치마 끈을 풀면서 말했다.

"금방 끝낼 거지?"

속치마를 벗은 허옥이 주춤거리면서 옷가지 위에 앉았을 때 안용남이 옆으로 다가왔다.

"비켜."

허옥이 안용남의 어깨를 밀었지만 건성이다. 안용남이 오히려 허옥의 어깨를 밀어 옷가지 위에 눕혔다. 깊은 밤, 어디선가 밤 뻐꾸기가 울었다. 두 평짜리 사당은 어둡지만 밤눈에 익숙해진 안용남은 허옥의 그림 같은 얼굴을 본다. 허옥이 두 손으로 얼굴을 가리며 말했다.

"난 몰라."

안용남은 허옥의 치마를 젖혀 올린 순간 숨을 들이켰다.

"아기씨….."

안용남이 불렀으나 허옥은 대답하지 않았다. 할 이야기가 있어서 부른 것이 아니다. 알 수 없는 감동이 치밀어 올라왔기 때문이다. 조선땅은 난리를 만나 벌써 수십만이 죽었고 수백만이 피란길에 올라 아비규환의 세상이 되었다. 그러나 이곳은 극락이다. 사당 안에서 곧 가쁜 숨소리와 함께 신음이 이어졌다. 이윽고 둘의 몸이 떼어졌을 때 안용남이 허옥의 어깨를 당겨 안으면서 천정을 바라보며 누웠다.

"아기씨, 내가 관찰사 휘하로 들어가면 언제 헤어질지 모르오."

허옥은 아직도 숨을 고르면서 대답하지 않는다. 안용남이 말을 이었다.

"아기씨, 나하고 헤어지면 정혼한 사내하고 혼사를 치르시려오?"

"내가 어떻게…?"

허옥이 불쑥 되묻더니 얼굴을 안용남의 가슴에 묻었다.

"날 버려놓고 다른 사내한테 가란 말이야?"

"참판께서 시키면 어쩔 수가 없지 않소?"

"거기는 입도 없나? 말도 못 해?"

허옥이 머리를 들고 내쏘듯이 묻는다.

"여자 위에 올라가기만 하는 게 남자야?"

"내일은 아기씨가 위에서 하시오. 내가 가르쳐 드릴 테니까."

"시끄럿!"

꾸짖듯 소리쳤지만 허옥은 안용남의 몸에 더 바짝 안겼다.

"평양에 가면 아버님께 여쭐 거야."

"뭐라고 말씀이오?"

"안 사정한테 몸을 버렸다고…, 그럼 죽이시진 않겠지."

안용남은 숨을 들이켰다. 그렇지만 가당키나 한 일인가? 이쪽은 밀정인 몸이다. 개가 웃을 노릇이다.

다음날 아침, 안용남이 우려했던 일이 일어났다. 황해도 병마절도사 안상철이 묘시(오전 6시)가 되었을 때 출발한 것이다. 왜군이 개성을 돌파해 임무를 서둘러야 했기 때문이다.

"서쪽으로 가서 관군을 모아야 한다."

허리에 장검을 차면서 소리치듯 말했다. 안상철의 임무가 바로 그것이다. 안상철이 마당에 서 있는 전령에게 물었다. 개성의 전황을 알려온 장교였는데 밤을 새워 달려왔기 때문에 온몸이 땀과 먼지로 젖었다.

"다 죽었느냐?"

"예, 면안 현감 이우돈과 만호 장상수가 전사했고 살아남은 군사는 2백여 명인데 모두 흩어졌습니다."

그들을 친 왜군이 바로 2번대 가토군이다. 안용남의 본대인 것이다. 그때 안상철의 시선이 안용남에게 옮겨졌다.

"사정, 넌 장교 둘을 데리고 내 호위를 맡는다, 알았느냐?"

"예, 나리."

얼른 대답은 했지만 안용남의 어깨가 늘어졌다. 이제 품계와 함께 직책이 주어졌다. 병마절도사의 호위장이다. 안용남은 이미 허리갑옷에 환도를 찼고 머리에는 서 별장이 빌려준 기마군용 붉은 띠를 두른 두건을 써서 어설프나마 무관 행색이다. 말에 오른 안상철이 서둘러 방에서 나온 허 참판과 조 진사 둘에게 작별인사를 했다.

"서둘러 평양으로 가시게. 나도 서쪽 고을을 돌아보고 가겠네."

"몸조심 하시게."

양반 둘이 건성으로 인사를 했는데 그들도 왜군이 개성을 돌파했다는 것을 들은 터라 눈동자의 초점이 잡히지 않았다. 안용남이 말고삐를 잡았을 때 겐조와 다로가 다가왔다.

"내가 지금 미쓰이 님을 만나러 가오."

다로가 낮게 말했고 겐조는 떠나는 동무를 배웅하는 표정을 짓고 말을 이었다.

"나는 허 참판 식솔을 따라 평양으로 갈 테니 허 참판 댁에서 만납시다."

"그러자."

머리를 끄덕인 안용남이 다시 입맛을 다셨다.

"들었느냐? 내가 병마절도사 호위장이 되었다."

"왜군의 머리를 몇 개 베고 나면 관등이 오를 것이오."

겐조가 웃지도 않고 말했으므로 안용남은 말에 솟구쳐 올랐다. 말고삐를 당기면서 옆으로 돌았을 때 사랑채 모퉁이에 서 있는 허옥이 보였다. 시선이 마주쳤지만 허옥은 머리를 돌리지 않았으므로 안용남은 혀를 찼다.

"사정, 평양에서 보세."

뒤쪽에서 허 참판이 소리쳐 말했으므로 안용남이 서둘러 말 머리를 틀었다.

"나리, 또 뵙겠습니다."

허리를 굽혀 마상례를 했을 때 조 진사가 쓴웃음을 지었다.

"모두 우리 집 사당이 영험했기 때문이다. 자네가 관직을 받은 것도 그 덕분일세."

숨을 들이켠 안용남의 시선이 절로 반대쪽에 서 있는 허옥에게 옮겨졌다. 사당이라니? 어젯밤에 허옥을 안았던 그 빈 사당이다. 허옥의 얼굴이 순식간에 빨개졌지만 그 이유를 아는 사람은 안용남뿐이다.

"자, 가자."

말을 몰아 다가온 안상철이 소리치더니 박차를 넣었다. 호위장 안용남이 뒤를 따랐고 장교 둘이 잇는다. 그 뒤를 별장 둘이 10기의 기마군을 이끌고 중문을 빠져 나갔는데 그 기세가 볼만했다. 조 진사 댁은 물론이고 허 참판 댁 식솔까지 모두 그들의 뒷모습을 본다.

"너희들은 어디로 가느냐?"

소리쳐 물은 안상철이 앞에 선 관군들을 훑어보았다. 미시(오후 2시) 무렵, 이곳은 신원 근처의 국도변, 관군들은 우마차 10여 대에 가득 나무 상자와 부담농(負擔籠), 가재도구까지 싣고 가는 중이었는데 방향이 북쪽이다. 그때 위쪽에서 말굽 소리가 들리더니 두 필의 기마인이 달려왔다. 그중 앞장선 기마인은 무명 두루마기에 갓을 썼는데 안장에 금술을 둘렀다. 미복을 했지만 고위급 관리다.

"그대는 누군가?"

내쏘듯이 두루마기가 물었는데 40대쯤 되었고 수염이 잘 다듬어졌다. 사내의 시선이 쏘아지듯 안상철을 향한다. 녹록지 않다. 안상철은 무반 차림을 하고 있었지만 관등 표시가 붙어있지 않았다. 그때 안상철이 버럭 소리쳤다.

"내가 황해도 병마절도사 안상철이다! 그대는 누군가?"

그때 두루마기가 받았다.

"난 해주목사 박기상이오, 병마사 영감이시군."

"아, 그러시오?"

138

어금니를 물었지만 안상철의 어깨가 내려갔다. 해주목사면 정3품이다. 안상철은 병마절도사로 종2품이었으니 겨우 반 등급 차이다. 게다가 박기상은 동인(東人)으로 조정의 권력을 쥐고 있는 마당이다. 파당에 속하지 않고 지방만 돌아다녔던 안상철은 안면이 넓지가 못한 것이다. 그러나 지금은 전시(戰時)다. 보아하니 박기상은 관군을 동원하여 재산을 싣고 피란을 가는 중이다. 해주는 이곳에서 남쪽으로 70여 리 거리다. 백성들과 관속들은 어떻게 되었는가? 관군은?

"영감, 해주의 관병은 어찌 되었소?"

안상철이 묻자 박기상이 어깨를 폈다. 박기상도 말 위에 앉아만 있다.

"모두 피란을 갔소."

박기상이 안상철의 뒤에 서 있는 10여 기의 기마군을 둘러보았다.

"그래서 저도 주상이 계시는 평양으로 가는 중입니다."

"…"

"미리 전령을 보내어 영의정 대감과 유 정승께도 간다는 전언을 보냈소."

"우마차가 몇 대나 되오?"

"모두 14대요."

"무슨 짐이오?"

"내 가재도구올시다."

"짐을 옮기는 관병은 몇이오?"

"대략 50여 명은 되리다."

그때 박기상 뒤에 서 있던 사내가 헛기침을 했다. 30대 후반쯤으로 보인다.

"내가 이조 정랑(吏曹 正郎) 박기윤이고 지금 장형님을 모시고 주상께 가는 중이오."

안상철의 시선이 사내에게로 옮겨졌다. 이조 정랑은 정5품이지만 관리의 인사권을 쥔 요직 중의 요직이다. 주상의 신임을 받아야만 하고 권력을 쥔 당파의 요인이 임명되는 것이다. 이조 정랑의 한마디면 판서도 목이 달아난다. 그때 안상철이 천천히 머리를 끄덕였다.

"서둘러 가시오. 나는 관병을 모으러 각 고을을 다니는 중이오."

그러고는 말 머리를 돌리며 덧붙였다.

"해주는 갈 필요가 없겠소. 이미 무주공산이 되었을 테니까 말이오."

말에 박차를 넣은 안상철이 말을 달렸고 뒤를 기마군이 따른다. 모두 말이 없다. 뙤약볕이 내리쬐는 메마른 국도에 자욱한 먼지가 일어났다. 1리(400m)쯤 달렸을 때다. 말고삐를 챈 안상철이 손을 들어 기마대를 멈춰 세우더니 머리를 돌려 안용남을 보았다. 그러고는 눈짓으로 따라오라는 시늉을 하고 옆으로 빠졌다. 일행과 10여 보쯤 떨어졌을 때 안상철이 안용남에게 말했다.

"조금 전 그놈들을 죽이고 오너라!"

유시(오후 6시)가 되었을 때 지친 아녀자들이 다리를 절기 시작했으므로 박기상은 국도변의 민가 다섯 채에 여장을 풀었다. 아직 왜군은 개성 위쪽에 머물고 있어서 여유가 있다.

"그자, 안상철은 서인 윤지숙과 함경도에서 친하게 지냈다고 들었습니다."

박기윤이 말하자 박기상은 쓴웃음을 지었다.

"놔둬라, 그놈. 전장에서 곧 죽을 게다."

"돌아서면서 해주가 무주공산이라고 하는 말에 가시가 돋쳐 있었습니다."

박기윤의 두 눈이 표독해졌다. 민가 중 가장 번듯한 집을 골라 식구들을 뒤채로 몰아내고 두 형제가 방 안에서 술상을 차려놓고 마주앉아 있다.

"평양에 가는 대로 황해도 병마절도사 직을 면하고 죄를 만들어 귀양을 보내겠습니다."

"어허, 넌 하나만 알고 둘은 모른다."

정색한 박기상이 박기윤을 보았다.

"지금 같은 전시(戰時)에는 전장에 보내는 것이 귀양이고 귀양 보내는 것이 영전이다. 너도 평양에 가면 나를 명과의 국경지역으로 귀양이나 보내다오."

"아이구, 형님도."

마침내 박기윤의 얼굴에서 살기가 지워졌다. 저녁을 먹고 났더니 술시(오후 8시)가 넘어 있어서 마당을 오가던 하인들의 발자국 소리도 뜸해졌다.

"주상이 명에 청병사(請兵使)를 보낸다고 했으니 형님께선 병을 칭하고 누워 계시는 게 낫습니다."

술잔을 든 박기윤이 말을 이었다.

"그건 잘되어도 생색이 안 나고 못 되면 주상이 죄를 물어 죽일 것입니다."

"그럴만한 임금이지."

한 모금 술을 삼킨 박기상이 목소리를 낮췄다.

"그저 도망치기에 급급한 임금 밑에서 목숨을 버리고 충성을 바칠

신하가 어디 있단 말이냐? 어불성설이다."

그때 방문이 열렸으므로 박기윤이 머리를 돌렸다가 이맛살을 찌푸렸다.

"무슨 일이냐?"

관복 차림의 사내가 들어선 것이다. 가죽 갑옷에 머리에 무반 두건을 썼고 허리에 장검을 찼다.

"아니?"

사내의 발을 본 박기상이 눈을 치켜떴다.

"이놈, 여기가 어디라고…."

사내가 신발을 신고 들어선 것이다. 그때 박기윤이 숨을 들이켰다. 심상치 않은 기색을 느낀 터라 소리를 치려는 것이다. 그 순간이다.

"악…!"

짧은 외침이 박기상의 입에서 터졌다. 사내가 허리에 찬 칼을 뽑으면서 후려쳤고 그것이 박기윤의 머리통을 몸에서 떼어낸 것이다. 피가 옆으로 쏟아지면서 박기상의 얼굴을 적셨다. 다음 순간 후려친 칼날이 위로 솟구쳤다가 비스듬히 내리쳐졌다. 이번에는 박기상의 머리통이 떼어져 방바닥으로 떨어졌다. 그때서야 숨을 뱉은 안용남이 피에 젖은 칼날을 박기상의 등판에 꼼꼼히 닦은 후에 칼집에 넣었다. 방 안을 둘러본 안용남이 온전하게 놓인 술병을 들더니 병째로 입에 대고 삼켰다. 꿀꺽이며 마지막 한 방울까지 삼킨 안용남이 술병을 내려놓고는 안주로 놓인 육포를 집어서 입에 넣었다. 방에서 나온 안용남이 마당으로 내려섰을 때 여종 하나가 지나쳤지만 시선도 주지 않았다. 이윽고 밖으로 나온 안용남은 국도 건너편 숲에 매어놓은 말고삐를 풀고는 말에 올랐다. 그때 건너편 민가에서 날카로운 외침 소리가 울리더니 곧 여자들

의 비명으로 이어졌다. 쓴웃음을 지은 안용남이 말에 박차를 넣고 달려
가기 시작했다.

"둘 다 목을 베어 죽였습니다."

자시(밤 12시) 무렵, 북상한 안상철의 숙소는 길가의 민가다. 마루에
올라온 안용남이 말하자 안상철이 어둠 속에서 눈의 흰자위를 번득이
며 대답했다.

"잘했다. 네가 간신들을 없앴다."

"나리."

목소리를 낮춘 안용남이 어두운 방 안에 앉은 안상철을 보았다. 주
위는 조용하다. 민가에는 온전한 방이 하나밖에 없어서 군사들은 옆의
다른 빈집에서 묵고 있다. 모두 피란을 간 것이다.

"이 일을 소인께 시키신 이유가 무엇입니까? 그것이 내내 궁금했습
니다."

"그러냐?"

"나리께서 해주목사와 이조 정랑을 베어 죽일 권한이 없지 않습니
까? 만일 그것이 발각되면 저는 물론이고 나리께서도 극형을 받게 되
실 것 아닙니까?"

"그렇다."

그때 안상철이 어둠 속에서 흰 이를 드러내며 소리 없이 웃었다.

"정말 죽였느냐?"

"두 형제가 방에서 술을 마시고 있는 것을 칼질 두 번에 끝냈습니다."

"그것이 천벌이다."

"나리께서 천벌을 내리시는 분입니까?"

"이놈!"

안상철이 낮게 꾸짖었지만 목소리가 날카롭지는 않다. 그러더니 부스럭거리는 소리를 내면서 마루 위로 나와 안용남과 한 걸음 거리로 다가와 앉았다.

"내가 널 시킨 이유를 아느냐?"

"쓰고 버리는 헌 칼 노릇이겠지요. 탄로가 나더라도 소인은 야적 취급을 받을 테니까요. 정식 무관이 된 것도 아니지 않습니까?"

"옳지."

"나리께선 모른다고만 하면 되실 겁니다. 그렇지 않습니까?"

"맞다."

"소인이 이제 나리의 약점을 쥐었다는 생각이 안 드십니까?"

"이놈⋯."

말은 그렇게 했지만 곧 안상철이 이를 드러내고 웃었다.

"너는 지금부터 내 심복이다."

"측근에 놓고 입을 막으시려는 것입니까?"

"난세에는 너 같은 놈이 필요하다."

"이런 일을 시키시려면 대가를 주셔야 되지 않겠습니까?"

"오냐, 주마. 뭘 주랴?"

"7품 사정으로 벼슬 붙였다는 소리는 듣기 싫소이다. 소인이 죽인 이조 정랑 놈 벼슬을 주시오."

"이 무식한 놈이⋯."

혀를 찬 안상철이 곧 머리를 끄덕였다.

"평양에 가면 어전에서 별시 임시 무과를 치르도록 할 것이다. 그때 급제하면 너는 6품에 오르고 바로 승급도 된다."

"병마사는 언제 됩니까?"

"허어…, 내일 아침에 군사들한테 내 심부름으로 허 참판한테 다녀왔다고 해라."

안상철이 정색하고 말했으므로 안용남은 허리를 굽혀 보이고는 물러났다. 마루에서 가로질러 밖으로 나왔을 때 번을 서던 군사 하나가 다가와 물었다.

"사정 아니시우? 언제 오셨소?"

"조금 전에 왔네."

이맛살을 찌푸린 안용남이 어깨를 펴고는 투덜거렸다.

"난리통에 무관 감투를 씌운 건 들개 잡아다가 집 지키라고 문 앞에 매어놓은 꼴이여. 도망가지도 못하고 큰일이야."

"하하하."

늙수그레한 군사가 시원하다는 듯이 웃었다.

"사정은 말재주가 좋으니 병마사가 되시겠소."

이렇게 아랫사람 인심을 얻는 것이다.

1592년 4월 13일 부산포에 상륙한 왜군은 19일 김해성을 함락시키고, 25일 상주(尙州) 싸움에서 조선군 총대장 이일을 패퇴시켰다. 다시 27일, 탄금대에서 조선군을 궤멸시키고 신립을 패사시켰다. 조선 임금 선조는 4월 30일 한양성을 빠져나와 5월 1일 개성에 도착했고, 고니시의 왜군 1번대와 가토의 2번대는 5월 2일 한양성에 입성했다. 부산포에 상륙하고 나서 18일 만에 조선의 도성을 점령한 것이다. 왜군은 그야말로 승승장구, 백전백승의 기세로 조선군을 무찔렀는데 조선군은 역으로 연전연패했다. 단 한 번의 승리가 있기는 했다. 도원수 김명원은 부원수 신각과 함께 한강을 지키다가 적의 기세에 겁을 먹고 병기와 기계, 화포까지 모두 강물에 집어넣고 도망질을 했다. 그때 부원수 신각이 도망치는 김명원을 따라가지 않고 유도대장(留都大將)이며 우의정을 지낸 이양원과 함께 양주로 갔는데, 그곳에서 마침 함경남도 병사(兵使) 이혼의 군사를 만났다. 신각은 이혼의 군사와 합세하여 왜군이 한양성에서 나와 민가를 노략질하는 것을 기습하여 대승을 거두었다. 왜군의 수급 60여 개를 베었으니 첫 승리였다. 그러나 그때 도망쳤던 도원수 김양원이 선조에게 '신각이 제 마음대로 다른 곳으로 떠났으며 명령에 복종하지 않는다.'라는 내용의 장계를 올렸다. 그것을 읽은 선조는 선전관을 보내 군중(軍中)에서 신각을 베어 죽였다. 승리에 들떴던 군사들은 아우성을 쳤지만 신각은 임금이 보낸 선전관의 칼을 받으면서 하늘을 보고 쓴웃음만 지었다고 한다. 뒤늦게 신각이 보낸 승전 보고를 받은 임금 선조가 급하게 사형을 중지시키라는 선전관을 보냈지만 이미 신각은 죽은 후였다. 도망치고 나서 신각을 모함한 김명원의 죄를 묻는 사람은 아무도 없었다. 출세를 거듭한 김명원은 우의정, 좌의정에 이르렀다. 선조가 평양에 들어간 날이 5월 7일이다. 이순신이 옥포해전에서 왜군의 수군 30여 척을 격파하며 수군의 첫 승전을 기록한 날이다.

"주상을 뵙고 오겠다."

평양성에 들어갔을 때는 5월 중순이었다. 군사들을 성안 임시 숙소에 대기시킨 안상철이 서둘러 의관을 갖추고 나오면서 말했다. 안상철의 시선이 안용남을 향했다.

"안 사정은 나를 따르도록."

안용남이 눈만 껌벅였더니 안상철이 혀를 찼다.

"누가 안 사정한테 옷가지를 빌려 주거라. 볼썽사납다."

과연 땀과 때에 젖은 군복이 거지 행색이었던 것이다. 별장 둘이 서둘러 이리 뛰고 저리 뛰더니 여기서 윗도리, 저기서 가죽신을 빌려와 안용남에게 입히고 신겼다.

"제법 그럴 듯하구나."

안용남의 차림을 본 안상철이 쓴웃음을 짓더니 말에 올랐다.

"이보게, 궁 안의 시위, 별장들하고 시비 붙지 말게."

그동안 친해진 별장 고환이 안용남에게 말했다.

"그놈들은 내시놈들하고 한 통속이라 거만하고 표독스럽다네. 잘못 걸리면 매질을 당한다네."

"고맙소."

말에 박차를 넣으면서 안용남이 웃었다.

"매질을 누가 당한다오? 베어 죽이고 도망쳐 오겠소."

신시(오후 4시) 무렵이다. 평양성 안은 피란민으로 가득 차 있어서 말은 달리지 못했고 오히려 앞이 막혀 비틀거린다. 안상철의 뒤에 바짝 붙어 가면서 안용남은 문득 '참 용케 궁 출입을 하게 되었다'는 생각을 했다. 숨어 가는 게 아니라 당당히 들어간다.

"황해도는 이미 왜적의 발굽에 짓밟혀 있겠구나."

임금 선조가 안상철을 보더니 대뜸 말했다. 평양 관찰사의 관저를 사용하고 있는 터라 청은 스무 평 넓이밖에 되지 않는다. 당상관, 당하관을 가릴 상황도 아니고 그럴만한 공간도 없어서 안상철은 선조로부터 열 걸음쯤 떨어진 마당에 서 있다. 선조 좌우에 시립한 대신들은 10여 명, 모두 정2품 이상의 대감이다. 선조가 말을 이었다.

"난리통에 평양성으로 오던 해주목사 박기상과 이조 정랑 박기윤 형제가 왜적에게 무참히 죽었다. 마지막까지 남아 군민을 돌보고 나서 임금을 모신다고 오다가 죽었다니 충신이다."

안상철은 머리만 숙였고 선조의 목소리는 감정에 북받쳐 떨렸다.

"그래, 너는 군사를 얼마나 모았느냐?"

"한강 싸움에서 낙오한 군사 2천여 명을 청단 군수 임우석에 인솔시켜 평안 병마절도사 한석기에게 보냈습니다."

"들었다."

"경기도 관찰사 휘하의 낙오병 3천여 명이 곧 평양성으로 모일 것입니다."

"잘했다."

안용남은 마당 끝 벽에 붙어 서 있었는데 한양성 같았으면 이렇게 가깝게 서 있을 수 없을 것이었다. 임금과의 거리는 30보 정도다. 마당이 좁았기 때문에 마당 건너편 청에 앉은 임금이 보인다. 주위에는 정5품 별장, 현령, 종5품인 도사, 선전관까지 벽에 붙어 서 있다. 물론 임금의 목소리도 다 들린다. 그때 안상철이 말했다.

"전하, 왜군이 북상해 오는 터라 각지의 의병을 일으킴과 동시에 요소에 관군을 내려 보내어 막도록 해줍시오."

임금이 대답하지 않았으므로 안상철이 말을 이었다.

"전하, 지금도 늦지 않았사옵니다. 환주와 수안, 신평에 관군을 보내어 의병과 함께 세 곳을 막으면 왜군의 북진을 막을 수가 있사옵니다."

"이보오, 절도사."

청 왼쪽에 서 있던 8도 도원수 김명원이 나섰다. 김명원은 당년 59세, 5년 전인 선조 20년에 종1품 좌찬성을 지낸 문신이니 옆에 서 있는 유성룡보다 더 연상이며 고관이다. 8도 도원수는 조선군 총사령관이나

148

같은 것이다. 김명원이 눈을 가늘게 뜨고 안상철을 내려다보았다.

"그럼 평양성을 비우란 말이오? 군사를 세 곳으로 분산시켰다가 주상이 계신 평양성을 기습당하면 그 만고에 이어질 죄를 어찌 감당 하겠소? 당치 않은 말씀을 거두시오."

안상철이 머리를 들었을 때 오른쪽의 대신 하나가 거들었다. 종1품 우찬성 박지학이다.

"주상이 계신 평양성을 비울 수는 없소. 절도사는 하나만 알고 둘은 모르는 말씀을 하시오."

"물러가라."

그때 선조가 불쑥 말했으므로 안용남은 숨을 들이켰다. 선조가 안상철을 노려보고 있었기 때문이다. 그 표정에 쓰여 있는 말을 안용남은 읽을 수 있었다.

"이놈, 내 목숨은 아무렇지도 않단 말이냐? 군사는 나를 지켜야 하지 않느냐?"

안상철이 허리를 굽혀 절을 하더니 뒤로 두 걸음 물러나와 몸을 돌렸다. 허리를 편 안상철과 시선이 마주쳤을 때 안용남은 얼른 외면했다. 그러나 안상철의 표정이 잔영으로 머릿속에 남았다. 눈빛이 강했고 물기까지 배어서 번들거리고 있었던 것이다. 어금니를 물었는지 볼의 근육도 굳어져 있다. 안용남은 잠자코 안상철의 뒤를 따라 쪽문을 나왔다. 이제 조선 임금의 얼굴도 보았다.

다음날 오후 평양성 안 연무대 공터에서 임시 무과(武科) 별시(別試)가 열렸다. 무과 별시는 임금이 평양성에 온 후로 거의 이틀에 한 번꼴로 열렸는데 전시여서 무반(武班)이 턱없이 부족했기 때문이다. 그러나 응

149

시자가 적었기 때문에 장교들이 피란민 사이를 다니며 모으는 형편이다. 오늘 무과에는 80여 명의 응시자가 모였는데 그중 절반이 장교다. 나머지는 상민 출신으로 30, 40대 중년도 끼어 있다. 감독관은 병조 좌랑(兵曹佐郎)과 참판에다 무관(武官)으로 평안도 병마첨절제제사(兵馬僉節制使), 병마절도사까지 둘이 나왔고 황해도 병마절도사 안상철은 자청해서 판관 역할을 맡았다. 오늘 별시의 장(長)은 우의정 유성룡이다. 시험은 전시(戰時)임을 감안하여 검술과 창술, 궁술과 권법 중 두 가지를 택하여 겨루기로 했고 마술(馬術)은 맨 나중에 넣었다. 안용남은 안상철의 직권으로 정7품 사정에 올랐지만 이번 무과에 합격하면 등급에 참조가 될 것이었다. 안용남처럼 절도사나 관찰사로부터 정7품, 6품 직위를 받은 자가 여섯 명이나 있었기 때문이다. 안용남은 검술과 궁술을 택했는데 먼저 목검으로 겨루는 검술 대련에서 상대 세 사람을 연거푸 이겨 갑(甲)을 받았다. 갑을 받은 응시자는 넷이었다. 검술 대련에서 병(丙) 등급은 탈락이다. 그 다음의 궁술에서는 1백 보 거리에서 사람의 몸통만하게 만들어놓은 짚 뭉치를 맞혀야 한다. 나무에 매달아놓고 흔들리는 뭉치여서 10발 중 3발이 갑(甲)이며 1발이 병(丙)이다. 한 발도 못 맞히면 불합격인 것이다. 전시라 무반이 필요했지만 시험은 엄격했다. 다만 미리 관직을 받은 자는 특별히 부족하지 않으면 탈락은 시키지 않았다. 안용남은 궁술에서 짚 뭉치에 대고 10발을 쏘아 7발을 맞혔다.

"허…, 저자가 장원급제로군."

별시장(長) 유성룡이 감탄했다. 유성룡이 옆에 앉은 안상철을 보았다. 안상철이 데려온 자라는 것을 아는 것이다.

"문중(門中)에서 데려오셨소?"

"아닙니다. 종씨지만 타성이나 같습니다."

쓴웃음을 지은 안상철이 머리까지 저었다.

안상철의 친족이냐고 물은 것이다.

"평양으로 오는 도중에 만났습니다."

안상철이 허 참판한테서 들은 안용남의 무용담을 말하자 유성룡이 다시 감탄했다.

"이것이 인연이군, 영감이 노상에서 보물을 주우셨구려."

그러고는 주위를 둘러보고 나서 말을 이었다.

"큰일 났소. 주상 주위에는 입만 가진 무장이 들끓고 있소."

안상철이 어금니만 물었을 때 유성룡의 말이 이어졌다.

"8도 도원수 김명원은 수만 군사를 떼죽음을 시키고 부원수 신각까지 무고로 죽인 죄가 있는데도 주상 옆에서 군권을 장악하고 있소. 큰일이오."

"한응인 같은 얼굴 좋은 문관에게 대군을 맡기면 안 됩니다."

마침내 안상철이 울분을 터뜨렸다.

"주상은 백성부터 생각하셔야 합니다."

"쉿, 말조심 하시오."

그때 마상기가 열렸고 말을 탄 응시자가 내달려왔다. 기마술을 보이면서 칼이나 창으로 목표를 찌르고 베는 것이다. 유성룡이 긴 숨을 뱉고 나서 말했다.

"국난에 가장 중요한 것이 무엇이겠소? 아무리 뛰어난 장수가 있어도 하늘이 흐리면 다 소용없소."

그 하늘이 무엇인가? 임금이다. 유성룡은 둘러말한 것이다. 그때 함성이 울렸다. 안용남이 말을 타고 달리면서 흔들리는 과녁을 1백보 밖에서 활로 쏘아 맞힌 것이다.

"장하다!"

유성룡이 탄성을 질렀다. 두 번째 화살도 적중하자 유성룡이 안상철을 보았다.

"장원급제에 종5품 종사관으로 승급시킵시다."

겐조와 다로가 찾아온 것은 안용남이 종사관 직첩(職牒)을 받은 지 사흘이 지난 후다.

"종사관이 되셨소?"

눈을 둥그렇게 뜬 다로가 안용남의 모습을 위아래로 훑어보았다.

"이러다가 우리를 잡아가는 것 아니오?"

평양성 안 주막의 객방에 셋이 둘러앉았다. 안용남은 이제 멀쩡한 관복 차림에 허리에는 홍띠를 매었고 환도를 찬 종5품 종사관 차림이다.

"이놈, 네 죄를 알렸다."

어깨를 편 안용남이 엄숙한 표정을 짓자 다로는 웃었지만 겐조는 눈썹을 모으면서 말했다.

"여보 조장, 미쓰이 님 전갈이오."

다로가 입을 다물었고 겐조의 말이 이어졌다.

"내시 김윤수하고 더 용이하게 만날 수 있게 되었다고 하셨소. 그리고 김윤수한테 조장 이름을 알려주겠다고 하십디다."

"내 이름을 말이냐?"

놀란 안용남이 겐조를 보았다.

"그럼 다른 조가 이곳에 있는 모양이군."

"그렇소. 하지만 누군지는 모르오."

머리를 끄덕인 안용남이 둘을 번갈아 보았다.

"너희들은 어디에서 묵을 테냐?"

"황금을 갖고 있으니 아무데나 묵을 수 있지만 허 참판 댁을 찾았소"

겐조가 웃음 띤 얼굴로 말을 이었다.

"남문 안쪽의 양반댁 스무 칸 집을 얻어 들어갔는데 우리가 가면 내치지는 않을 것 아니오? 목숨을 구해준 은인이니 말이오."

"그 집 계집종들이 지난번에 꼬리를 쳤소."

다로가 침까지 삼키면서 말하더니 문득 머리를 들고 안용남을 보았다.

"조장이 마부 노릇을 한 아기씨가 절세미인 아니었소?"

"시끄럽다."

어깨를 부풀렸다가 내린 안용남이 정색하고 둘을 보았다.

"그럼 허 참판 댁으로 가는 것이 낫겠다. 기찰에 걸리지도 않을 테니까."

"식객은 안 받을 테니 집안일을 거들면서 지내야겠소."

쓴웃음을 지은 겐조가 혼잣소리처럼 말을 잇는다.

"조선땅을 먹으면 그놈의 아기씨도 내 차지가 될 테지만 말이오."

안용남의 눈치를 살핀 겐조가 덧붙였다.

"물론 조장이 마음에 두고 있다면 그까짓 계집은 양보하겠소."

둘과 헤어진 안용남이 절도사 숙소로 들어섰을 때 당번 장교가 말했다.

"영감께서 찾으셨소."

유시(오후6시)가 되어갈 무렵이다. 안용남이 사랑채 마루 앞에 서서 안상철을 불렀다.

"나리, 부르셨습니까?"

"응, 종사관 왔느냐?"

문을 연 안상철이 안용남을 보았다.

"네가 내일 아침에 중화에 다녀와야겠다."

안용남이 잠자코 시선을 주었다. 중화는 평양 남쪽 고을이다. 그곳에 황해도 군사 2백여 명이 모여 있었는데 모두 패잔병이다. 8도 도원수 김명원이 끌고 나갔다가 전멸시키고 남은 군사다. 안상철이 말을 이었다.

"병마우후 조기재가 군사를 데리고 있는데 병이 났다고 한다. 네가 가서 남은 군사를 이끌고 이곳으로 오너라."

"예."

하룻길이었으므로 가볍게 대답한 안용남이 안상철을 보았다. 전령을 시켜도 되는 일이었기 때문이다. 그때 안상철이 호흡을 고르더니 목소리를 낮췄다.

"조기재는 김명원의 수족으로 두 번이나 명을 어기고 군사를 움직이지 않았다. 가서 물래 죽여라."

중화현 위쪽 만수 고개에 진을 친 황해도군(軍)은 본래 전(前) 황해도 병마절도사 송명철의 휘하 3천 중 남은 병력이다. 송명철도 출병 직전에 옷을 갈아입고 오겠다면서 관저로 들어갔다가 나오지 않았다. 도망질을 한 것이다. 그러니 군사를 맡은 판관 유언학은 왜적보다도 도망친 송영철을 죽이지 못한 것이 분해 이를 갈다가 왜군에게 죽었다. 그리고 남은 병력이 만수 고개에서 진을 치고 있는 것이다. 진막 안으로 들어선 안용남이 조기재를 보았다.

"우후께선 몸이 어떠시오?"

병마우후 조기재는 40대 중반으로 비대한 체격이다. 안쪽 보료에 비스듬히 앉은 조기재의 얼굴에 쓴웃음이 떠올랐다. 얼굴빛이 붉은 것이 술을 마신 것 같다. 미시(오후 2시)밖에 되지 않았으니 낮술을 한 것이다.

"내가 냉증이 있어서 술로 몸을 덥혀야 겨우 움직이네."

"그렇소? 술이 약이라는 말이 과연 맞는 것 같습니다그려."

안용남이 웃지도 않고 말했더니 조기재의 둥근 얼굴이 더 붉어졌다. 조기재는 안용남이 벼락 무관인 줄을 아는 것이다. 병마우후는 정4품 관등이라고 해도 종5품 종사관에게 함부로 말을 낮출 수는 없는 노릇이다. 진막 안에 장교, 부장급 무관이 서너 명 있었으므로 안용남이 정색하고 말했다.

"절도사 영감의 명을 받아 내가 황해도 잔병을 인수하러 왔소. 우후께선 병환이 계시니 귀환하시지요."

"그런가?"

조기재가 눈을 치켜뜬 채 말했다.

"8도 도원수 대감께서도 선전관을 보내 나한테 한 달 병가를 주셨네. 그런데 절도사께서도 바로 그대를 보내주셨군."

"오는 중에 왜군 탐색대를 만났으니 길을 피해 가셔야 될 것이오."

그 순간 조기재의 얼굴이 굳어졌다. 가는 눈을 더 가늘게 뜬 조기재가 안용남을 보았다.

"왜군 탐색대가 벌써 이곳까지 북상했단 말인가?"

"평양성 근처에도 돌아다닙니다."

"어디서 보았는가?"

"산청골 국도변에서 만나 내가 우회해 왔으니 그 길은 피하시오."

"그럼 정산 길로 돌아가야겠군."

"서둘러야 해 지기 전에 평양에 닿습니다."

자리에서 일어서는 조기재를 본 안용남이 몸을 돌려 진막을 나왔다. 따라 나온 장교 중 하나가 안용남에게 물었다.

"종사관 나리, 산청골이면 이곳에서 15리 길입니다. 우리도 서둘러야 될 것 아닙니까?"

"그러니 떠날 준비를 해라."

머리를 들고 해를 올려다본 안용남이 말을 이었다.

"신시까지 준비를 마치도록. 그동안 나는 중화현에 다녀오겠다."

"예, 종사관 나리."

기운을 차린 장교들이 군사들을 향해 달려갔고 안용남은 말에 올랐다. 고개를 달려 내려온 안용남의 모습은 곧 사라져 보이지 않았다. 한 식경쯤 후에 만수 고개를 내려온 세 필의 기마군이 황야를 가로질러 북상했다. 바로 병마우후 조기재와 측근 부장, 장교 하나다. 기마군 셋이 정산 길로 들어섰을 때는 다시 반 식경쯤 지난 후였다. 정산 길은 산기슭을 돌아가는 길로 옆에 작은 개천이 있다.

"아앗!"

뒤쪽에서 낮은 외침이 울렸으므로 조기재는 머리를 돌렸다. 그 순간 날아온 화살이 목을 꿰뚫었고 성대까지 뚫린 조기재는 입만 딱 벌린 채 말에서 떨어졌다. 그때 마지막 남은 종사관은 등판에 화살이 박혀 말 위에 엎어졌다. 잠시 후에 말발굽 소리가 딱 끊겼다.

4장 궁중 암투

중화현에서 황해도군(軍) 잔병을 인솔하고 돌아온 날 저녁, 안용남은 병마절도사 안상철과 마주앉아 술상을 받았다. 술시(오후 8시) 무렵, 안상철이 방으로 안용남을 부른 것이다. 이제 5품 무반이라고 해도 종2품 절도사인 안상철과 감히 마주앉을 신분은 아니지만 전시(戰時)다. 임금도 평안도 관찰사의 옹색한 청에서 당상관 당하관을 함께 맞는 상황인 것이다. 술잔을 든 안상철이 앞에 앉은 안용남을 지그시 보았다.

"너는 내 심복이다."

"황송하오."

대뜸 머리를 숙여 보인 안용남도 안상철의 시선을 맞받는다.

"또 죽일 놈이 있소이까?"

"하하하…."

소리 내어 웃었지만 곧 안상철의 얼굴이 일그러졌다.

"이러고 있는 내가 따지고 보면 역신(逆臣)이지."

"임금이 백성을 버리고 도망칠 궁리부터 하는데 그런 임금을 쫓는

자가 충신이란 말씀이오?"

"허, 이놈 보게."

혀를 찬 안상철이 지그시 안용남을 보았다.

"그런 말은 어디서 들었느냐?"

"평양까지 따라온 양반댁 하인, 백성들이 다 그럽니다."

"너도 이제 종5품 종사관이다. 난리 속이라고 하지만 언행을 조심해야 될 것이야."

"예, 쥐도 새도 모르게 죽이고 다니지요."

안상철이 슬쩍 눈을 치켜떴다가 곧 쓴 웃음을 지었다. 죽이라고 한 것이 안상철이다. 임금에 대한 역신 노릇은 안상철부터 시작했다. 안용남의 잔에 곡주를 채워준 안상철이 불쑥 물었다.

"너는 이 조정을 어떻게 생각하느냐?"

숨을 들이켠 안용남이 안상철을 보았다. 방으로 불러들인 이유가 바로 이것이다. 조정이란 임금을 말한다, 바로 조선이라는 왕국. 어깨를 편 안용남이 대답했다.

"이런 조정은 차라리 없는 것이 낫습니다. 소인이 부산에서부터 이곳까지 오면서 조선 백성이 어떻게, 얼마나 죽었는지를 제 눈으로 보고 왔습니다."

제 손으로도 조선 군사를 죽인 터라 안용남의 증언만큼 생생할 수는 없을 것이다. 안상철은 눈길만 주었고 안용남의 말이 이어졌다.

"몇몇 향관, 현감, 부사가 군사를 이끌고 몸을 던져 왜군을 막았지만 대부분은 도망질하기에 바빴습니다. 그러니 수십만의 백성이 도살되어 코가 잘리고 귀가 떼어졌습니다. 이 지옥보다 더 처참한 꼴을 임금이 알까요?"

158

"…."

"상주, 탄현에서는 조선군 장수라는 자들이 어처구니없는 짓으로 수만 군사를 죽이고 도망쳤습니다. 임진강에서도 수만 조선군을 죽인 8도 도원수란 자가 도망질을 쳐서 지금도 임금 옆에 있다지요?"

"…."

"임금이 도망칠 궁리나 하니까 이런 역적들을 놔두는 것이지요. 이런 조정은 망해야 합니다."

"누가 임금이 되면 좋겠느냐?"

"절도사 나리께서 임금 하시지요."

"이놈!"

안상철이 꾸짖었지만 곧 헛웃음을 웃더니 술잔을 들었다.

"네 말을 들으니 시원하다."

머리를 든 안용남이 숨을 들이켰다. 안상철의 눈에 눈물이 가득 담겨 있었기 때문이다.

"임금이 명에 입국시켜 달라고 밀사를 보냈다. 임금은 명으로 도망칠 작정이야."

안용남은 잘되었다는 생각부터 들었다. 그러면 임금 없는 세상이 될 테니까.

다음날 오후, 안용남이 평양 대동문 옆 사가(私家)로 다가갔다. 이 사가(私家)는 내시 김윤수가 궁중에 필요한 사물(私物)을 구입하기 위해서 마련해 놓은 집으로 양반의 첩이 쓰던 6칸짜리 기와집이다. 작지만 사랑채, 행랑채도 나뉘어져 있었는데 장옷을 쓴 여인 서넛이 들락거리는 것을 보니 궁인(宮人) 같았다.

"뉘시오?"

대문 앞에 얼쩡거리며 서 있던 두 사내가 안용남이 관복을 입었는데도 묻는 것을 보면 궁을 지키는 장교 같다. 안용남이 눈을 부라리며 둘을 보았다. 사복을 입었지만 둘은 허리에 환도를 찼다.

"난 궁인(宮人) 김 공(公)을 만나러 온 종사관 안용남이다."

"그러십니까?"

사내 하나가 비켜서면서 말했다.

"기다리고 계십니다. 들어가시지요."

"그런데 너희들은 누구냐?"

"선전관청 휘하의 장교올시다."

선전관청이라면 왕명을 수납하고 왕의 경비를 담당하는 기관이며 정3품 선전관 수뇌의 지휘를 받는다. 조선 임금의 경호대가 이곳 사가의 경비를 맡고 있는 것이다.

집 안으로 들어가자 마당 건너편 마루에 앉아 장옷 차림의 여인 둘에게 뭔가를 말하고 있던 사내가 안용남에게 시선을 주었다. 40대쯤으로 준수한 용모였지만 수염이 없으니 격이 떨어져 보인다. 안용남이 다가가자 사내가 물었다.

"안 종사관이시오?"

"그렇습니다. 김 공이십니까?"

내시라고 부를 수는 없는 노릇이다. 머리를 끄덕인 사내가 마루 옆자리를 손으로 가리키며 말했다.

"방이 없습니다. 마루에 앉으시지요."

그러더니 앞에 선 두 궁인에게 지시했다.

"그럼 그대들은 서둘러 마마께 돌아가게. 주상께서 저녁 수라로는 개고기를 꼭 드시도록 해야 되네."

궁에 올릴 개를 잡은 것 같다. 안용남이 마루 끝에 앉아 김윤수를 보았다. 김윤수한테서 향냄새가 났다. 여자들한테서 풍기는 냄새다. 그때 김윤수가 똑바로 안용남을 보았다.

"종사관이 되시다니, 일이 잘되었소."

"어쩌다보니 이렇게 되었소."

안용남이 쓴웃음을 지었다.

"첩자가 벼슬을 하다니, 나는 오히려 거북하오."

"아니, 그렇지 않소."

정색한 김윤수가 안용남을 응시한 채 말을 이었다.

"내가 아오야마 님 이야기를 듣고 무릎을 쳤소. 그래서 미쓰이 님께 어제 전갈을 보냈소."

"무엇을 말이오?"

"아오야마 님, 아니, 안 종사관이 궁에서 일하도록 내가 손을 쓰겠소."

"궁에서 일하다니요?"

안용남의 얼굴이 찌푸려졌다. 갈수록 태산이라는 표현이 지금의 안용남 심중(心中)이다. 주위를 둘러본 김윤수가 말을 이었다.

"선전관청에 내 줄이 닿아 있소. 지금이 전시(戰時)니 금화 30냥이면 선전관청의 정5품 선전관으로 옮겨갈 수가 있소. 그러면 임금을 따라 다니게 되니 전장에 끌려 나갈 염려가 없을 것이오."

"…."

"거기에다 임금 주변의 기밀을 바로 습득할 수가 있으니 일석삼조가 아니겠소? 조선 조정이 우리 손아귀에 들어 있는 셈이지."

김윤수가 이를 드러내고 소리 없이 웃었다.

"그리고 또 있소. 수백 명의 궁녀, 상궁, 후궁까지 손을 댈 수가 있단 말이오. 종사관은 코도 크고 허우대가 멀쩡하니 잘되었소."

그래서 아까부터 자꾸 훑어보았구나.

다음날 평안감찰사의 관아로 들어간 황해도 병마절도사 안상철이 수선거리는 관리들 사이에 끼었다.

때는 6월 8일이다. 4월 13일에 왜군이 부산포에 상륙하여 첨사 정발이 장렬하게 전사한 지 두 달 가깝게 되었다. 그동안 왜군은 호호탕탕(浩浩蕩蕩) 북진해 왔으며 육군은 연전연패를 거듭했다. 오직 승리를 한 것은 부원수 신각이 양주 해위령에서 왜군 수급 60여 개를 벤 것이었지만 도원수 김명원의 모함에 걸려 참수되었다.

왜군은 상주 싸움에서 도순변사 이일의 조선 대군을 궤멸시켰고, 충주 탄금대에서는 신립이 이끈 3도(道)의 조선군을 몰살시켰다. 또한 한응인, 김명원이 이끈 마지막 조선군도 임진강에서 전멸한 것이다. 그러나 수군(水軍)은 다르다. 이순신이 5월 3일 옥포 해전에서 왜적의 수군 30여 척을 격파한 것을 시작으로 6월 2일에는 당포에서, 6일에 율포에서 왜적의 수군을 깨뜨렸으니 수군이 희망이다. 그러나 6월 8일이 된 지금, 왜군의 1번대인 고니시군이 대동강 근처까지 척후를 보내고 있다. 임금이 머물고 있는 평양성 근처까지 압박해 온 상황이다.

"여기 계셨군."

청 밑의 마당에서 임금 선조가 나타나기를 기다리고 있던 안상철 앞으로 관리 하나가 다가왔다. 정3품 관복을 입고 있는 선전관청의 수뇌 박민상이다. 박민상은 현재 실권을 장악하고 있는 동인(東人)이며 임금의 측근이다. 밤낮으로 임금 주변을 맴도는 터라 신임하는 신하가 아니면 임용되지 않는 것이다. 긴장한 안상철이 박민상을 보았다.

"무슨 일이오?"

"내가 방금 이조 참판의 내락을 받았소. 순서를 따지면 이조 정랑을 거쳐야 되나 정랑이 갑자기 죽는 바람에…."

박민상의 말에 안상철의 가슴이 뜨끔했다.

이조 정랑 박기윤은 안상철이 안용남을 시켜 죽였다. 그때 박민상이 한 걸음 다가와 섰다.

"영감 휘하에 이번에 별시 무과에 장원해서 종5품 종사관이 된 안용남이 있지 않소? 그자를 내가 선전관청으로 데려오겠소. 전시(戰時)여서 내가 우선 순으로 뽑았으니 이해하시오."

안상철은 놀랐으나 곧 마음을 가다듬었다. 이런 경우에는 휘하의 무관이 임금 직속의 선전관청으로 뽑혀가는 것이니 영예로 봐야 정상이다. 전시에는 더욱 그렇다. 그래서 머리를 끄덕이며 말했다.

"영광이오, 안용남의 무명(武名)이 영감한테도 전해졌구려."

"전시여서 왕실의 호위가 급합니다."

"알겠소. 안용남을 바로 영감께 보내리다. 그자가 충직하니 영감 마음에 들 것이오."

"영감께서 잘 가르치신 덕분이지요."

덕담을 마친 안상철은 임금을 만날 의욕을 잃고 청 밖 중문을 나왔다. 딱히 임금을 보고 할 말도 없었기 때문이다.

왜군이 대동강 건너편에서 얼쩡거리는 상황이라 평양성 안 피란민들은 술렁이고 있다. 임금이 평양성을 버리고 또 도망간다는 소문이 벌써 퍼져 있었기 때문이다. 한 술 더 떠서 임금이 압록강을 건너 명(明)으로 도망치려고 사신을 보냈다는 소문도 퍼지기 시작했기 때문에 성안

분위기는 험악해져 있다.

숙소로 돌아온 안상철이 마침 옆쪽 객사에서 나오는 안용남을 불러 세웠다. 병마사의 관저 안마당에서 둘이 마주보고 섰다. 안상철이 똑바로 안용남을 보았다.

"네가 선전관이 되었다. 지금 바로 선전관 박민상 영감을 찾아뵈어라."

안용남이 시선만 주었으므로 안상철이 마침내 외면하고 말했다.

"너한테 잘된 일이다. 어서 가보아라."

"어, 그대가 안용남인가?"

평안관찰사 관저 마당에서 만난 선전관 박민상이 안용남의 인사를 받더니 얼굴을 펴고 웃었다. 신시(오후 4시)쯤 되었다. 박민상은 문관(文官)이다. 문과에 급제하여 예조 참의로 있다가 작년에 선전관이 되었는데 40대 중반쯤의 나이에 마른 체격이다. 안용남의 위아래를 훑어보던 박민상이 머리를 끄덕였다. 박민상은 이목구비가 단정한 용모에 옷차림도 빈틈이 없다. 박민상이 웃음 띤 얼굴로 안용남을 보았다.

"자네가 별시 무과를 치르는 것을 내전의 누가 본 모양이야. 내전에서 자네를 보내달라는 연락이 왔어."

바로 김윤수다. 김윤수가 후궁인지 왕비인지 알 수 없지만 그쪽 지시를 받고 박민상에게 전해주었거나 아니면 혼자 지어낼 수도 있을 것이다. 빈마마께 '그런 말씀을 하셨습니까?' 하고 감히 확인하려고 덤비는 대신은 없을 것이다.

"황송합니다."

일단은 그렇게 말할 수밖에. 머리를 숙인 안용남에게 박민상이 말을

164

이었다.

"자네는 내일부터 내전 호위를 맡게. 자네 휘하에는 종6품 부장 둘하고 장교 스물넷이 들어가네. 내전 경비는 어영청 소관이라 우리는 안쪽을 맡은 셈이지. 주상이나 비빈마마의 측근 경호는 우리가 맡는 거네."

자세히 설명해준 박민상이 턱으로 안쪽을 가리켰다.

"저기 중문에 가서 내시 김윤수를 찾게. 김윤수가 내전 안 경비를 말해줄 거네."

중문 안이 바로 내전인 것이다. 금남의 지역이며 임금과 비빈이 사는 성역이다.

박민상과 헤어진 안용남이 중문 앞으로 다가가 지켜선 수문장에게 말했다. 어영청 소속의 종6품 무관이다.

"수문장, 난 이번에 선전관으로 온 안용남일세. 내시 김윤수를 만나야겠네."

"말씀 들었소."

30대의 건장한 수문장이 안용남의 위아래를 훑어보며 말했다.

"작년에 장원을 한 김복동이오."

"아이구, 내 선배님이시군."

"전시(戰時)에 무과를 보면 관등이 더 높아지는 것을 몰랐소. 나도 기다렸다가 지금 무과를 치를 것을."

"전란이 나기를 기다린다는 말로 들리니 내가 곧 위에다 고변을 하지."

안용남이 정색하고 말했더니 사내가 눈을 부라렸다.

"농담도 못하우?"

"농담으로 반역을 해도 되는가?"

"어서 들어가시오."

"인심 쓰는 것 같아서 안 들어가네."

"내가 잘못했으니 들어가시오."

"엎드려서 절을 한 번 해야 들어가겠네."

그때서야 장난인 줄 안 수문장이 흰자위가 다 보이도록 흘겼다.

"난 정말로 고변을 하는 줄 알았지 뭐요, 실없는 양반 같으니."

"정말일세."

"그 양반 내전 선전관 신고는 단단히 하는구먼."

뒤쪽에 선 장교 셋은 둘의 말싸움이 시작될 때는 놀라 굳어 있다가 지금은 실실 웃고만 있다. 발을 뗀 안용남이 장교들을 향해 눈을 부릅 떴다.

"너희들도 수문장 흉내를 냈다가는 아예 장형을 맞고 전장으로 쫓겨 날 줄 알아라."

어깨를 편 안용남이 다가가자 장교들은 비켜서더니 문을 열어주었 다. 중문 안으로 들어선 안용남이 숨을 들이켰다. 마당에는 장옷도 걸 치지 않은 궁녀들이 오고갔는데 모두 절색이다. 연분홍 치마저고리가 마치 꽃밭에 온 것처럼 느껴졌다.

지나던 내시 하나를 불러 김윤수를 찾았더니 일각(15분)도 되기 전에 바로 나타났다. 김윤수는 내전에 들어와서야 알았지만 종4품 관등으로 상책(尙冊), 대비전에서 왕과 왕비의 명령을 전달하는 직급인 승전색(承 傳色)이었다.

"어이구, 선전관 오셨군."

김윤수가 웃음 띤 얼굴로 다가왔다.

"어때? 꽃밭에 들어온 것 같지 않은가?"

"당신이 종4품 관등인지 몰랐소."

김윤수가 이끄는 대로 옆 건물로 다가가면서 안용남이 말했다.

"내시도 관등이 있구려."

"무식한 선전관 같으니."

쓴웃음을 지은 김윤수가 작은 별당의 마루 끝에 앉더니 손바닥으로 옆을 두드렸다. 앉으라는 시늉을 하면서 말을 잇는다.

"이 사람아, 내시에도 당상관이 있네. 상선(尙膳) 직은 종2품이고, 상온 직은 정3품이라네."

"몰랐소."

"앞으로 배우게."

"알면 되었지. 내가 불알을 떼어낼 것도 아니고 뭘 더 배우란 말이오?"

"허, 이런 발칙한 놈 보았나?"

"같은 왜군 첩자 처지에 당상관 따지려오?"

"허허허."

마침내 김윤수가 입을 벌리고 웃었다. 가만 보니 목젖이 없고 피부가 여자처럼 곱다. 목소리도 꾸며낸 것 같았으므로 안용남이 슬쩍 한 뼘쯤 떨어져 앉았다. 그때 김윤수가 말했다.

"이봐, 물러나지 마라. 난 남색을 밝히지 않는다."

"난 차라리 짐승에다 할망정 사내는 싫은 사람이오."

"그건 첫눈에 알아보았어."

그러더니 김윤수가 정색하고 안용남을 보았다.

"내가 승전색으로 왕과 왕비전, 후궁들까지 오가는 바람에 조선 왕실의 기밀을 나만큼 아는 사람이 없다."

"말 내려놓으려우?"

"잠자코 들어."

김윤수가 눈을 부릅떴으나 안용남은 투덜거렸다.

"내가 좋아서 왜군 밀정이 되었나? 난데없이 불알 없는 사내의 졸개 노릇을 하다니, 기가 막혀서 그러우."

"조선왕은 곧 평양성을 빠져 나갈 것이라고 전해. 이삼 일 후가 될 테니 괜히 대동강을 건너와 병력 손실을 할 이유가 없다고 전하라구."

차분하게 말하는 김윤수의 분위기에 어느덧 안용남이 빠져들었다. 김윤수가 말을 이었다.

"고니시 님의 1번대가 가장 먼저 와 있지만 그쪽 밀정들도 알고 있을 거야. 성안에도 소문이 다 났으니까."

"왕이 압록강을 넘어 명으로 도망칠 것이라는 소문도 있소."

"지금 왕의 밀서를 갖고 명으로 밀사가 떠났어."

"정말이오?"

"내가 왕의 밀서를 직접 접어서 보자기에 싼 사람이다."

"정말로 조선땅을 빠져나갈 모양이구려."

"저런 놈은 왕도 아니다."

눈으로 옆을 가리킨 김윤수가 쓴웃음을 지었다.

"제 살 길만 찾고 백성들 생각은 전혀 하지 않는다."

"곧 망하겠구려."

"이순신이 살리고 있지."

머리를 든 김윤수가 엉거주춤 자리에서 일어서며 말했다.

168

"내가 앞으로 너를 직접 만나지 못하면 내 심부름꾼을 보내마. 여기서 기다려라. 온 김에 그 애도 만나고 가라."

"선전관이시오?"

다가온 궁녀가 물었지만 안용남은 대답하지 않았다. 흰색 저고리에 검정 치마를 입은 궁녀가 똑바로 안용남을 보고 있다. 흰 피부, 갸름한 얼굴, 맑은 눈이 안용남을 응시하고 있는 것이다. 저녁 무렵이 되어서 어둠이 덮이고 있었는데 이곳 별당 마루 앞에 청초한 꽃이 피어난 것 같다. 안용남이 먼저 주위부터 둘러보았다. 이곳은 신주를 모신 사당 같다. 그래서 사람들이 오지 않는다. 마루도 담장 앞에 붙어 있어서 앞이 탁 막혔다. 자리에서 일어선 안용남의 입에서 엉뚱한 말이 나왔다.

"그대도 왜군 밀정인가?"

그때 궁녀가 피식 웃었으므로 안용남은 숨을 들이켰다. 신비로운 웃음이다. 그래서 사람 같지가 않다. 귀신같다.

"그렇소, 밀정이오."

"나처럼 왜군한테 뽑힌 것인가?"

"아니, 난 자원했소."

다가선 궁녀한테서 옅은 향내가 풍겼다. 안용남이 자리에서 일어서자 궁녀의 시선이 따라왔다.

"상책님께서 일이 바쁘실 때는 나를 보내신다고 했소."

"만날 그대를 보았으면 좋겠군. 불알 없는 사내를 보니 양기가 시드는 것 같아서 그래."

"선전관께선 앞으로 소용이 크실 거요."

"그럼 오죽이나 좋겠나? 먼저 그대한테 한번 소용하도록 해주겠나?"

그때 갑자기 궁녀의 얼굴이 빨갛게 상기되었으므로 안용남은 헛기침을 했다. 그러나 먼저 시비를 건 쪽은 상대방이다.

"뭐, 가만 보니까 여긴 사람 왕래가 없는 곳 같으니…, 별당 안에서 잠깐이면 되네."

"참말로 상놈이시구려."

"내가 대마도인이야. 그래서 상놈 취급이냐?"

이제 궁녀의 얼굴은 하얗게 굳어 있다. 눈초리가 조금 올라가 있어 눈빛이 강했지만 안용남은 검술 시합을 하는 것처럼 시선을 받았다. 왠지 아까부터 궁녀에게 적의(敵意)가 솟아오르고 있는 것이다. 안용남이 지그시 궁녀를 내려다보았다.

"어떠냐? 네 몸은 사족을 못 쓰고 나한테 엉킬 것이다. 아직까지 그걸 모른다면 내가 극락 구경을 시켜주마."

"내가 차례로 알려주지."

이제는 궁녀가 차갑게 말했다.

"이곳에 발정난 암캐들이 많으니까 곧 너는 호사를 하게 될 거야."

"너는 언제 기회를 줄 테냐?"

"나중에."

한 걸음 뒤로 물러난 궁녀의 얼굴에 희미한 웃음이 떠올랐다.

"이제 매일 이곳에 들락거릴 테니 그 잘난 양물 간수를 잘 해야 될 것이야. 전란 일어나기 전에 선전관 한 놈이 쥐도 새도 모르게 죽어 나갔으니까 말이야."

궁녀가 반짝이는 눈으로 안용남을 보았다. 이제 주위는 어스름한 어둠이 덮이고 있다.

"이곳에선 내전의 추문이 새어나가지 않도록 처형을 해. 머리카락 한 올 남기지 않는다고, 선전관."

"네 이름은?"

불쑥 안용남이 물었더니 궁녀가 한 걸음 더 물러서며 말했다.

"이틀 후면 임금이 평양성을 도망쳐 나갈 거야. 그때 내전 호위를 맡을 테니 나를 보게 될 거니까 알아봐."

안용남이 다가선 겐조에게 말했다.

"이틀 후에 조선왕이 평양성을 도망쳐 나간다고 한다. 그렇게 전해라."

"누구한테서 들었다고 전할까요?"

"궁녀한테서 들었어. 김윤수하고 같이 일하는 년이야."

"알았소."

깊은 밤, 평양성 동문 안의 민가 마루에 세 사내가 앉아 있다. 하나는 선전관 차림의 안용남이요, 둘은 겐조와 다로다. 안용남이 말했다.

"내가 임금 행차를 호위하고 갈 것 같다. 그러니 너희들도 뒤를 따르도록 해라."

"그럼 허 참판네 식솔들도 행차를 따를 테니 묻어가면 돼."

겐조가 쓴웃음을 짓고 안용남을 보았다.

"조장이 선전관 벼슬을 달았다고 하니 가토 님께서 웃으셨다는 거요. 미쓰이 님이 그렇게 말씀하셨어."

"망해가는 왕조의 선전관 벼슬을 달고 뭘 하라는 말이냐? 대감도 싫다."

마루에서 일어선 안용남이 입맛을 다셨다.

"도대체 이게 무슨 꼴이란 말인가? 난 대마도에서 사냥을 하던 때가 가장 좋았다."

둘과 헤어진 안용남이 숙소로 정해진 평양 관찰사 관저 근처의 저택에 들어섰을 때 번을 서던 장교가 말했다.

"선전관을 찾는 사람이 있었소."

"누구냐?"

"허 참판 댁 하인이라던데 내일 아침 식전에 다시 오겠답니다."

"무슨 일인가는 말 안 해?"

"안 합디다."

머리를 끄덕인 안용남의 눈앞에 허옥의 모습이 떠올랐다. 호조 참판이었던 허윤수가 이번에 순변사를 맡게 되었다는 소식은 들었다. 참판이나 순변사도 종2품 직이나 난리통이라 순변사가 여럿 늘어났다. 겐조와 다로까지 허 참판 댁에서 위장 취식을 하고 있는 터라 안용남은 꺼림칙한 밤을 보내고 아침을 맞았다. 과연 아침 식전에 허 참판 댁의 낯익은 하인이 안용남을 찾아왔다.

"나리, 다시 뵙소."

늙수그레한 하인이 빠진 이를 드러내며 웃었다.

"이제는 선전관 나리가 되셨구려."

처음 만났을 때는 막말을 했던 하인이었으므로 안용남은 쓴웃음을 지었다.

"글쎄 말이야. 난리 속이라 나도 내가 선전관인지 상놈 행상인지 아직도 헷갈린다네."

"아이구 농도 잘하시오."

"그런데 어젯밤에도 왔다면서? 무슨 일인가?"

그러자 하인의 얼굴에서 웃음기가 지워졌다. 주위를 둘러본 하인이 마루에 바로 붙어 섰다.

"나리께서 긴한 말씀을 드릴 일이 있다고 하셨소."

"무슨 일인가?"

"글쎄, 내막은 모르겠고. 오늘 저녁 술시(오후 8시)경에 찾아와 주시기를 바란다고 하셨소."

"내가 틈이 날지 모르겠네. 내 소임이 전하가 계시는 대전 경비여서 말이여."

"바쁘시더라도 와주십사고 합디다."

"못 가면 그런 줄 아시라고 전하게."

"그러지요."

대답은 했지만 하인의 입술이 나왔다. 그것을 본 안용남이 입맛 다시는 소리를 냈다.

"자네도 알고 있겠지만 내일 전하께서 이곳을 떠나시네. 지금 눈코 뜰 새가 없는 상황이여."

그때 하인이 목소리를 낮추고 말했다.

"나리께서도 내일 아침에 평양을 떠난다고 하십디다. 떠나기 전에 드릴 말씀이 있는 것 같소."

안용남이 심호흡을 했다. 가야만 할 것 같다.

"네가 누구냐?"

문득 걸음을 멈춘 임금이 물었으므로 안용남은 숨을 들이켰다. 조선 임금이 바로 다섯 걸음 앞에서 자신을 바라보고 있는 것이다. 이곳은 대전으로 사용되는 관찰사 관저 옆 마당이다. 임금 선조가 대신, 내관들과 함께 지나다가 걸음을 멈추고 담장 가에 서 있는 안용남에게 물었기 때문에 모두의 시선이 이쪽으로 모여졌다. 안용남이 허리를 굽혔다.

"예, 선전관 안용남입니다, 전하."

"언제부터 대전 경비를 맡았느냐?"

"닷새 되었습니다."

그때 안용남을 알아본 정승 유성룡이 선조에게 말했다.

"엿새 전에 열린 별시 무과에서 장원급제를 했습니다. 종6품 사정에서 종5품 선전관으로 승급되어 대전 경비를 맡게 되었습니다."

"장하다."

선조가 머리를 끄덕였다.

"네 신체가 커서 눈에 띄었다. 안용남이라고 했느냐?"

"예, 전하."

"내 너를 자주 부르리라."

다시 한 번 시선을 준 선조가 발을 떼었고 대신들이 뒤를 따른다. 허리를 굽혔다가 편 안용남의 시선이 대열 뒤를 따르는 김윤수와 마주쳤다. 내관 상책 김윤수의 얼굴에 떠오른 웃음기를 안용남만 보았다.

선전관청의 수장인 박민상이 안용남을 불렀을 때는 한 시진(2시간)쯤 지난 오시(낮 12시) 무렵이다. 대전 앞쪽 선전관청으로 사용되는 별당 앞에 서 있던 박민상이 다가온 안용남에게 말했다.

"이보게, 자네가 주상의 눈에 띄었으니 날 원망하지 말게. 자네는 운이 좋아."

"무슨 말씀입니까?"

박민상의 얼굴에 희미한 웃음이 번졌다.

174

"자네 사주에 그렇게 쓰여 있는 것 같네."

"저는 그런 것 믿지 않습니다, 나리."

"허 참판 추천으로 안 관찰사로부터 종7품 사정이 되었다가 별시에 장원하고 이제 주상의 눈에 띄어 특임을 맡았으니 사주가 특별한 거 아닌가?"

"소인이 제 명에 살지 못할 것 같소."

"앞으로는 눈에 띄지 말게."

"그 말씀 하시려고 부르셨습니까?"

그러자 단정하고 항상 근엄했던 박민상의 얼굴에 다시 웃음이 떠올랐다.

"주상의 기밀 경호를 맡게."

"기밀 경호라니요?"

"주상께서 중궁전(中宮殿), 대전(大殿)을 왕래 하시는 경호를 떠나 내밀한 지시를 이행하는 역할이네."

"내시가 있지 않습니까?"

그렇다. 내시 중 종4품 상책(尙冊) 벼슬이 바로 승전색(承傳色)으로 국왕, 왕비의 명을 전달하는 역할이니 가장 영향력이 있는 직임이다. 바로 김윤수가 대전의 승전색인 것이다. 승전(承傳)이란 국왕, 왕비의 명을 구두로 전한다는 뜻이요, 색(色)은 담당이란 뜻으로 사용된다. 그때 박민상이 말했다.

"어떻게 할 것인지는 승전색 김윤수가 알려줄 것이네."

이번에도 김윤수가 손을 쓴 것 같다. 밤낮으로 임금과 붙어 있는 김윤수였으니 안용남을 추천하는 것은 일도 아니었을 것이다. 안용남이 소리죽여 숨을 내쉬었다. 이제 조선의 임금 측근에 붙었다. 내시 김윤수와 둘이 안팎으로 붙게 된 것이다. 머리를 든 안용남이 시치미를 딱 뗀 얼굴로 박민상을 보았다.

"나리, 명색이 무관인 소인이 밤낮으로 궁 안에 묻혀 궁녀의 암내만 맡고 지내게 되었소이다. 부디 소인을 밖으로 빼내어 숨 좀 쉬게 해줍시오."

그러자 박민상이 쓴웃음을 지었다.

"허, 이사람…. 무릉도원에 보내놨더니 인사가 고작 그것인가? 별사람 다 보았네."

술시(오후 8시) 무렵, 이제는 거침없이 허 참판 댁 사랑채로 다가간 안용남을 허윤수가 마루까지 나와 맞는다.

"어서 오게."

말투도 언제부터인가 하게로 올라갔다. 허윤수를 따라 방으로 들어선 안용남은 긴장했다. 방 안에는 주연상이 놓여있고 황해도 병마절도사 안상철과 조진행까지 와 있었기 때문이다. 기둥에 매단 대황초 불꽃이 흔들렸다가 꼿꼿하게 섰다. 말석에 앉은 안용남에게 주인장 허윤수가 먼저 술을 권했다.

"자, 인사는 그만하고 술부터 드시게."

"감사합니다."

두 손으로 잔을 받은 안용남이 슬쩍 셋의 기색을 살폈다. 셋은 동문수학한 지기이며 뜻이 맞는 우국지사다. 안용남이 겪어본 바에 의하면 무능한 임금과 부패한 조정에 대한 반감이 컸다. 특히 병마절도사 안상철은 과격해서 안용남을 시켜 해주목사 형제와 병마우후 조기재를 베어 죽이기까지 했다. 안용남이 단숨에 곡주를 삼켰을 때 허윤수가 헛기침을 했다.

"선전관, 대전(大殿) 경호를 맡게 되었다지?"

"예, 우연히 그렇게 된 것 같습니다."

안용남이 세 고관을 둘러보았다. 셋 중 아무도 안용남이 임금의 측근 경호 역으로 옮긴 것을 모르는 것이다. 선전관청장 박민상과 임금만이 안용남의 기밀 업무를 안다. 이번에는 안상철이 나섰다.

"선전관, 그동안 백성들이 어떻게 죽었는지, 군사들이 어떻게 당했는지 다 보았지?"

안용남의 시선을 받은 안상철의 두 눈이 번들거렸다. 어금니를 꽉 물고 있어서 물어뜯기 직전의 표정 같다. 안상철의 말이 이 사이로 나왔다.

"그리고 천벌을 받고 죽어도 싼 고관, 장수들이 어떻게 임금 옆에서 나라를 망쳐먹고 있는지를 조금은 보았을 것이네."

안용남이 어깨를 으쓱했다가 내리면서 셋을 차례로 보았다.

"세 분은 제 부모나 스승 같으신 분입니다. 기탄없이 말씀해 주시지요."

"임금은 곧 의주로 해서 명으로 도망칠 작정이네."

허윤수가 불쑥 말했으므로 안용남의 심장박동이 빨라졌다. 임금이 명나라로 도망칠 테니 받아달라는 청원서를 보냈다는 것까지는 안다. 그러나 지금 셋은 어쩔 작정으로 일개 종5품 선전관인 자신에게 이런 말을 하는가? 그때 안상철이 말을 받았다.

"명에서 회신이 왔어. 명 황제는 조선왕과 왕비, 왕자와 수행원을 합해서 1백 인만 명으로의 입국을 허용한다고 했네."

안상철의 얼굴에 일그러진 웃음이 떠올랐다.

"명 황제는 조선왕이 왜군을 뒤에 달고 명으로 들어오는 것을 꺼리는 것이지. 그래서 1백 인으로 제한을 했어."

"……"

"명 황제가 조선 내정(內政)을 모르겠나? 그냥 입국을 허락하면 조정의 신하 대부분, 싸우던 장수, 양반 무리까지 무더기로 넘어올까 두려운 것이지. 왜군도 뒤를 따르고, 그러면 명도 덩달아서 무너지게 되지 않겠는가?"

"……"

"바다에서 고군분투하는 이순신, 육지에서 흩어져 싸우는 이름 없는 의병들도 그 꼴을 보면 맥을 놓고 쓰러질 것이네."

그때 안용남이 눈을 치켜뜨고 다시 셋을 보았다.

"소인이 어떻게 하면 됩니까?"

"임금을 없애버리는 것이 낫네."

지금까지 입을 다물고 있던 조진행이 차분한 목소리로 말했다. 그러나 눈은 가장 번들거린다.

"지금 분조(分朝)를 이끌고 있는 세자 광해가 새 임금이 되어서 조선을 바로잡아야 하네."

"영감, 소인은 이미 영감의 지시를 받고 대역죄를 지었소이다."

어깨를 부풀렸다가 내린 안용남이 안상철을 보았다. 해주목사 형제 등을 베어죽인 일을 말하는 것이다. 조진행과 허윤수도 알고 있는 것 같다. 셋이 동시에 머리를 끄덕였을 때 안용남이 말했다.

"대의(大義)에 동의합니다. 그런데 저 혼자의 힘으로는 역부족이오. 새알로 바위를 치는 것이나 같소이다."

"암습(暗襲)을 해야지."

안상철이 이 사이로 말했다. 두 눈이 번들거리고 있다.

"임금이 평양을 떠나 의주로 도망칠 때 밤에 암습을 하는 것이야."

숨을 죽인 안용남이 안상철을 보았다. 안상철은 아직 안용남의 이동된 직무를 모른다. 안다면 천재일우의 기회라면서 펄쩍 뛰지 않겠는가? 안용남이 머리를 끄덕였다.

"저 혼자 합니까?"

"그럴 리가 있나?"

무관(武官) 안상철이 쓴웃음을 지었다.

"내 휘하에 종사관 하나와 별장이 있어. 그 둘을 선전관청의 호위군에 넣을 테니 그대가 지휘해주게."

"소인이 지휘를 합니까?"

"그대가 나이가 가장 낮지만 가장 믿을 만하네. 그대가 앞장을 서고 둘을 감시해주게."

내막을 짐작한 안용남의 어깨가 늘어졌다. 종사관과 별장도 믿을 수가 없기 때문일 것이다. 그때 안상철이 말을 이었다.

"지금 밖에 있으니 그대가 만나보게."

"만나지요."

"임금이 내일 밤에 평양성에서 야반도주를 하네. 좌상 윤두수와 도순찰사 김명원, 순찰사 이원익이 유 정승과 함께 평양에 남아 있겠지만 왜군이 총을 한 방만 쏘더라도 반드시 도망칠 것이네."

안상철의 목소리가 떨렸다.

"김명원 같은 대장 휘하의 군사는 이미 군사가 아니네. 이대로 가다가는 백성이 남아나지 않을 것이야. 벌써 수십만의 군사, 백성이 죽었어."

"소인이 보기에는 더 죽었소."

안용남이 어금니를 물고 셋을 둘러보았다. 셋은 과연 우국지사인가? 역모를 꾀하는 반역자인가? 지금 상태로는 반역자일 것이다. 그런데 이게 무슨 꼴인가? 자신은 왜군의 밀정으로 종5품 선전관에 오른 몸이다. 그때 안상철이 말을 받았다.

"가장 믿는 그대에게 지휘를 맡기는 것이야. 고 종사관과 박 별장을 이끌고 임금을 주살하게."

안상철의 말을 허윤수가 받았다.

"나도 이번에 한성부 좌윤 직함을 얻어 임금을 따르게 되었어. 그러니 수시로 만나 거사일을 정하기로 하세."

그때 잠자코만 있던 조진행이 나섰다.

"나는 여기서 떠나 의병을 모을 거네. 그리고 분조(分朝)로 가서 광해군을 모셔야지."

잠깐 방 안에 무거운 정적이 덮였다가 안용남의 말에 깨졌다.

"그럼 소인은 밖에 나가 둘을 만나 보겠습니다."

"나하고 같이 나가세."

안상철이 자리를 차고 일어섰다.

"내가 인사를 시켜주겠네."

방에서 나온 둘이 어둠에 덮인 마당으로 들어섰을 때 담장 가의 커다란 은행나무 둥치 옆에서 어른거리는 기척이 보였다.

"거기 있나? 이리 오게."

안상철이 부르자 두 사내가 나무에서 떼어진 것처럼 다가왔다. 장신의 허리에는 환도를 찼고 20대 중반쯤의 연배였다.

"내가 말한 안 선전관이야. 앞으로 안 선전관의 지휘를 받도록 해라."

안상철이 지시하자 둘은 잠자코 머리만 숙였다.

"난 종성에서 3년 있었소."

종사관 고연보가 술잔을 들고 말했다.

"여진과 3년을 싸웠지. 그런데 이쪽 왜군은 전혀 다르구만."

고연보는 넓은 얼굴에 수염투성이의 얼굴로 목소리가 굵다. 방 안에서 셋이 둘러앉아 술을 마시고 있었는데 안용남이 술을 산 것이다. 대동문 안쪽 주막은 조용했다. 해시(밤10시)가 지난 시간이다. 고연보가 술기운으로 붉어진 얼굴을 들고 안용남을 보았다.

"듣자하니 별시 무과에 장원하셨다구? 전에는 무엇을 하셨소?"

"행상을 했지. 고향은 부산진이고."

"난 농사를 지었소."

고연보가 눈으로 옆에 앉은 별장 박춘만을 가리켰다.

"여기 박 별장은 대정을 지내다가 무과를 치르고 무반이 되었지."

박춘만은 긴 얼굴에 말수가 적었지만 술을 잘 마셨다. 두꺼비가 파리를 잡아먹듯 날름 술을 삼킨다. 둘 다 실전 경험이 풍부한 무반(武班)이다. 주위를 둘러본 고연보가 목소리를 낮췄다.

"이보오, 선전관. 나는 절도사를 모신 지 반년이 되었소. 여기 있는 박 별장은 1년 되었고…. 그런데 이번 거사는 성공할 것 같소?"

"쉬잇."

갑자기 박춘만이 손가락을 입에 대더니 옆에 놓인 환도를 들고 일어섰다. 긴장한 안용남과 고연보를 내려다본 박춘만이 소리 없이 방을 나갔다.

"무슨 일이야?"

이맛살을 찌푸린 고연보가 환도를 집어 들었을 때 밖에서 무엇인가 넘어지는 소리가 났다. 놀란 안용남도 환도를 움켜쥐고 고연보의 뒤를 따라 방에서 뛰쳐나갔다. 주막 안은 조용하다. 건넌방에 손님이 들었지만 불은 꺼졌고 앞쪽 부엌도 희미한 아궁이 불씨만 보일 뿐이다. 안용남은 부엌 옆에 붙어 서 있는 박춘만을 보았다. 손에 쥔 환도가 어둠 속에서 번쩍였다. 서둘러 다가간 안용남이 숨을 들이켰다. 땅바닥에 사내 하나가 쓰러져 있는 것이다. 눈을 크게 뜨고 입을 딱 벌리고 있었는데 이미 숨이 끊어진 것 같다. 그런데 그 사내는 바로 겐조다. 허 참판 댁에서 기숙하고 있던 겐조인 것이다. 안용남이 다가가 시체를 살폈다. 겐조의 왼쪽 어깨에서부터 오른쪽 허리까지 비스듬히 잘린 자국이 드러났고 내장이 쏟아져 나왔다. 단 한 번 칼질에 절명한 것이다. 검력(劍力)이나 검기(劍技)가 강하고 뛰어났다. 겐조의 실력도 보통 수준이 넘는 터라 박춘만의 검술이 얼마나 훌륭한지 짐작이 간다. 겐조는 손에 칼을 쥔 채 절명했는데 단 일 합도 부딪치지 못하고 정면 대결에서 베어졌다. 허리를 편 안용남이 박춘만을 보았다.

"굉장한 검술이오. 단 일 합도 부딪치지 않고 베셨구려."

"선전관이 검술을 잘 아시오."

박춘만이 어둠 속에서 번들거리는 눈으로 안용남을 보면서 말을 이었다.

"이자가 허 참판 댁에서부터 우리를 미행해 왔소. 얼굴을 아시오?"

"모르겠는데?"

머리를 기울였던 안용남이 둘을 둘러보며 말했다.

"시체를 들어다 밖에 버립시다. 이곳에 두면 말썽이 일어날지 모르니."

둘이 두말없이 겐조의 팔과 다리를 들었고 안용남이 앞장서 주막을 나갔다.

"기찰포교나 평양성 경비를 맡은 순찰사 소속의 장교인지도 모르지."

시체를 주막 옆 도랑에 던져놓은 고연보가 혼잣소리를 했다. 그러나 꺼림칙한 듯 어둠에 덮인 주위를 두리번거렸다.

안용남도 심호흡을 했다. 겐조가 이렇게 죽었다.

다가온 김윤수가 주위도 둘러보지 않고 물었다.

"선전관, 무슨 일인가?"

김윤수는 내시로 종4품 상책(尚冊) 관등이니 종5품 선전관보다 관등이 높다. 그보다 이곳 대전 안에서는 상책의 지휘를 받는 것이다. 거기에다 김윤수는 승전색(承傳色)으로 국왕과 왕비의 명을 전달하는 내시다. 진시(오전 8시) 무렵, 임금은 아직 침전에서 나오지 않았다. 안용남이 한 걸음 다가가 섰다.

"상책, 드릴 말씀이 있소."

"말하게."

"대역 모의가 있는데 어쩌면 좋소?"

"대역 모의?"

눈을 치켜뜬 김윤수에게 안용남이 어젯밤 일을 낱낱이 말해주고 나서 긴 숨을 뱉었다.

"말하고 나니까 안상철, 허윤수 일당은 우리 편인 것 같소."

"그것 참…."

김윤수가 혀를 내둘렀는데 당황한 기색이 역력했다.

"이런, 조선 왕조가 하룻밤 사이에 망하겠군. 우리가 손을 쓰지 않아도 저절로 망하겠어."

"내 얘기가 바로 그렇소."

"그대한테 임금을 죽이라고 했어?"

"종사관과 별장 한 놈을 붙여주었소."

"별장놈이 겐조를 베어 죽였다고 했지?"

"검력이 대단한 놈이었소."

"지금 당장 임금을 죽이면 안 돼."

김윤수가 굳은 얼굴로 머리를 저었다.

"그러면 1번대장 고니시 님이 조선을 장악하게 돼. 우리 2번대 가토 님은 고니시 님에게 기선을 빼앗겨 명으로 올라가게 된다구."

"…."

"명이 얼마나 넓은 대륙인 줄 아나? 더구나 국경만 넘으면 여진족하고 부딪히게 돼. 여진은 요즘 엄청나게 국력을 키우는 중이라구. 우리 가토 님의 2번대는 흔적도 찾지 못하게 될 거야."

"나는 명이건 여진이건 모르오."

"막아야 돼."

김윤수가 결심한 듯 말했다.

"가토 님께 밀서를 보내고 나서 지시를 받아야 돼. 그동안 그대는 일을 벌이면 안 돼."

"그러지요."

"겐조를 베어죽인 놈, 그놈 이름이 뭐라고 했지?"

"별장 박춘만이오, 황해도 병마절도사 휘하에 있소."

"그놈은 평양 방위로 남겨놓고 가지."

그때 안용남이 머리를 저었다.

"그럼 눈치챌지도 모르니 놔두시오. 내가 끼고 있는 것이 더 안전하오."

"자네 공이 크네."

"무슨 공이오? 역모를 막은 공이오?"

안용남이 되묻자 김윤수가 얼굴에서 처음으로 웃음이 떠올랐다.

"어, 그놈 참…, 이럴 때 놈이 나오나?"

"내가 기가 막혀서 그러오. 밀정이 대역 모의를 하다가 막기도 하니 우습지 않겠소?"

"참, 자네가 미호를 겁탈하려고 했나?"

"누구를 말씀이오?"

되물었던 안용남이 곧 깨달았다. 연락을 맡은 궁녀다. 이름이 미호인 모양이다.

"연락을 맡은 궁녀 말이네. 그 애가 그러던데 맞나?"

"아니오, 치근덕거리길래 밀쳤소."

"어허, 그놈 참…."

쓴웃음을 지은 김윤수가 그때서야 주위를 둘러보더니 목소리를 낮췄다.

"오늘밤 평양성을 떠날 때 임금 옆에 바짝 붙게. 나는 이 사실을 가토 님한테 알려야 되겠네."

가토 기요마사가 주군인 것이다.

"선전관 이리 좀 오시오."

뒤에서 부르는 소리가 들려 안용남은 몸을 돌렸다. 어둠 속에서 가마가 보였다. 평양성을 빠져 나온 것이 해시(밤 10시)경이었으니 두 시진 쯤 지난 지금은 축시(새벽 2시)쯤 되었을 것이다. 가마 옆으로 다가간 안용남에게 궁인이 낮게 말했다.

"마마께서 부르시오."

"누구시오?"

안용남이 물었다.

안용남은 어둠 속에 뜬 궁인의 얼굴을 보고는 숨을 들이켰다. 그 당돌한 궁녀, 자원해서 밀정이 되었다고 했던가? 미호라는 이름의 궁녀다.

"인빈마마시오."

안용남의 어깨가 늘어졌다 인빈 김 씨다. 왕비 이상의 세도를 부리고 있는 후궁, 임금의 총애를 받던 아들 신성군이 지난달 난리 중에 죽었지만 셋째 아들 정원군이 다시 임금 옆에서 떨어지지 않는다. 왕비 박 씨가 자식이 없었으므로 4남 5녀를 생산한 인빈 김 씨의 위세는 크다. 궁에서 떠도는 소문으로는 엊그제 분조(分朝)로 떨어져나간 세자 광해는 난리가 끝나면 곧 폐위가 되고 인빈 김 씨의 소생인 정원군이 세자가 된다는 것이다. 광해를 낳은 공빈 김 씨는 일찍 죽었기 때문이다. 가마로 다가간 안용남이 안을 가린 비단 천에 대고 말했다.

"선전관 안용남이 대령했소이다."

"가마 옆으로 바짝 붙어라."

안에서 여인의 목소리가 흘러나왔다. 행렬은 순안(順安)을 지나 단길로 접어들고 있다. 긴 행렬이지만 소음은 별로 일어나지 않는다. 6월 11일, 영변을 목표로 나아가고 있지만 갈 길은 멀다. 바짝 붙었더니 안에서 인빈의 목소리가 이어졌다.

186

"상책한테서 네 이야기 들었다. 앞으로 너는 주상 전하와 내 옆만 지키도록 해라. 알았느냐?"

"예, 마마."

"미호가 연락을 할 테니 부르면 바로 오너라."

"예, 마마."

그때 휘장이 걷히더니 얼굴이 드러났다. 어둠 속이지만 흰 얼굴이 바로 지척에 떴으므로 안용남은 숨을 삼켰다. 장교 여덟이 메고 가는 가마 높이는 제법 높아서 안용남의 머리와 비슷한 위치에 얼굴이 떠 있는 것이다. 미모다. 석 자(90cm) 거리에서 인빈 김 씨가 안용남을 바라보고 있다. 향냄새가 풍겨 왔다. 그때 인빈의 얼굴에 웃음이 떠올랐다.

"제법 사내답구나."

"황공하오."

"네가 별시 무과에서 장원을 했다구?"

"예, 마마."

"이것 받아라."

가마 밖으로 흰 손이 나왔는데 손에 묵직한 주머니가 쥐어져 있다. 안용남은 황급히 두 손으로 주머니를 받았다. 묵직하다. 주먹만 한 돌덩이가 든 것 같다. 가마꾼과의 거리는 양쪽으로 서너 걸음 떨어져 있었지만 안용남은 서둘러 주머니를 허리춤에 끼웠다. 그때 휘장이 닫혔으므로 안용남은 걸음을 늦췄다. 바로 뒤를 따라오던 궁녀가 다가와 목소리를 낮추고 말했다.

"상책께서 '사람을 보냈으니까 대기하라'고 했소."

안용남은 시선만 주었고 미호의 목소리가 더 낮아졌다.

"그대가 말한 별장 박가하고 종사관 고가는 뒤쪽 치중대에 배치되었소.”

고연보와 박춘만이다. 김윤수가 손을 써서 멀찍이 떼어놓은 것이다. 주위를 둘러본 안용남이 이 사이로 말했다.

“조선 조정이 내 손아귀에 있는 것 같군.”

그때 미호가 걸음을 빨리 놀리더니 가마 옆으로 다가갔다. 미호가 일으킨 바람결에 엷은 향내가 실려 왔다. 색향(色香) 같다.

다음날 오시(낮 12시)쯤 되었다. 피란길이라 임금의 식사 때를 맞출 수가 없었기 때문에 이번에는 순안 근처의 역참에서 사옹원(司饔院)이 법석을 떨고 있었다. 한낮 날씨는 찌는 듯이 더워서 모두 그늘을 찾아 숨듯이 햇살을 피하는 중이다.

“선전관.”

나무 그늘 밑에 서 있는 안용남 옆으로 종사관 고연보가 다가왔다. 궁(宮) 안이면 황해도 병마절도사 휘하 종사관이 임금이 계신 대전 근처에 감히 범접할 수 없겠지만 이곳은 노상(路上)이다. 대전도 없고 중궁전도 없다. 다가선 고연보가 목소리를 낮추고 말했다.

“절도사께서 수일 내로 결행을 하실 테니 준비하라시네.”

“왜 그리 급한가?”

이맛살을 찌푸린 안용남이 고연보를 보았다. 나무 그늘 밑에는 둘뿐이다.

“오늘밤에 안주 관아에서 묵을 작정인데 그쪽 사정부터 알아봐야겠어.”

“어쨌든 의주에 닿기 전에 끝내라는 말씀이시네.”

“들판에 사냥 나왔는가? 그리 쉽게…”

"절도사가 장교 둘을 더 보냈어."

이마의 땀을 손바닥으로 닦은 고연보가 말을 이었다.

"오늘밤에 박 별장과 함께 선전관 만나러 올 테니 해시(밤 10시) 무렵에 봅시다."

서둘러 말을 맺은 고연보가 몸을 돌렸고 안용남은 뒷모습을 바라보며 얼굴의 땀을 닦았다. 5월 들어 의병이 일어나기 시작했지만 왜군의 북상을 저지하지는 못했다. 다만 해전에서 이순신이 연전연승을 한 덕분에 조정과 군사의 사기는 겨우 지탱이 되어 있는 상황이다. 5월 16일 김천일이 의병을 일으켰으나 관군은 연전연패하여, 이순신이 옥포, 사천, 당포, 율포에서 왜선 수백 척을 깨뜨린 효과를 반감시켰다.

"상책은 어디 계신가?"

안용남이 인빈이 들어 있는 장막 옆에서 간신히 미호를 찾아내어 물었다. 역관 근처는 수백 명의 궁인, 관리가 들끓어서 상책 김윤수의 행방을 찾지 못했기 때문이다. 미호가 주위를 둘러보며 말했다. 방금 시중을 들고 나온 모양으로 손에 물그릇이 들려 있다.

"방금 주상께 가셨는데 왜 그러시오?"

"급하게 드릴 말씀이 있어."

"나한테 말하시오."

옆으로 내관 하나가 바쁘게 지났지만 둘을 이상하게 보지는 않는다. 어깨를 부풀린 안용남이 미호를 흘겨보았다.

"젠장, 난리에 백성들은 다 죽어 가는데 웬 뭘 처먹는 행사가 이리 긴지 모르겠군."

"사설 그치고 용건을 말해요."

"사설이라니?"

눈을 부릅떴던 안용남이 미호의 시선을 받고는 어깨를 늘어뜨렸다.

"황해도 절도사가 임금이 의주에 도착하기 전에 거사를 일으키자고 서둘고 있어. 오늘밤에도 그 일 때문에 날 만나려고 온다는 거야."

"…"

"이 귀찮은 행사 따라다닐 것 없이 금방 끝냈으면 좋겠는데…."

"알았으니 물러가시오."

미호가 몸을 돌리면서 싸늘하게 말했다.

"내 곧 다시 연락드리리."

"이런 젠장."

미호의 뒷모습을 흘겨보면서 안용남이 이 사이로 중얼거렸다.

"저년은 내전에 사는 재미를 들인 모양이구만. 뱀 같은 년."

갈 길이 급했으므로 아침 겸 점심을 마친 임금의 피란 행차는 다시 출발했다. 근처의 피란민까지 섞여 따랐으므로 행렬은 수십 리에 뻗쳐 있다. 장관이다.

"마마, 백성을 버리고 어디로 가십니까? 아니 되옵니다!"

앞쪽에서 외침이 울렸으므로 안용남이 서둘러 달려갔다. 임금의 가마는 뒤로 처졌고 말에 올라 속도를 높이는 중이다. 신시(오후 4시) 무렵, 안주는 아직 40여 리나 남았기 때문에 행렬은 서둘고 있다. 다시 외침 소리가 더 크게 났다.

"마마! 행차를 돌리시오! 남아 있는 백성을 구하여 주시옵소서!"

"비켜라!"

누군가 소리쳤지만 행렬은 멈췄다. 안용남이 서둘러 임금 옆으로 다가가자 길가에 엎드린 세 사내가 보였다. 모두 관복을 입고 있었는데 당상관이 둘, 당하관이 하나다. 그래서 임금 주변의 내관 관리들이 함부로 내치지 못한 것이다.

"신(臣), 전(前) 이조 참판 배명국이 아뢰오. 주상께선 행차를 돌리시어 백성들을 위무하고 군사를 독려하여 주시옵소서."

땅바닥에 관복 차림으로 꿇어앉은 셋의 표정은 비장했다. 중앙에 앉은 배명국의 얼굴은 땀과 눈물로 범벅이 되어 있었는데 50대 중반쯤의 약골이나 목소리가 컸다. 다시 배명국이 소리친다.

"전하. 주변의 간신들을 물리치고 왜적과 대적할 무장을 등용하소서!"

"닥쳐라!"

마침내 마상의 선조가 소리쳤다. 눈을 치켜뜬 선조의 입술이 떨렸다.

"네 어찌 감히 내 앞길을 막느냐!"

"전하, 차라리 저를 베고 가시옵소서! 그럴 각오를 하고 왔소이다!"

배명국도 물러서지 않았다. 그때 안용남은 옆으로 다가오는 인기척을 느꼈다. 머리를 든 안용남은 김윤수를 보았다. 김윤수가 낮게 말했다.

"베어 죽여."

"상책!"

숨을 들이켰다가 뱉은 안용남이 이 사이로 말했다.

"종2품 당상관을 베란 말씀이오?"

"난리 중이다."

김윤수의 두 눈이 번들거렸다.

"네가 죽였다고 하겠느냐? 임금이 죽이라고 한 것으로 알 것이야."

주위에 둘러선 수행원들은 앞에 꿇어앉은 3인에 정신이 팔려 있다.

김윤수가 앞을 향한 채 속삭이듯 말한다.

"죽여. 임금도 내심 그것을 바랄 것이다."

"…."

"네 소임이 바로 이것이야. 대전 경비가 네 소임 아니냐?"

그것이 안용남을 움직였다. 사람들을 헤치고 앞으로 나선 안용남이 허리에 찬 장검을 뽑아들었다. 둘러선 수십 명의 관리, 궁인들은 숨을 삼켰고 마상의 선조도 긴장했다.

"비켜라!"

칼을 치켜든 안용남의 목소리가 산천을 울렸다.

"감히 어느 행차를 막느냐! 나는 내 소임을 다 하겠노라!"

그 순간 한 걸음 뛰어간 안용남이 칼을 내리쳤다.

"아아악!"

비명소리가 요란하게 울린 것은 뒤쪽의 궁녀들이 일제히 소리쳤기 때문이다. 한칼에 머리가 떨어진 배명국은 말이 없다. 대신 머리통이 없는 목에서 피가 다섯 자(150cm)나 솟아올랐다.

"에잇!"

이번에는 안용남의 기합소리가 울렸다. 두 번째 칼질에 옆에 앉아있던 전(前) 광주목사 양기용의 머리가 떨어졌다.

"아이구!"

궁녀들의 비명이 일제히 울렸을 때 이번에는 전(前) 참의 오병수의 머리가 떨어졌다. 그때 칼을 치켜든 안용남이 소리쳤다.

"전하를 모시고 출발해라!"

"잘했어."

그날 밤 안주의 목사 관저에서 만난 김윤수가 이 사이로 말하고는 히죽 웃었다.

"대신 중 아무도 너를 나무라는 자가 없다. 모두 내심으로 그것을 바랐기 때문이겠지."

"내가 망나니 역을 맡았군."

눈을 부릅뜬 안용남이 김윤수를 흘겨보았다.

"종5품 선전관에서 관등을 올려준다는 말은 없소? 대공을 세웠는데 말이오."

"이런 상놈을 보았나? 아무리 망해가는 조정이지만 관등이 지천에 널려 있는 줄 아느냐?"

김윤수가 세게 혀를 두드리더니 생각났다는 표정을 짓고 바짝 다가섰다.

"내가 너한테 선물을 주려고 온 게야."

"글쎄, 임금한테 말해서 내가 죽인 당상관 벼슬을 달라니까 그러네."

"인빈 김 씨의 시중을 드는 무수리가 있어. 이름이 옥녀라고 한다."

"미호라는 년하고 같이 있구려."

"그래, 그런데 옥녀라는 년이 더 신임을 받는다."

머리를 저은 김윤수가 주위를 둘러보고 나서 말을 이었다.

"옥녀 그년은 나이가 서른인데 색을 밝혀서 작년에 수문장하고 염문이 있었던 년이야."

"아니, 그런 소문이 나면 죽이지 않소?"

"누구 무수리인데 죽여? 소문이 나자 수문장은 전라도 나주 어딘가로 쫓겨났지만 무수리는 멀쩡했어."

안용남이 주위를 둘러보았다. 어둠에 덮인 목사 관저의 사랑채 근처는 인적이 뚝 끊겼다. 이곳이 바로 임금과 비빈들의 처소이기 때문이다. 바로 마당 건너편의 사랑채에서 왕과 왕비, 후궁들이 묵고 있는 것이다. 안용남이 목소리를 낮추고 말했다.

"이보시오, 상책. 옥녀인지 석녀인지가 어쨌단 말이오? 또 죽이리까?"

"그년이 네가 당상관들을 베어 죽이는 것을 보더니 음심이 동한 모양이야. 옆에 있던 미호에게 너를 보니까 하체가 비틀린다고 했다는구나."

"그 미친년."

안용남이 눈을 치켜떴다

"내가 두 다리를 부러뜨려 죽여주지."

"그년이 지금 인빈한테 먹일 탕약을 끓이고 있다."

"가서 죽이리까?"

"근처에서 얼쩡거리다가 눈만 마주치면 돼. 그러니 안채 부엌으로 가보게."

"도대체…."

어깨를 부풀린 안용남이 김윤수를 노려보았다.

"어쩌자고 이러는 거요?"

"그년하고 눈이 맞으면 임금 처소 옆 별당으로 데리고 가. 거기가 내 처소니까 아무도 범접하지 않을 거야."

김윤수가 빙글거리며 웃었다.

"내가 임금 심부름으로 밖에 나갔다고 해. 그년은 단번에 알아들을 거다."

"그래서 어쩌란 말이오?"

194

그때 김윤수가 정색했다.

"그년만 손아귀에 넣으면 인빈 김 씨의 주변은 다 알 수가 있게 된다."

"…."

"인빈 김 씨가 누군지 아느냐? 광해가 지난달에야 세자가 된 것도 모두 인빈 김 씨의 아들 신성군 때문이었다."

"…."

"지금도 어쩔 수 없이 광해를 세자로 내세워 분조(分朝)로 내보냈지만 임금 옆에는 인빈의 또 다른 아들 정원군이 있어. 그러니 모든 권력이 인빈 주위로 몰린단 말이다."

김윤수가 번들거리는 눈으로 안용남을 보았다.

"무수리 옥녀를 잡아서 흐늘흐늘하게 만들어줘. 그 뒤는 나한테 맡기고."

밖에서 얼쩡거린 지 일각(15분)도 안 되어서 궁녀 하나가 나왔다.

안용남으로서는 누가 옥녀인지 알 수 없는 터라 눈길만 주었더니 그쪽에서 먼저 알은체를 한다.

"에구머니!"

손에 약그릇을 든 궁녀가 반색했는데 어둠 속에서 보았기 때문인지 그리 박색은 아니다. 다가온 궁녀가 물었다.

"선전관이 여기 웬일이시오?"

목소리도 맑고 울림이 깊다. 안용남이 지그시 궁녀를 보았다. 한 발짝쯤 거리를 두었지만 여향(女香)이 풍겨왔다. 둥근 얼굴에 코가 작아서 호박에다 돌멩이 한 개를 박은 것 같지만 흰 얼굴, 붉고 작은 입술, 하늘거리는 몸매, 이 정도면 난리통에 감지덕지할 만하다.

"아니, 내가 못 올 데를 왔나?"

안용남이 어깨를 펴고 너스레를 떨었다.

"내가 대전, 궁중전 경비를 맡은 선전관이여."

"그거 압니다. 하지만 부엌 밖에서 갑자기 나타나니 놀라지 않았소?"

"나도 놀랐어. 갑자기 박꽃 같은 미인이 나타나서."

"아이구, 말하는 것 좀 보아."

궁녀가 눈웃음을 치더니 허리를 비틀었다. 그 순간 안용남의 음심이 발동했다. 박꽃이라고 한 것은 호박꽃을 줄인 것인데 이젠 썩은 호박도 상관없다. 궁녀가 떠날 기색도 보이지 않는 것도 안용남의 마음을 조급하게 만들었다. 바짝 다가선 안용남이 번들거리는 눈으로 궁녀를 보았다.

"어때? 저기 빈 방이 있어."

"빈 방이라니 무슨 말씀이오?"

"글쎄 빈 방이 생겼으니 나하고 잠시 가보지 않겠는가?"

"뭘 하러?"

"뭣 좀 확인할 게 있어서."

"뭘 말이오?"

눈웃음을 친 궁녀가 재빨리 주위를 둘러보더니 한 손을 뻗어 안용남의 허벅지를 톡 건드렸다.

"어이구."

안용남이 눈을 부릅떴다.

"떼어갈 건가?"

"아이구, 단단하기도 하오."

궁녀가 국그릇을 고쳐 쥐더니 실실 웃었다. 이제 궁녀의 두 눈도 번들거리고 있다. 안용남도 주위를 둘러보고는 손을 뻗어 궁녀의 어깨를 살짝 잡았다.

"자, 어서 가도록 하세."

"선전관이 사내구실은 잘하오?"

"이 사람아, 다 까무러친다네."

"내가 마마께 약 드리고 올 테니 빈 방이 어디유?"

마침내 음심을 참지 못한 궁녀가 떨리는 목소리로 물었다.

"저기 별당이네. 상책이 오늘밤 밖에 나간다면서 나한테 빈 방을 쓰라고 했어."

"잘됐네."

궁녀가 머리를 끄덕이더니 속삭였다.

"거기서 기다리시우, 약만 드리고 오면 되니까."

몸을 돌린 궁녀가 어둠 속으로 사라지자 안용남이 길게 숨을 내쉬었다.

"저년이 볼수록 추물일세."

괜히 억울한 마음이 들었으므로 안용남이 다시 혼잣소리를 했다.

그때 뒤에서 인기척이 났으므로 안용남이 숨을 들이켰다.

환도 손잡이를 쥐면서 몸을 틀었던 안용남은 담장과 벽 사이에서 나오는 여자를 보았다. 그 순간 안용남이 숨을 들이켰다. 미호다.

"잘되었네."

미호가 표정 없는 얼굴로 말했다.

"저년이 옥녀야. 네 놈을 좋아할 거야."

"이년이 포주로구나."

안용남이 환도에서 손을 떼며 이죽거렸다.

"불여우처럼 생긴 년이 튀어나와 사람을 놀래키는군."

"옥녀 저년만 잡으면 조선 8도는 다 장악하게 돼. 왜냐하면 기밀 심부름은 옥녀 저년이 다 하거든."

시치미를 뗀 얼굴로 미호가 말을 이었다.

"내가 왕비전에서 옮겨갈 수 없어서 답답했는데 잘되었어. 저년이 그대가 오늘 칼부림하는 것을 보더니 음심이 솟구친 모양이야."

"나는 네가 마음에 드는데, 어떠냐?"

"나는 너 같은 더러운 놈 상대가 아니다."

마침내 미호가 안용남의 함정에 빨려들었다. 눈을 치켜뜬 미호의 눈에서 푸른 불꽃이 일어나는 것 같다.

"이놈, 이 더러운 왜놈 종자야. 감히 얻다 대고 수작을 부리느냐?"

"이년아, 말은 똑바로 하자. 난 경상도 관할의 대마도인이다. 네년이야말로 왜년 아니냐?"

안용남이 이 사이로 으르렁거렸더니 미호가 차갑게 웃었다.

"이놈, 난 정2품 대감의 딸이다. 비록 본색을 숨기고 궁녀로 들어왔지만 너 같은 상놈, 왜놈의 졸개는 아니다."

순간 말문이 막힌 안용남이 숨을 들이켰다. 분이 실없이 사그라들면서 궁금증이 일어났다가 문득 옥녀가 떠올랐다. 그래서 몸을 돌리면서 말했다.

"먼저 저쪽을 해결하고 나서 네년을 상대해 주지."

서둘러 발을 떼는데 등 뒤로 으스스한 느낌이 드는 것이 꼭 적 앞에서 도망치는 것 같다. 바쁘게 별당 앞으로 간 안용남이 벽에서 떼어지는 그림자를 보았다. 옥녀다. 먼저 와 기다리고 있었던 것이다.

"왜 이제 오는 거야?"

일 년쯤 같이 산 여자처럼 옥녀가 다가와 안용남의 팔장을 끼었다.

"방이 정말 비었어. 빨리 들어가."

안용남은 옥녀의 허리를 감싸 안고 별당 안으로 들어섰다. 이곳은 방 하나짜리 별당으로 방 옆 마루에는 각종 제기가 쌓여 있다. 안은 불을 켜지 않아서 어두웠지만 어둠에 익숙한 둘의 눈에는 사물이 선명하게 드러났다.

"나, 빈마마가 또 부르실지 몰라. 그러니까 어서…."

옥녀가 방바닥에 앉더니 치마를 젖혀 올리면서 말했다. 그러자 흰 허벅지가 드러났고 속곳이 보였다. 마음이 급했는지 옥녀는 서둘렀다.

"자, 빨리…."

방바닥에 누우면서 옥녀가 재촉했다. 안용남은 이미 분기가 충천한 상태다. 안용남은 곧장 옥녀의 몸 위로 쓰러졌다.

"으윽…."

옥녀는 악문 이 사이로 신음을 뱉었다.

"아이구머니…."

옥녀가 비명을 질렀다.

"아이구, 가만, 가만…."

그러나 안용남은 오히려 더 거칠게 옥녀를 밀어붙였다. 옥녀가 손으로 방바닥을 더듬더니 벗어던진 제 속곳을 집어 입을 틀어막았다. 방 안에 폭풍이 몰아치고 있다. 둘이 뿜어 낸 열기로 좁은 방 안은 달아올랐고 곧 이곳저곳의 집기가 흔들렸다. 옥녀는 두 손으로 안용남의 어깨를 꽉 움켜쥐었다.

다음날 안주를 떠나 정주로 가는 노상에서 피란민들을 쫓던 안용남에게 장교 하나가 다가왔다.

"선전관 나리."

더운 날이다. 임금의 행차라지만 어영청이니 선전청이니, 관리와 장교가 뒤죽박죽으로 섞였고, 대감과 영감들이 이쪽저쪽에서 끼어들어서 임금과 중궁전 호위를 맡은 안용남은 죽을 맛이다. 신경이 곤두선 터라 안용남이 도끼눈으로 쏘아보았다.

"무슨 일이냐?"

"황해 병마절도사께서 잠깐 뵙자고 하시오."

안용남의 시선을 받은 장교가 눈으로 뒤쪽을 가리켰다.

"뒤쪽 치중대 앞에 계시오."

어젯밤에는 고연보와 박춘만을 만나지 않았다. 그들도 안용남이 이조 참판 배명국 일행을 베어 죽이는 것을 보았을 테니 나가지 않았어도 변명거리는 만들 수 있다.

"오시(낮 12시)에 쉴 테니 그때 치중대로 간다고 여쭈어라."

일러 보내고 난 안용남이 임금의 가마 뒤를 따르는 김윤수에게 다가가 눈짓으로 불러내었다. 김윤수도 말을 탔으므로 둘은 길가로 나란히 말을 몰았다. 대전 경비 선전관인 줄 모두 아는 터라 아무도 이상하게 보지 않는다.

"안상철이 날 보자고 하오."

안용남이 찌푸린 얼굴로 김윤수를 보았다.

"종사관 고연보와 별장 박춘만이 제법 칼을 씁니다. 둘을 치중대로 떨어뜨려 놓았지만 어떻게 하시려오?"

"당분간 임금을 죽이면 안 돼."

그때 별장 하나가 말을 달려 그들 옆을 스치고 지나갔다. 행렬의 선두를 맡은 어영청의 별장이다. 김윤수가 얼굴을 찌푸렸다.

"그놈, 겐조를 벤 놈이 별장 박춘만이라고 했나?"

"그렇소. 겐조도 보통 솜씨가 아니었는데 단칼에 베었소."

"그놈 박가하고 네가 겨루면 누가 쓰러질 것 같으냐?"

"내가 당할 수도 있소."

"그렇다면 주장(主將)인 안상철부터 없애야겠군."

결심한 듯 김윤수의 눈빛이 강해졌다.

"주장이 죽으면 졸개들은 머리 잃은 뱀 꼴이 될 테니까."

"어떻게 죽인단 말이오?"

"그건 나에게 맡기고 낮에 안상철을 만나기나 해."

말고삐를 당겨 옆으로 틀면서 김윤수가 말을 이었다.

"오늘밤에 정주에서 다시 이야기하기로 하지."

오시가 되었을 때 안용남이 치중대가 쉬고 있는 야산 기슭으로 다가갔다. 점심 준비를 하느라고 모두 바쁘게 움직이고 있었는데 종사관 고연보와 별장 박춘만은 개울가에서 말을 씻기고 있다. 그럴듯한 위장이다. 안용남이 다가가자 고연보가 말고삐를 잡으며 말했다.

"선전관, 어제 낮에 당상관 둘을 베어 죽이는 것을 보았소."

말에서 내린 안용남이 주위를 둘러보며 대답했다.

"둘이 아니야, 셋이야."

그때 옆에서 박춘만이 말했다.

"그 검법, 처음 보았소. 왜검을 쓰는 일도류 같던데."

"그런가? 난 처음 듣는 검법이네."

201

"검술이 능란하십디다."

박춘만의 시선을 받은 안용남이 빙긋 웃었다. 박춘만의 눈빛에 적의가 실려 있었던 것이다. 그때 고연보가 말했다.

"선전관, 죽은 배 참판, 광주목사 양기용은 안 절도사, 허 참판과 막역한 사이였다고 합디다."

"그런가?"

쓴웃음을 지은 안용남이 둘을 번갈아 보았다.

"절도사 나리와 막역한 사이니 임금의 명을 거부해야 했을까?"

둘은 숨을 죽였고 안용남의 목소리가 거칠어졌다.

"어젯밤에 임금은 나한테 술을 내렸어. 잘했다고 말이야. 그럼 이해가 되나?"

"그런 놈이 임금이라고…."

마침내 고연보가 이 사이로 말했고 박춘만은 어금니만 물었다. 안용남이 주위를 둘러보는 시늉을 했다.

"절도사께선 어디 계신가?"

"윤 정승이 부르셔서 행렬 앞쪽에 가셨소."

박춘만이 대답했다. 윤 정승이란 좌의정 윤두수를 말한다. 안용남이 다시 물었다.

"나한테 무슨 말씀을 전하라고 하시던가?"

"우리가 갑자기 치중대로 옮겨간 것이 부당하다고 도승지와 병판께 간언을 하셨다는 게야."

고연보가 찌푸린 얼굴로 안용남을 보았다.

"선전관도 보다시피 이게 무슨 꼴인가? 치중대에서 우리가 말이나 씻기고 있다니? 우리를 이쪽으로 보낸 자가 병판 허동복이라는 것을 어제야 알았어."

"선전관청 휘하의 호위군에 들려면 도승지와 내관의 검열을 거쳐야 돼."

안용남이 가라앉은 시선으로 둘을 보았다.

"내가 대전 근무를 하면서 알게 되었는데 아무나 들이지를 않아. 절도사 나리께서 자네들을 밀어 넣은 것이 의심을 받을 수도 있어."

둘은 긴장한 듯 눈만 껌벅였고 안용남의 말이 이어졌다.

"나도 내관들로부터 여러 번 검열을 받았어. 잘못되었다가는 쥐도 새도 모르게 내전 안에서 죽을 것 같더구만."

안용남이 머리를 저었다.

"대전과 중궁전, 동궁으로 구분되고 내관이 종2품 당상관부터 종9품 상원(尙苑)까지 격식을 갖추었어. 난리를 만나 피란을 가는 중이고 임금이 바로 두 발짝 앞에 있는 데도 세 단계를 거쳐야 말이 올라가. 이건 절도사도 모르고 있는 거야."

"…."

"그대들 둘을 불쑥 내 옆으로 집어넣었다가는 나까지 잡혀 죽을 수도 있어."

그때 고연보가 어깨를 부풀리고 안용남을 보았다.

"어제 배 참판을 벨 때 보니까 임금이 바로 다섯 발짝 뒤에 있던데."

안용남의 시선을 받은 고연보가 넓은 얼굴을 일그러뜨리며 웃었다.

"선전관이 가장 기회가 좋은 것 같구만, 그렇지 않소?"

"이 자식아. 네가 내 입장이 되고 나서 말해 보거라."

마침내 안용남이 욕을 했다. 놀란 듯 고연보는 눈만 치켜떴고 안용남이 말을 이었다.

"절도사 나리도 마찬가지다. 대전 안이 어떻게 돌아가는지는 정2품 대감도 알 수가 없다. 도승지도 대전 안 일은 모른단 말이다. 내가 대전 경비를 맡았다고 해서 칼만 뽑으면 되는 줄 안단 말이냐? 남의 목숨이라고 그렇게 쉽게 생각한단 말인가?"

"하긴 그렇소."

박춘만이 먼저 동의했다. 커다랗게 머리를 끄덕인 박춘만이 옆에 선 고연보를 보았다.

"맞는 말씀 아니오?"

갑자기 욕을 얻어먹은 고연보는 눈만 껌벅였지만 공감은 한 것 같다. 그때 말굽 소리가 뒤에서 울렸으므로 모두 머리를 돌렸다. 안상철이 달려오고 있다. 곧 안상철이 다가오더니 말에서 내렸다. 안색은 굳어 있고 눈은 치켜떠 있다. 안상철의 시선이 안용남을 향했다.

"오늘밤에 가능하겠는가?"

"정주에서 말씀이오?"

되물은 안상철이 호흡을 가누었다. 이제 세 쌍의 시선이 안용남에게 모였다. 개울물을 먹던 안상철의 말이 푸드덕거리며 콧소리를 냈다. 뜨거운 햇살이 산천을 내리쬐고 있다. 임금을 죽이라는 말이다. 이윽고 안용남이 입을 열었다.

"방법을 말씀해 주시오."

"임금이 있는 대전 안으로 여기 두 사람하고 그 일행 다섯 명을 넣어 주게."

"다섯이 또 있습니까?"

그러자 안상철이 주위를 둘러보고 나서 대답했다.

"나하고 고락을 함께 했던 장교들이야."

“…”

“그럼 일곱인데 선전관 그대가 지휘해서 임금부터 죽이게.”

안상철이 번들거리는 눈으로 안용남을 보았다.

“밖에서는 내가 한성부 좌윤 영감하고 순변사 강희종 등과 대기하고 있다가 자네들의 거사가 성공하면 곧 황해도군(軍)을 몰아 대신들을 장악할 것일세.”

“…”

“거사가 성공하면 불화살을 쏘아 올리도록. 자시(밤 12시)에 결사대를 투입하기로 한다.”

“나리.”

안용남이 주위를 둘러보고 나서 안상철에게 말했다. 눈썹을 모았고 어금니를 문 듯 볼 근육이 굳어 있다.

“밖에서 대기한 황해도군(軍) 병력은 얼마나 됩니까?”

“그건 알아서 뭐하려고 그러나?”

되물은 안상철이 안용남의 시선을 받더니 머리를 저었다.

“알 필요가 없어. 그대는 일곱을 지휘해서 임금을 죽이기만 해.”

안상철의 목소리가 부드러워졌다.

“거사가 성공하면 자네들 셋은 일등공신이 될 것이야. 병판, 정승이 될 수도 있고 자손들은 대를 이어서 공신 후손의 대접을 받을 것이네. 그리고….”

“영감.”

고연보가 안상철의 말을 잘랐다. 안상철의 시선과 마주치자 고연보는 쓴웃음을 지었다.

“영감께선 우리를 입신 영달만 바라는 임금 주변의 간신들과 동류로 보십니까? 그런 말씀은 듣기가 부끄럽소."

"내 말이 과했어. 하지만 공 일등은 그대들 몫이네."

안상철의 얼굴이 상기되었다.

"오늘밤이 아니면 늦네. 내가 내일 남쪽 전장(戰場)으로 떠나게 되어서 그러네."

놀란 세 쌍의 시선을 받은 안상철이 얼굴을 찌푸리며 웃었다.

"방금 좌상한테서 전출 명을 받았어. 내가 평양 북쪽에 방어선을 치고 있는 김명원 휘하로 배속되었네. 내 군사 3천과 함께 말이네."

그렇구나. 그래서 이렇게 서둘렀구나. 그래도 정6품, 종5품 별장이며 종사관, 선전관 직의 무반(武班)한테 임금을 죽이라는 대역 지시를 내리는 방법이 틀렸다. 심복이었던 고연보까지 부끄럽다고 하지 않는가? 대역 모의가 서툴고 급하다. 안용남은 가빠지는 숨을 억누르며 머리를 끄덕였다.

"알겠소이다. 이곳에서 너무 오래 지체했습니다. 누가 의심을 할까 두려우니 먼저 가겠소."

"오늘밤 자시네. 대전 정문에서 기다리고 있도록."

안상철이 다시 서두르며 다짐을 받는다.

"정문 앞에서 이 사람들을 기다렸다가 들여보내도록 하게."

안용남은 머리를 숙여 인사를 하고는 몸을 돌렸다.

5장 배신

자시(밤 12시)가 되자 정주목(定州牧) 청사 주변의 인적은 뚝 끊겼고 드문드문 켜놓은 모닥불만 일렁거렸다. 정주는 정3품 목사가 다스리는 대읍(大邑)이나 임금과 왕비, 후궁과 시녀들까지 거두기에는 어림도 없었다. 목사 관저를 대전과 중궁전으로 삼고 임금과 후궁까지 쓸어 담았는데, 너무 좁아서 후궁의 기침 소리가 대전에 울릴 정도였다. 그러자 자시 무렵에는 임금이 주무시는 터라 모두 숨을 죽이고 기척을 내지 못하고 있다. 더욱이 해시(밤 10시)가 지났을 때부터 부슬부슬 밤비가 내리더니 그치지를 않아서 모닥불도 시들고 있다. 임금 대전을 지키는 선전관, 어영청 휘하의 무관, 장교들은 모두 처마 밑이나 담장에 붙어서 비를 피하는 터라 마당에는 개 한 마리 지나지 않는다. 사방이 적막해졌고 여름날 밤비는 부질없이 내리고 있다. 눅눅한 습기와 비 냄새가 마치 전장에서 풍기는 피 냄새 같다.

"정문 처마 밑에 둘이 붙어 섰구먼."

고연보가 눈을 가늘게 뜨고 50여 보 앞쪽의 정문을 보면서 말했다.

정문은 양쪽 대문이 굳게 닫혀 있다. 안용남은 대문 안에 있을 것이었다.

"어떻게 되었소?"

뒤에서 별장 김막봉이 물었다. 고연보와는 반년 가깝게 안면이 있었지만 깊게 사귀지는 못했다. 김막봉이 안상철 휘하에서 궁수(弓手)대장을 지냈다는 것은 안다.

"안에서 곧 나올 거요."

고연보가 낮게 대답하고는 주위를 둘러보았다. 이곳 정주목 관청이 정면으로 보이는 거리의 담장 밑에는 박쥐처럼 7명의 결사대가 대기하고 있다. 모두 비장한 표정이었는데 맨 뒤에 박춘만이 붙어 서 있다. 박춘만이 감시역이다. 배신자를 처단하는 역할이다. 그때 정문이 열리더니 무관 둘이 나왔다. 허리에 붉은 띠를 둘렀고 패랭이에 장끼(수꿩) 꽁지 털을 꽂았으니 어영청 별장들이다. 번 교대를 마치고 숙소로 돌아가는 것 같다. 목사 관저를 사용하는 임금 주변에는 어영청, 선전관청, 한성부 소속의 무관까지 합쳐 약 2백여 명이 3교대로 숙위(宿衛)를 한다. 지금 대문 안에는 70여 명의 정예군이 있는 것이다. 그때 다시 안쪽에서 언뜻 인기척이 났으므로 모두 숨을 죽였다. 모두 본 것이다.

"나왔다."

맨 뒤의 박춘만이 말했다. 대문 밖으로 나온 사내는 무관용 벙거지에 붉은 띠를 둘렀고 허리에 장검을 찼다. 팔꿈치와 무릎, 정강이를 끈으로 묶은 데다 겉옷 뒤쪽을 허리끈에 끼워 넣었으니 마치 전장에 선 차림이다. 안용남이다. 숨을 들이켠 고연보가 머리를 돌려 여섯을 보았다.

208

"자, 가자. 우리는 선전관청에서 나온 근위 보충군이다."

미리 그렇게 말을 맞췄으므로 고연보가 허리를 펴고 말했다. 그러고는 담장에서 몸을 떼었다. 어둠에 덮인 광장으로 일곱 사내가 들어섰다. 빗발은 조금 더 굵어졌으므로 금방 옷이 젖었다. 앞쪽 화톳불 세 개는 위에 뚜껑을 씌워 놓았지만 불길이 시들고 있다. 정문 앞에 서 있던 안용남이 그들을 발견했는지 좌우에 선 문지기에게 뭐라고 이야기를 한다. 거리가 이제 40보, 35보로 가까워졌다. 30보가 되었을 때 안용남이 먼저 물었다.

"선전관청에서 오는 사람들인가?"

"예, 별장 고연보올시다."

고연보가 대답했다. 목소리가 빗발에 눌려 땅바닥으로 가라앉는 것 같다.

"일곱이 맞는가?"

다시 안용남이 묻더니 문지기들에게 말했다.

"내가 말한 근위 보충군이야. 들여보내."

"어, 비가 굵네."

다가선 고연보에게 안용남이 말했다.

"예, 전장에서 고생하겠소."

건성으로 고연보가 대답하자 안용남이 몸을 돌렸다.

"어서 들어가세."

문지기 장교 둘은 일곱을 힐끗 봤지만 선전관이 들이는 터라 입도 열지 못한다. 안용남을 따라 마당으로 들어선 고연보가 주위를 둘러보았다. 마당에는 불빛도 없고 앞쪽 행랑채도 검은 바위처럼 보인다. 그때 안용남이 행랑채 옆으로 다가가며 낮게 말했다.

"이곳은 당직 군관 숙소네. 대전은 중문을 지나야 돼."

모두 숨을 죽였고 발소리도 죽였다. 마당에 빗물이 제법 고여 있어서 철벅거리는 발자국 소리가 났다. 마당은 30보 정도의 거리였는데 맨 뒤의 박춘만은 멀게 느껴졌다. 앞장선 안용남이 행랑채 모퉁이를 들어섰을 때다.

"누구냐?"

어둠 속에서 수하 소리가 울렸으므로 모두 실색했다. 아무도 보이지 않는 것이다.

"나다, 선전관 안용남."

안용남이 대답한 순간이다.

"쳐라!"

낮은 외침 소리가 들리더니 날카롭게 시위를 퉁기는 소리가 여러 개 났다.

"아앗!"

신음이 연거푸 울렸다. 화살에 맞은 것이다. 행랑채 모퉁이로 모여 들어선 순간이어서 화살이 빗나가지 않았다.

"이런!"

이를 악문 고연보가 펄쩍 뛰어 올랐지만 어깨와 허리에 두 발이나 화살이 꽂혔다. 고연보는 칼을 빼어 들었다.

"앞으로 나가!"

뒤쪽에서 박춘만의 악쓰는 소리가 울렸다.

"으악!"

다시 커다랗게 울리는 신음을 듣자 고연보는 눈을 치켜뜨고 앞으로 덮쳐오는 검은 그림자를 향해 칼을 후려쳤다. 그러나 어깨와 허리에 맞

210

은 화살로 감각이 무디어졌다. 헛칼질을 한 고연보는 가슴이 서늘해졌다. 불길한 예감이다.

"으악!"

바로 뒤쪽에서 또 한 번의 신음이 울렸지만 고연보는 왼쪽 어깨에서 오른쪽 허리까지 비스듬히 잘려지면서 숨소리도 내지 못했다.

"이놈!"

박춘만은 옆에서 그대로 들고 있던 칼을 사내의 가슴에 박았다. 발길질로 사내의 가슴을 찬 박춘만이 칼을 빼들었을 때 7인조 중 남은 이는 자신 하나뿐인 것을 알았다. 화살에 맞아 넷이 쓰러졌고 나머지 둘은 칼을 맞았다. 박춘만이 어금니를 물었다. 함정에 빠졌다. 그럼 안용남은? 그때 박춘만은 옆에서 번쩍이는 검광을 보았다. 펄쩍 뛰어 몸을 비킨 박춘만은 앞을 가로막은 사내를 보고는 숨을 들이켰다.

"이놈!"

박춘만의 목소리가 떨렸다. 안용남이었기 때문이다.

"이놈, 이 배신자…!"

그러나 박춘만의 말은 더 이어지지 않았다. 안용남의 칼이 날아왔기 때문이다. 치켜든 칼을 일직선으로 내려치는 검법, 장작을 빠개는 것처럼 단순하다. 눈을 치켜뜬 박춘만이 상체를 좌측으로 비틀면서 안용남의 몸통을 비스듬히 후려쳤다. 됐다. 박춘만의 심장박동이 빨라졌고 머릿속에 희열감이 번졌다. 그러나 그 순간 박춘만은 목을 뜨거운 쇠가 지지고 지나는 느낌을 받는다. 다음 순간 머리통이 몸에서 떼어졌지만 박춘만은 두 걸음이나 더 걷고 나서 쓰러졌다.

"보이는가?"

다시 머리를 든 안상철이 하늘을 보았다가 빗발을 맞은 눈을 껌벅였다. 비는 그칠 기미를 보이지 않는다. 칠흑 같은 어둠 속에 서 있는 터라 안상철은 자신이 점점 어둠 속으로 가라앉는 것 같다.

"아직 보이지 않는구만."

옆에 선 순변사 강희종이 억양 없는 목소리로 말하더니 주위를 둘러보는 시늉을 했다. 이곳은 정주목 동헌에서 3리(1.2km)쯤 떨어진 마을 밖 성황당 앞이다. 성황당 뒤에는 안상철이 이끈 정병 2백, 순변사 강희종이 인솔한 함경도군(軍) 1백50명이 대기하고 있었는데 이것이 거사군(軍)이다.

"영감, 내가 가 보고 오겠소."

뒤쪽에서 다가온 허윤수가 말했으므로 안상철이 망설이다가 대답했다.

"그러시오. 하지만 만일 일이 잘못 되었을 때는…."

숨을 뱉고 난 안상철이 목소리를 낮췄다.

"영감은 돌아오지 마시오."

"아니, 이것 보시오."

허윤수가 말을 이으려고 할 때 안상철이 어깨를 밀었다.

"어서 가시오."

어둠 속으로 허윤수가 사라졌을 때 강희종이 바짝 다가섰다.

"영감, 자시에서 한식경도 더 지났소. 아무래도…."

"아니, 나는 이번 거사에 목숨을 걸었소이다."

빗물에 젖은 얼굴을 손바닥으로 쓸면서 안상철이 웃었다. 어둠 속이라 일그러진 웃음은 보이지 않는다.

"이미 일곱이, 아니, 여덟이 목숨을 걸고 사지(死地)에 뛰어들었소. 계획이 비록 허술했지만 이것으로 되었소."

"영감."

그때 머리를 든 안상철이 귀를 기울이는 시늉을 했다.

"저것이 북소리 아니오?"

"과연 그렇소. 북소리요."

빗발 속에 들리는 북소리는 더 낮고 더 울림이 굵었다. 가죽이 비에 늘어진 때문인가? 머리를 든 안상철이 강희종을 보았다.

"저 북은 어영청의 점고 북소리요. 이 깊은 밤에 어영청 군사를 모으는 이유가 무엇이겠소?"

"발각이 되었군."

강희종이 담담한 목소리로 말했다.

"임금의 명이 우리보다 긴 것 같소."

"영감, 가시오."

안상철이 강희종의 어깨를 밀었다.

"군사들을 먼저 보내시오. 개죽음시킬 수는 없소."

그때였다. 앞쪽에서 말굽 소리가 울렸으므로 안상철이 버럭 소리쳤다.

"모두 피해라!"

강희종도 따라서 외쳤다.

"모두 고향으로 돌아가라! 의병에 들어가도 된다! 이제 너희들은 더 이상 내 수하가 아니다!"

그때 말굽 소리와 함께 외침 소리가 일어났다.

"역적 안상철과 허윤수, 강희종을 잡아라! 잡거나 죽인 자에게는 관등을 올려 줄 것이다!"

"와아!"

함성이 따라 울렸다.

"분하다!"

몸을 돌려 어둠 속으로 내달리면서 안상철이 외쳤다. 이제 짙은 어둠은 도망자들에게 좋은 피신처가 되었다. 안상철과 강희종은 수하 군사들과 함께 어둠 속으로 내달렸는데 추적군은 흩어진 군사들도 쫓지 못했다. 먹물 같은 어둠 속인 데다 빗줄기가 더 굵어졌기 때문이다. 그래서 추격군의 함성도 더 울리지 않게 되었다. 오직 비 떨어지는 소리만 들린다.

임금 선조가 청 아래에 서 있는 선전관 안용남을 보았다. 깊은 밤, 주위에는 10여 명의 당상관이 서 있었는데 청에 켜놓은 촛불이 흔들렸다. 밖에는 아직도 굵은 빗줄기가 쏟아지고 있다.

"장하다."

이윽고 선조가 입을 뗐지만 표정은 어둡다.

"네 덕분에 내가 구차한 명줄을 이었구나."

안용남이 머리를 숙였다. 이때 황공하다든지 성은이 망극하다든지 뭐라고 대답을 해야 마땅하겠지만 그럴 의욕도 없다. 둘러선 고관(高官)들도 마찬가지인 모양이다. 모두 그늘진 표정으로 입을 다물고 있다. 선조가 말을 이었다.

"내, 네 이름을 기억하고 있겠다."

"황공하옵니다."

마침내 안용남이 허리를 꺾어 절을 했다. 반역 모의를 고변한 것은 주군 가토 기요마사의 명령 때문이었다는 것을 안다면 선조는 기절을

214

할 것이리라. 몸을 돌려 빗발이 퍼붓는 동헌 마당으로 나오는 안용남의 얼굴에 희미한 웃음이 떠올라 있다. 그 생각을 했기 때문이다.

반란 주모자인 허윤수와 안상철, 강희종은 어둠을 틈타 도망쳤고, 반란군도 꾸물거리던 10여 명만 잡거나 죽였을 뿐이다. 그러나 궁 안으로 침투했던 암살조 7명은 모조리 죽었다. 그것만으로도 대단한 성과다. 그 공은 바로 안용남의 몫이다.

"네가 공 일등이야. 곧 정4품 선전관이 되어 어명을 직접 받고 시행하는 측근 선전관이 될 것이다."

별당 처마 밑에서 만난 상책 김윤수가 웃으며 말했다.

"너는 이제 관운이 탁 트였다. 그 측근 선전관이 요직이다."

"아직 선전관이 되지도 않았지 않소?"

"좌상이 하는 이야기를 들었어."

좌상이란 좌의정 윤두수다. 빗줄기를 피해 벽에 등을 붙이면서 김윤수가 말을 이었다.

"아무도 반대하지 않을 것이야. 넌 임금의 목숨을 건진 일등공신이거든. 당상관이 되고도 남는다."

"나를 대장군으로 봉하라고 하시오. 아예 군사들을 끌고 항복을 하게."

"무식한 놈."

혀를 찼지만 김윤수가 웃었다.

"옥녀 그년한테 사내 맛을 보여 주었느냐? 그년이 요즘 난리통에 굶었을 텐데, 어떠냐?"

"기분이 더러웠소."

"에이, 더러운 놈."

다시 웃은 김윤수가 목소리를 낮췄다.

"네 명성이 자자해졌으니 그년이 만나자고 할 것이다. 만나거든 이제 인빈 주변의 이야기를 귀담아 들어라. 특히 인빈이 대신들과 나누는 이야기를 놓치지 마라."

"이야기 듣느라 할 일을 못 하겠구먼."

퉁명스럽게 대답한 안용남이 비에 젖은 얼굴을 손바닥으로 훔치고는 김윤수를 보았다.

"미호인가 구미호인가 그년은 이제 왕비전으로 갔소?"

"본래 인빈의 시녀인데 인빈이 왕비를 정탐 하려고 왕비전에 보낸 거야. 명색은 시녀가 부족해서 도우라는 것이지만 실상은 첩자 역할이지."

김윤수가 눈을 가늘게 뜨고 안용남을 보았다.

"너, 미호한테 치근대지 마라. 그년 독이 오른 살모사다."

"얼굴은 반반한데, 그년이 제 입으로 대감 딸이라고 합디다. 나 같은 천출은 가까이 오지도 말라더군."

"맞다."

"역적의 딸이겠지요. 제 아비 원수를 갚으려고 궁에 들어왔겠지요."

그때 김윤수가 쓴웃음만 짓고 몸을 돌렸다.

다음날 빗줄기를 맞으며 다시 북으로 이동하던 임금 행차가 선천에 닿았을 때 과연 안용남은 정4품 선전관으로 승급이 되었다.

"그대는 반역도 퇴치에 공이 있어 측근 선전관으로 임명하고 정4품 직을 제수한다."

좌상 윤두수가 선천 동헌에 서서 안용남에게 말했다. 그러고는 안용

216

남에게 '정4품 선전관 안용남'이라고 쓴 종이를 내밀었다. 피란길이라 이것으로 임명장을 대신한 것이다. 임금은 피곤한지 내실에 들어갔고 동헌에는 대신 대여섯만 있을 뿐이다. 선천 관아는 옹색했다. 종이를 받아들고 사랑채를 돌아 나오는 안용남에게 옥녀가 다가왔다. 유시(오후 6시) 무렵, 이제 비는 그쳤고 날은 맑게 개었다. 옥녀가 기다리고 있었던지 옆을 스치고 지나면서 말했다.

"왜 이리 늦어? 기다리다 눈 빠질 뻔했네. 해시(10시)쯤 사랑채 뒤뜰 나무 밑으로 와."

말이 빨랐지만 뒷말은 등 뒤에서 들렸다. 쓴웃음을 지은 안용남이 동헌 대문 밖으로 나왔을 때 길 건너편 주막 앞에 서 있던 다로가 눈짓을 했다. 주위를 둘러본 안용남이 다가가자 다로는 몸을 돌려 걷기 시작했다. 따라오라는 시늉이다. 다로가 멈춰 선 곳은 마을 끝의 성황당 앞이다. 저녁 무렵이라 이곳은 인적이 뚝 끊겨 있다. 굶은 개 한 마리가 얼쩡거리다가 안용남한테서 살기를 느꼈는지 꼬리를 말고 도망쳤다. 다가선 안용남에게 다로가 말했다.

"허 참판 일가가 뿔뿔이 흩어져 달아나는 바람에 내가 몸 붙일 데가 없어져버렸소, 조장."

"가엽게 되었구나. 조금 전에 도망친 개 꼴이 되었어."

"고니시 님 첩자를 없애라는 지시요."

불쑥 다로가 말하자 안용남이 긴장했다.

"누가? 미쓰이 님이?"

"미쓰이 님 지시를 받은 자가 왔소."

"김윤수는 그런 말 없던데."

"이 명령은 그자하고 상관이 없다고 그랬소."

"누가 첩자야?"

"그곳 궁녀 중에 미호라는 년이 있소?"

"…."

"그년이 고니시 님과 가토 님 양쪽의 첩자 노릇을 한다는 거요. 김윤수는 그것을 모르고 있답디다."

"이런, 빌어먹을…."

"김윤수도 그년한테 농락을 당하고 있다는 것이오."

"…."

"그러니 김윤수 모르게 그년을 베어죽이라고 합니다."

"그 증거가 있나?"

"3조가 그년이 고니시 님 밀정을 만나는 현장을 보았다고 합디다."

"…."

"미쓰이 님은 김윤수도 의심하고 있소."

어깨를 으쓱했다가 내린 안용남이 입맛을 다셨다.

"하긴 김윤수가 고니시 님, 가토 님 가릴 이유가 없지. 금자만 많이 받으면 될 테니까."

이맛살을 모았던 안용남이 눈의 초점을 잡고 다로를 보았다.

"허윤수의 딸 허옥은 어디에 있는지 아느냐?"

"내가 알 리가 있소? 따라가지 못했는데."

말을 받았던 다로가 지그시 안용남을 보았다.

"조장이 그년을 마음에 두었구려. 하긴 절색이었지."

"…."

"이 난리통에 온전하게 살아남기는 힘들지요."

다로가 장담하듯 말했다.

"아이구 나 죽네."

허리를 치켜들면서 옥녀가 절규했다. 그러나 두 손은 안용남의 허리를 감싸 안은 채 풀지 않는다. 이곳은 선전관 관아의 별당이다. 짙은 어둠에 덮인 별당 마룻바닥 위에서 두 몸이 꿈틀거리고 있다.

"아이구, 서방님."

마침내 절정에 오르면서 옥녀가 두 다리를 치켜들었다. 급해서 속옷만 벗은 터라 치마는 요 구실을 한다. 안용남의 움직임이 더 거칠어졌고 옥녀가 폭발했다. 긴 신음과 함께 옥녀의 사지가 안용남에게 엉겨붙어 한동안 떨어지지 않는다. 별당 안은 열기와 비린 땀냄새로 가득 차 있다. 이윽고 옥녀의 사지에 힘이 풀렸고 안용남이 몸을 굴려 옆으로 누웠다. 별당은 귀신을 모신 곳이라 구석에 굿에 쓰는 헝겊 조각과 제기가 어지럽게 흐트러져 있어서 으스스한 분위기다. 그래서 관아는 임금 행차로 붐비지만 이 근처에는 인적이 없다. 가쁜 숨을 고르던 옥녀가 천정을 바라본 채 말했다.

"당신하고는 할수록 좋아져. 이젠 정이 들었나봐."

"나도 마찬가지여. 점점 더 마음에 든다."

안용남이 대뜸 답해주자 옥녀가 키득 웃었다.

"말하는 것 좀 봐."

"이런 말 하기 부끄러우면 다른 말 해."

"무슨 말?"

"아무거나. 네가 인빈 모시는 이야기도 좋다. 난 그런 이야기가 재미있더라."

"재미있기는⋯. 만날 남 욕하고 죽이자는 이야기인데."

"그게 재미있는 거다."

안용남이 옥녀의 허리를 끌어당기고는 질펀하게 젖어 있는 등을 손바닥으로 쓸었다.

"자, 이야기 해봐라."

"하긴 나도 입이 근질근질했는데 잘되었네."

"내가 이쪽 귀로 듣고 저쪽 귀로 흘려줄 테니까."

안용남의 손이 아래로 내려갔다. 옥녀가 안용남의 손을 제지하는 척하더니 말을 이었다.

"순변사 박윤상이 인빈한테 금 이백 냥, 산삼 두 뿌리, 후추 한 근을 바쳤어."

"난리 속에 그런 재물을 어디서 거둔 거야?"

"난리 속이니까 거두기가 쉽지. 부잣집을 약탈하고 왜군 소행으로 넘기거나."

"그렇군."

"박윤상이 곧 관찰사로 승진이 될 거야. 그래서 내직이 되어 전장을 피하게 되겠지."

"죽일 놈들."

안용남의 손길이 바빠지자 옥녀가 얕은 신음을 뱉었다.

"아이구머니⋯."

"이야기 더 해라."

"난리가 끝나면 정원군이 세자가 될 거야. 광해는 폐세자가 돼."

"조선이 왜군 땅이 될 텐데 세자가 무슨 소용이 있단 말이냐?"

"한 번 더 해줘."

다시 옥녀의 숨이 가빠졌다. 어둠 속에서 옥녀가 번들거리는 눈으로 안용남을 보았다. 안용남이 재촉했다.

"해줄게, 이야기해. 그래야 오래 간다."

"명군이 곧 올 거야. 명의 병부 상서 석성이 곧 대군을 보낸다고 했어."

"5천 명 정도라던데, 맞아?"

그때 옥녀가 다리를 벌리면서 몸을 비틀었다. 이미 가쁜 숨을 뱉고 있다.

"어서…."

"대군이라니? 몇 명인데?"

위로 오르면서 안용남이 묻자 옥녀가 서둘러 어깨를 끌어안으며 말했다.

"이여송이 5만 대군을 끌고 와."

배신은 배신을 낳는다. 또 한 번 배신한 인간은 다시 배신한다고 한다. 그런데 그 말은 근거가 있고 역사적 전례(前例)도 있다. 다음 날 선천에서 다시 북상하는 임금 행차를 따르면서 안용남의 머릿속에 떠오른 생각이다. 이제 소문이 났는지 임금 행차를 막는 어설픈 충신들은 보이지 않는다. 오히려 임금 행차를 슬슬 피하는 바람에 버림받고 도망치는 분위기로 변했다. 비가 뿌렸다, 그쳤다 하는 궂은 날씨여서 행차는 비 맞은 개 꼴이 되어서 동림에 닿았다. 내일이면 목적지인 의주에 닿을 예정이다.

"이봐, 선전관. 임금이 부른다."

동림 관아에 자리 잡았을 때, 상책 김윤수가 안용남에게 다가와 말했다. 둘이 있을 때, 김윤수는 임금을 옆집 개 부르듯이 한다. 김윤수가 웃음 띤 얼굴로 이죽거렸다.

"네가 마음에 딱 드는가 보다. 지금 내실에 있으니 얼른 가봐."

"무슨 일이오?"

안용남도 느긋하게 일어나면서 물었다. 동헌 행랑채 안이다. 행랑채는 항상 임금 측근용이어서 선전관 안용남이 수장이다. 이제 정4품 선전관인 것이다.

"아니 정4품 선전관을 개 부르듯이 부르다니? 임금이면 다야?"

투덜거리면서 나가는 안용남의 뒷모습을 향해 김윤수가 쓴웃음을 지었다. 둘 다 임금을 능멸하기는 마찬가지다.

"선전관 안용남 대령이오."

마당에 서서 안용남이 고했더니 곧 방문이 열리면서 내시가 비켜섰다 김윤수 휘하의 내시다. 술시(오후 8시)가 되어서 임금은 저녁을 마치고 방에서 쉬는 중이다. 그때 안에서 임금의 목소리가 들렸다.

"들라 해라."

"들랍시오."

내시가 복창하고는 안용남에게 눈짓을 했다. 어서 들어가라는 시늉이다. 피란길이어서 절차도 많이 생략되었다. 안용남이 신발을 벗고 방에 들어가 윗목에 무릎을 꿇고 엎드렸다. 슬쩍 보았더니 임금은 아랫목의 보료에 비스듬히 기대앉았는데 얼굴에 피로한 기색이 역력했다. 임금 선조는 이제 41세, 재위 26년째가 된다. 임금이 안용남을 지그시 보았다. 윗목에 엎드린 안용남과의 거리는 10자 반(4.5m)쯤 되었으니 숨소리도 들린다. 한양성의 대궐 안이었다면 언감생심 임금과 이렇게 지척에서 마주보고 앉아있지 못한다. 밖에는 이제 빗발이 뿌리고 있다. 여름밤 습기가 비 냄새와 함께 방 안으로 밀려 들어왔다. 그때 임금이 말했다.

"너, 난리가 나기 전에 상인이었다니 민심을 잘 알겠다."

안용남이 숨을 죽였고 임금의 말이 이어졌다.

"민심이 어떻더냐? 임금이 임금 노릇을 잘한다고 하더냐?"

안용남이 방바닥을 노려보았다. 임금이 미쳤나 보다. 그걸 물어서 어떻게 하겠단 말인가? 임금이 개똥 같다고 하면 명으로 도망갈 구실을 잡게 될 것인가? 임금이 성군이어서 부모보다 더 공경한다고 하면 조선땅에 머물까? 그때 임금이 말했다.

"너도 소문은 들었을 게다. 내가 명으로 피신하려고 한다는 소문 말이다."

"…."

"내가 무능하고 무기력하다. 난마처럼 얽힌 국정을 풀지도 못하고 이 난리를 만났구나. 백성 볼 낯이 없다."

"…."

"내가 널 부른 것은 다른 게 아니다. 너와 함께 미행을 나가 이곳 관아 주변부터 민심을 들으려 한다."

놀란 안용남이 머리를 들었을 때 임금의 얼굴과 마주쳤다. 결연한 표정이다.

"죽일 놈들이여."

옆방에서 술 취한 사내의 목소리가 울렸다. 이곳은 동림 관아에서 이백 보쯤 떨어진 주막 안. 해시(밤 10시)가 되었는데도 주막 안은 떠들썩했다. 왜군이 평양성을 함락했지만 아직 이곳에서는 꽤 멀리 떨어져 있기 때문인지 피란민의 분위기도 다급하지는 않다. 다시 사내의 목소리가 이어졌다.

"연전연패를 하고 수만 명씩 군사를 몰살시킨 대장군, 도원수, 병마절도사 놈들 중 단 한 놈도 죄를 받고 처벌된 놈이 없어. 이건 임금 주변을 간신놈들이 둘러싸고 있기 때문이여."

그때 다른 목소리가 이었다.

"아녀, 임금이 비겁하고 우둔하기 때문이여. 지금까지 임금이 해낸 일이라고는 후궁한테서 줄줄이 자식 생산해낸 것뿐이라구. 곧 조선 인구가 늘어날 걸세."

그러자 방안에서 왁자한 웃음소리가 났다. 숨을 들이켠 안용남이 옆에 앉은 임금 선조를 보았다. 선조는 안용남이 구해온 후줄근한 도포에 부서진 갓을 썼다. 얼굴은 반지르르했지만 영락없는 양반 피란민이다. 집도 절도 다 팽개치고 도망 온 양반 행색이다. 선조가 잠자코 앞에 놓인 개다리소반에서 탁주가 담긴 질그릇을 들었다. 그런데 손이 떨려서 탁주가 출렁거렸다. 다시 옆방 목소리가 이어진다.

"조선땅에 이씨만 임금 하라는 법이 어디 있나? 백성들 등 따습고 배부르게 만들어 준다면 김씨도 괜찮고 박씨도 괜찮아. 그게 백성 민심이야!"

"옳지, 그렇고말고."

"왜군 앞잡이를 서고 있는 향도가 모두 천민이야. 임금이 한양성에서 야반도주를 했을 때 천민들이 뛰어나와 천세 만세를 불렀다네. 이제는 천민 세상이 되었다고 말이네. 그러고는 장예원(掌隷院)과 형조 관아로 달려가 불을 질러 노비문서를 다 태워버렸다지 않은가?"

"창덕궁, 창경궁도 다 불을 질렀다지?"

"홍문관에도 불을 질러 승정원일기, 사초를 다 태웠어. 조선 왕조의 기록을 다 태운 거야."

옆방의 목소리가 더 커졌고 열기가 뜨거워졌다. 숨을 죽인 안용남이 머리를 들었다가 몸을 굳혔다. 술잔을 내려놓은 선조의 눈에서 눈물이 흘러내리고 있었기 때문이다. 눈물은 쉴 새 없이 흘러내리고 있다.

"전하."

안용남이 갈리진 목소리로 말했다.

"소인이 저놈들을 모두 베어 죽이지요."

저절로 그렇게 말이 나왔지만 안용남은 제 말을 듣고서도 놀라지 않았다.

"명만 내려주시면 다 죽이지요."

임금에 대한 충심(忠心) 때문이 아니다. 그렇다고 저놈들의 말이 틀렸다는 생각도 들지 않았다. 그저 일국의 임금이 백성들의 말을 듣고 질질 짜는 것에 놀라서 그렇다. 그때 손등으로 눈물을 닦은 선조가 시선을 내린 채 말했다.

"아니다. 놔둬라."

"전하."

"틀린 말이 아니지 않느냐?"

선조가 질그릇 잔을 들더니 한 모금 탁주를 삼켰다. 이제는 손이 떨리지 않는다. 그때 옆방에서 다시 사내의 목소리가 울렸다.

"어서 명으로 도망치라고 해! 그런 놈은 차라리 없는 것이 낫다. 인빈인지 뭔지 계집 치마폭에 싸여서 세자 하나 제대로 내세우지 못하는 등신."

그때 선조가 길게 숨을 뱉더니 안용남을 보았다.

"선전관, 들어가자."

그러고는 머리를 저었다.

"저 백성들은 놔두어라."

"뭐하고 온 거야?"

김윤수가 묻자 안용남이 쓴웃음을 지었다. 자시(밤 12시)가 다 되었다. 또 비가 쏟아지고 있었으므로 둘은 동헌의 처마 밑에 서 있다. 마당 건너편의 사랑채가 임금의 침소다. 김윤수의 시선을 받은 안용남이 대답했다.

"주막에 가서 옆방 백성들 이야기를 들었소."

"암행으로 민초들의 이야기를 듣는 것은 드문 일이 아냐. 태평성대에도 자주 있는 일이야. 그런데 옆방 백성들은 뭐라고 하던가?"

"그저 마누라, 자식 이야기, 난리통에 장사가 안 된다는 이야기."

"임금은 듣기만 하고?"

"그럼 '내가 임금이다' 하고 나서야겠소?"

"이놈이…."

혀를 찬 김윤수가 흘겨보았다.

"정4품이 되더만 마구 기어오르는구나."

"종4품 상책이 버르장머리가 없는 게지."

"임금이 너를 아끼는 모양이야. 잘되었다. 이제 우리가 꽉 쥐었어."

"쥐어서 뭐 하려고?"

"임금이 심약해. 정에 약하단 말이다. 내가 26년을 겪었다."

그러고 보니 김윤수는 임금 선조가 왕위에 올랐을 때부터 모시고 있다. 그런데 무슨 원한이 있어서 가토 기요마사의 밀정이 되었는가? 다로의 말을 들으면 고니시하고 밀통하는지도 모른다고 한다. 안용남의 눈앞에 미호의 얼굴이 떠올랐다. 미호는 가토, 고니시 양측의 첩자 노릇을 하다가 발각이 되었다는 것이다. 김윤수가 비가 쏟아지는 마당을 응시한 채 말을 이었다.

"이놈의 조선왕조, 이제 망해야 한다. 내가 30여 년을 벼르고 있다."

"무슨 원한이오?"

"내 아버지, 숙부, 형 둘까지 역모에 걸려 죽었다. 열두 살짜리 나는 천신만고 끝에 부산포의 왜관으로 숨어들었고 왜인들의 도움을 받아 내시가 되었지. 나는 첩자로 조선 궁중에 들어온 것이야."

안용남의 시선을 받은 김윤수가 처연하게 웃었다.

"내 부친은 진주의 선비였다. 양반이었지. 그러다 술자리에서 이씨 왕조를 비판한 것이 대역죄가 된 거야. 친구 되는 놈이 고발을 했고 의금부에서까지 내려와 내 집안을 도륙을 내었다. 내 모친은 목을 매어 자결했고 숙모는 우물에 뛰어들어 죽었다. 누이, 여동생들은 노비로 끌려갔는데 지금도 생사를 모른다."

"…."

"이것이 술자리에서 이씨 왕조를 욕한 대가다."

김윤수가 번들거리는 눈으로 안용남을 보았다.

"임금이 민생을 보러 다닌다지만 이미 늦었다. 이제는 내 한을 풀 때가 되었다."

"임금을 죽이는 것이오?"

"아니, 이씨 왕조를 멸망시키는 것이야."

자르듯 말한 김윤수가 턱으로 건너편 사랑채를 가리켰다.

"저기 누워있는 이공(선조의 이름)이는 멸망의 불쏘시개 역할이야. 지금 잘 타고 있다."

"……."

"지금은 저놈이 있을수록 멸망이 앞당겨진다. 저놈의 무능과 고집, 비겁함으로 이씨 왕조의 권위는 바닥까지 추락하고 있으니까."

안용남이 숨을 들이켰다가 길게 뱉었다. 눈앞에 선조의 눈물 젖은 얼굴이 떠올랐고 비통한 목소리도 귀에서 울렸다. 안용남의 시선이 김윤수를 스치고 지나갔다.

"참, 미호는 요즘 보이지 않던데, 어디 있습니까?"

생각난 것처럼 안용남이 물었더니 김윤수가 눈동자의 초점을 잡았다.

"몸이 아프다고 행차에 따라오지 않았다."

고니시 유키나가가 대동강에 닿았을 때가 6월 9일, 선조는 영변을 거쳐 북상했고 그 사이에 평양성이 함락되었다. 선조가 의주에 닿은 날이 6월 22일이다. 4월 13일, 부산진에 상륙한 왜군은 6월 16일 평양성을 함락함으로써 조선땅 대부분이 왜군의 수중에 들어갔다. 그러나 이순신의 수군 덕분에 전라도 지역은 왜군에게 짓밟히지 않았으니 그것이 조선 왕조의 명줄 노릇을 했다.

"저건 누구야?"

어영청 소속 별장이 손을 눈 위에 붙이고 앞쪽 들판을 보았다. 미시(오후 2시) 무렵, 이곳은 피현 근처의 황무지다.

"아이구머니."

곧 여자들의 비명이 울렸고 대열이 소란해졌다. 대열이라야 여자 다섯에 내관 둘, 호송 경비대인 어영청 군사 넷에다 별장 하나까지 열둘이다. 군사들은 소가 끄는 마차를 몰고 있었는데 마차에는 궁에서 쓰는 집기가 실렸다. 당황한 별장이 주위를 둘러보더니 곧 군사들에게 지시했다.

"모두 앞으로 나서라!"

그때 앞쪽에서 기마군 일곱이 다가왔다. 명군(明軍)이다. 붉은색 저고리가 햇빛을 받아 선명하게 드러났고 긴 창을 세워들고 있다. 6월 21일 명나라 참장 대조변과 유격장군 사유등이 명군 3천을 이끌고 의주에 도착했는데 마치 점령군 행세를 했다. 기마군이 정찰을 핑계로 사방을 횡행하며 부녀자를 겁탈하고 재물을 빼앗았지만 아무도 제지하지 못했다. 그래서 북쪽 지역은 왜군보다 명군이 두려워 피란을 가는 상황이다.

"서라!"

명군도 앞에 통역을 세웠는데 위세가 왜군의 향도 이상이다. 앞에 선 통역이 소리쳤으므로 대열이 멈췄다. 여자 다섯은 바로 왕실의 궁녀다. 뒤에 처졌던 궁녀와 내관들이 의주로 가는 중이었다. 기마군 여섯이 대열을 가로막고 서자 분이 난 별장이 어금니를 물었다. 어영청 소속의 별장은 정6품 관등이었다.

"무엄하다! 이 행차는 조선 왕실의 수행원들이다! 비켜라!"

별장이 소리치자 역관이 곧 명군 지휘관에게 통역했다. 역관의 얼굴에 조금 곤혹스러운 기색이 떠올랐다. 그때였다. 역관의 말을 듣고 난 명군 지휘관이 말에 박차를 넣더니 별장에게 달려들었다.

"아악!"

비명소리는 궁녀들한테서 났다. 명군 지휘관이 불문곡직하고 창으로 별장의 가슴을 꿰어버린 것이다. 별장이 칼을 뽑을 틈도 주지 않고 살해한 명군 지휘관이 창을 빼내면서 소리쳤다. 그 순간 명군들이 달려들어 군사들을 찌르고 베었다. 군사들의 신음이 들판에 울렸고 궁녀들은 이제 입을 다물었다. 기가 질렸기 때문이다. 그때 남아 있던 내관 둘까지 창에 꿰이고 칼에 난도질을 당해 쓰러졌으므로 궁녀 다섯만 남았다. 순식간이다. 그때서야 명군들이 말에서 내리더니 서로 얼굴을 보며 웃었다. 지휘관인 염소수염의 웃음소리가 컸다.

"저쪽 언덕 밑이 좋겠다."

지휘관이 턱으로 옆쪽의 언덕을 가리키며 말했다. 그러고는 말고삐를 역관에게 넘겨주더니 궁녀 다섯을 하나씩 훑어보았다. 지휘관의 시선이 뒤쪽에 머리를 숙이고 서 있던 미호에게로 옮겨졌다. 그러더니 눈을 가늘게 뜨고 웃었다.

"옳지, 저년."

지휘관이 미호를 가리켰다.

"저년을 나에게 데려오고 너희들도 하나씩 골라라."

주위에 시체가 널브러져 있었으므로 발을 뗀 지휘관이 말을 이었다.

"서둘러라. 얼른 해치우자."

미호에게 다가온 명군 둘이 좌우에서 팔을 움켜쥐었다. 나머지 군사들은 창끝으로 궁녀들의 등을 밀어 옆쪽 언덕 밑으로 끌고 갔다. 미호는 다리에 힘이 풀려 비틀거리다가 명군 둘이 사납게 팔을 채는 바람에 신음을 뱉었다. 명군한테서 악취가 풍겼다. 땀냄새와 음식 썩은 냄새가 섞인 것 같다.

"에고고…."

궁녀 하나가 넘어졌다가 명군이 발길질을 하는 바람에 뒹굴면서 비명을 질렀다. 사옹원(司饔院)에서 일하는 무수리다.

"아아악! 사람 살려!"

궁녀 하나는 명군에게 머리칼을 잡혀 끌려가면서 비명을 질렀다. 이미 명군은 발정난 개나 다름없다. 명군 대장도 마찬가지다. 평탄한 땅바닥에 서서 끌려오는 미호를 기다리고 서 있었는데 벌써 두 눈이 번들거리고 있다.

"아악!"

옆에서 궁녀 하나가 찢어지는 듯한 비명을 질렀다. 명군 하나가 궁녀를 타고 눌렀기 때문이다. 그때 미호의 팔을 명군 대장이 움켜쥐었다. 끌고 온 군사들은 제 몫을 찾으려고 서둘러 돌아간다. 미호는 명군 대장이 밀어젖히는 바람에 땅바닥에 엉덩방아를 찧으면서 넘어졌다. 한낮이다. 햇살이 환했고 풀숲에서 흙냄새가 났다. 그때 명군 대장이 미호의 치마를 걷어 올리더니 곧 속치마를 당겨 뜯었다. 염소수염이 미호의 볼을 찔렀고 주위에서 궁녀의 비명소리와 거친 숨소리가 울렸다. 미호는 눈을 감았다. 하반신이 알몸이 되어 있었으므로 서늘한 기운이 느껴졌다. 명군 대장놈은 잠깐 주춤거리는 것이 바지를 벗는 것 같다. 어금니를 문 미호의 눈에 눈물이 맺혔다. 명군을 더 이상 보고 싶지 않아 눈을 질끈 감은 상황이다. 그때 명군이 몸을 덮쳤다. 무겁다. 윗도리는 갑옷까지 걸친 터라 바위가 누르는 것 같다. 그때였다. 옆에서 궁녀의 비명소리와 함께 사내의 신음소리가 났다.

"꺄악!"

다른 궁녀도 비명을 지른다. 저도 모르게 눈을 뜬 미호가 명군 대장의 어깨를 밀쳤다. 그 순간 명군 대장의 얼굴이 보였고, 미호는 숨을 들이켰다. 대장의 눈에 깊숙이 화살이 박혀 있었기 때문이다. 입을 딱 벌린 명군 대장의 반쪽 얼굴은 피투성이가 되어 있었고 성한 한쪽 눈에는 초점이 없다. 죽은 얼굴이다. 그 순간 미호는 대장을 젖히고는 상반신을 일으켰다. 대장의 몸이 나무토막처럼 굴러 떨어졌다.

"으악!"

사내의 비명이 지척에서 울렸다. 명군이다. 가슴에 화살이 박힌 명군이 화살을 움켜쥐더니 몸을 빙글 돌리면서 주저앉았다. 그때 명군 둘이 뛰쳐 일어나 사방을 둘러보며 소리쳤다. 미호는 이제 살아남은 명군이 둘뿐이라는 것을 알 수 있었다. 다섯은 모두 화살에 맞았다.

"으아악…!"

둘 중에서 미호와 가깝게 서 있던 명군이 또 화살에 맞았다. 배에 깊숙이 화살이 박힌 터라 허리를 숙인 명군이 악을 썼다. 그때 다시 날아온 화살이 명군의 얼굴에 박혔다. 코 윗부분에 깊숙하게 박힌 화살이 산 곤충처럼 부르르 떨었을 때 명군은 소리도 지르지 못하고 쓰러졌다. 이제 한 놈, 통역관이다. 놈은 겁에 질린 채 우두커니 서 있었는데 얼굴이 사색이다. 궁녀 넷은 모두 쪼그리고 앉아서 두리번거렸다. 이제 살았다는 사실을 아는 것이다. 조선군이 왔는가? 그때 미호는 앞쪽 황무지에서 나타난 사내를 보았다.

비스듬한 위쪽에서 풀숲을 헤치며 조선군 무반(武班) 하나가 내려온다. 거리는 1백 보 정도, 그 순간 미호는 숨을 들이켰다. 붉은 허리띠, 큰 키, 덧옷이 바람에 휘날리고 있다. 선전관 안용남이다. 그때 안용남이 끌고 오던 말에 오르더니 이쪽으로 달려왔다. 그제서야 궁녀들은 살았다는 실감이 난 것 같다. 일제히 통곡을 하면서 서로 부둥켜안았다. 다만 살아남은 명군의 역관이 비틀거리며 우왕좌왕하다가 곧 마음을 먹은 듯 털썩 풀숲에 무릎을 꿇었다. 허리에 칼을 찼지만 이미 기가 질린

232

상태다. 두 눈을 빤히 뜬 채 여섯이 화살에 맞아 죽는 꼴을 다 본 것이다. 안용남이 순식간에 다가와 말에서 뛰어 내렸을 때 궁녀들의 울음소리는 더 커졌다. 오직 미호만 찢어진 치마를 여민 채 외면하고 서 있을 뿐이다. 그때 역관이 소리치듯 말했다.

"소인은 대명의 참장 대조변 휘하의 첨병대장 왕천의 분견대 소속으로…."

그 순간 역관이 옆으로 쓰러졌다. 안용남의 발끝이 턱을 찍었기 때문이다. 한 걸음 다가선 안용남의 시선이 궁녀들을 훑고 나서 미호까지 스치고 지나갔다.

"어서 일어나라."

안용남이 억양 없는 목소리로 말했다.

"이곳을 벗어나야 한다. 무슨 말인지 알겠느냐? 명군을 죽였으니 너희들도 살아남지 못한다."

안용남이 그때까지 들고 있던 칼을 등에 매더니 허리에 찬 환도를 쓱 빼들었다.

"이놈들은 왜군의 기습을 받은 것으로 하라."

다음 순간 안용남의 칼날이 날아 겨우 상반신을 들어 올렸던 역관의 목을 쳤다. 머리통이 잘린 역관의 목에서 피가 다섯 자나 솟아올랐다.

"자, 마차도 버리고 날 따라 오너라."

안용남이 서둘렀다.

"오늘 해가 지기 전에 의주에 닿아야 한다."

그러나 혼이 절반쯤 나간 궁녀들이 거의 기다시피 했으므로 그날 저녁에는 의주가 30리 남은 백파에 겨우 닿았다. 민가를 빌린 안용남이 궁녀들을 넣고 저녁까지 시켜주고 나서 마당으로 나왔을 때 옆에서 인기척이 났다. 미호다. 술시(오후 8시)가 다 되어서 주위는 어둡다. 건너편 부엌에서 민가 아낙이 궁녀들의 밥을 짓느라고 그림자만 어른대고 있을 뿐이다. 궁녀 넷은 방에서 늘어져 있는 것이다.

"나 좀 봐."

미호가 말했으므로 안용남이 시선만 주었다. 황무지에서 구해준 후에 안용남은 모르는 척했다. 한 마디도 말을 걸지 않았고 시선도 주지 않았다. 한 걸음 다가선 미호가 안용남을 보았다.

"구해줘서 고마워."

어둠 속이어서 안용남은 눈만 보였고 미호의 말이 이어졌다.

"날 보려고 온 거야?"

안용남이 반 호흡쯤 지난 후에 대답했다.

"맞아."

"무슨 일 있어?"

습기가 많은 날씨여서 부엌에서 흘러나온 연기가 무릎 위로 지나갔다. 미호의 시선을 받은 안용남이 다시 뜸을 들이고 나서 대답했다.

"그래."

"무슨 일로 거기까지 날 보려고 온 것이야? 상책께서 무슨 전갈이 있어?"

"그런 건 없어."

이제는 미호가 시선만 주었고 잠시 마당에 정적이 덮였다. 안용남은 미호가 고분고분해진 것이 씻지도 않고 의관을 갖춰 입은 느낌이 들었다. 이윽고 안용남이 억양 없는 목소리로 말했다.

"실은 널 죽이려고 간 거다."

"…."

"네가 고니시 님한테도 정보를 주는 양면 첩자라는 것이야. 그것이 발각되었다는군."

"누가 그래?"

미호가 갈라진 목소리로 물었을 때 안용남의 얼굴에 쓴웃음이 번졌다.

"연락책이 있어."

"상책님도 알아?"

"그 불알 없는 사내는 내가 그런 지시를 받았는지 모른다."

그때 잠깐 입을 다물었다. 미호가 다시 물었다.

"그런데 왜 살려주었지? 그냥 놔두었다면 칼에 피를 묻히지 않아도 명군이 나를 죽였을 텐데."

안용남은 한 걸음 뒤로 물러섰다. 그러자 짙은 어둠 속에서 눈의 흰자위만 드러났다.

"여기서 의주까지는 안전할 테니 내일 아침에 떠나도록. 난 지금 임금께로 돌아가야 한다."

"나를 그냥 놔둘 거야?"

한 걸음 다가간 미호가 끈질기게 묻자 안용남이 어금니를 물었다가 풀었다.

"다 부질없다."

안용남이 이 사이로 말을 이었다.

"너를 베어 죽이려고 내려갔지만 막상 명군한테 강간당하려는 꼴을 보고 가만둘 수가 없었다."

"…"

"그러다보니 널 죽이려고 지시를 하는 놈들도 가소로워졌다."

"…."

"내가 왜놈들 종이란 말이냐? 가토는 어떤 놈이며 고니시는 또 어떤 시러베아들 놈이냐? 난 그놈들한테 빚진 거 없다."

"…."

"불알 없는 내시놈이 이래라저래라 하는 것도 구역질난다."

"…."

"그렇다고 사타구니에서 방울소리를 내면서 도망질만 하는 조선 장군, 대신놈들 사이에 낀 선전관 노릇이 좋은 것도 아냐. 당장 옷 벗어도 미련 없다."

그러고는 안용남이 길게 숨을 내쉬었다.

"그것이 널 죽이지 않은 이유다. 내가 널 죽일 이유를 한 가지만 만들어 봐라."

그때 미호가 말했다.

"난 역적으로 몰려 죽은 대감 딸로 상책의 추천을 받고 궁에 무수리로 들어왔지만 왜놈의 노리개 노릇은 더 이상 하지 않겠어."

미호의 두 눈이 어둠 속에서 번들거렸다.

"그래, 난 궁 안의 정보를 고니시 측에도 주었고 가토한테도 주었어. 조선을 멸망시키기 위해서라면 또 다른 놈한테도 줄 거다."

"네가 고니시한테도 정보를 준다는 것을 상책도 알까?"

"알겠지."

미호가 얼굴을 일그러뜨리며 말했다.

"내 짐작이지만 상책도 고니시한테 정보를 넘겨줬어. 고니시의 정보망은 가토보다 나아, 궁 안에도 고니시 첩자들이 있다구."

"고니시 첩자들이 안다면 그들도 가만있지 않을 텐데."

"그렇겠지."

머리를 끄덕인 안용남이 지그시 미호를 보았다.

"내가 나서지 않더라도 넌 곧 다른 첩자들한테 죽겠구나."

"그렇겠지."

다시 남의 일처럼 말한 미호가 물끄러미 시선을 주었으므로 안용남이 몸을 돌렸다. 그때 미호가 등에 대고 말했다.

"오늘 밤이 기회야."

안용남이 머리만 돌렸을 때 미호의 두 눈이 반짝거렸다.

"날 가져."

"…."

"명군놈한테 더럽혀졌을 몸, 대신 가져가. 보상이라고 생각해도 좋고."

그러더니 미호가 몸을 돌렸다.

"빈 방 찾아놓고 데리러 와."

"선전관, 주상께서 찾으셨소."

서둘러 다가온 어영청 별장이 두 눈을 희번덕거리며 말했다.

"벌써 세 번이나 찾으셨소."

해시(오후 10시)가 넘었으니 밤은 깊어가고 있다. 도대체 무슨 일이란 말인가? 별장의 눈치를 보면 죄를 주려고 부르는 것 같지는 않다. 이럴 때 상책 김윤수는 어디 가서 자빠져 있단 말인가? 바깥채에서 내실로 문을 두 개나 넘는 동안 상책은 보이지 않는다. 의주 관아는 제법 넓어서 중궁전의 명색이 생겼는데, 임금은 안쪽 좌측의 사랑채를 대전으로 쓰고 있다. 대전 앞마당에 가 섰어도 응당 보여야할 상책이 나타나지 않았으므로 안용남이 마당 끝에 서 있는 내시를 손짓으로 불렀다. 정6품 상세(尙洗) 직임의 내시다. 내시가 다가오자 안용남이 은근한 목소리로 물었다.

"이보게, 상책은 어디 계신가?"

"글쎄, 저도 모르겠소."

낯이 익은 내시가 찌푸린 얼굴로 대답했다.

"오후에 주상께서 찾으셨다가 인빈께 가신 것 같다면서 놔두십디다."

"주상께서 왜 나를 부르시는가?"

"글쎄, 지금 주위를 다 물리시고 술을 들고 계시오. 그래서 빈마마들께서도 모두 걱정하고 계십디다. 어서 들어가 보시오."

"이런 젠장, 나를 왜 찾으시는가를 물었지 않나?"

"글쎄, 의관을 벗지도 않고 술만 드시니⋯."

안용남은 한숨을 푹 뱉고는 마당을 건너 내실 토방 위에 섰다. 담장 밑에 그림자처럼 서 있던 어영청 무관이 지그시 안용남을 보았다. 임금의 최측근 경호원이다. 김천복, 무과에 급제한 정5품 종사관으로 눈빛이 매섭다. 김천복에게 머리만 끄덕여 보인 안용남이 몸을 방문 앞에 기울이며 낮게 말했다.

"신(臣), 선전관 안용남 대령이오."

"들라."

기다렸다는 듯이 방에서 임금이 말했다.

"어서 들라."

다시 재촉 소리가 들렸으므로 안용남은 방문을 열고 나서 신발을 벗고 들어갔다. 방 아랫목에 앉은 임금은 앞에 작은 술상을 놓았는데 술병과 안주접시 세 개뿐이다. 안용남이 윗목에 엎드리자 임금은 핏발이 선 눈을 들었다. 얼굴은 술기운으로 붉다.

"너, 어디 있었느냐?"

"오늘 비번이어서 성 밖 객주에서 쉬고 있었습니다."

"나하고 지금 갈 곳이 있다."

"예…?"

놀란 안용남이 임금을 보았다. 지금은 해시(오후 10시)가 되어 깊은 밤이다. 피란민들까지 모두 잠자리에 들 시간이다. 그때 임금이 말을 이었다.

"도순변사 이야기를 들으니 동쪽 덕현 근처 마을에 함경도에서 온 포수대가 모여 있다는 구나. 내가 가서 격려를 해주려고 한다."

임금의 두 눈이 반짝였다.

"모두 3백여 명인데 종성부사 박만기가 인솔하여 왔다는 거다. 이곳까지 와 주었다니 내가 가슴이 멘다."

"…."

"가자."

임금이 일어났으므로 안용남이 당황했다.

"전하, 밤이 깊었나이다. 그리고…."

"무엇이냐?"

"지난번 대역 모의를 했던 안상철, 허윤수 일당도 아직 잡히지 않았습니다. 야심한 밤에 움직이시면…."

"네가 있지 않느냐? 그리고 김천복이도 따르게 하면 된다."

임금이 다가와 옆에 섰다.

"일어나라. 나도 오늘은 말을 타겠다. 포수대를 보고 나면 잠이 잘 올 것이다."

그때 몸을 일으킨 안용남이 굳은 얼굴로 임금을 보았다.

"전하, 잠깐 기다려 주시옵소서."

"왜 그러느냐?"

"몰래 빠져 나가시는 것이 낫습니다."

임금의 시선을 받은 안용남이 목소리를 낮췄다.

"전하께서 지금 나가시면 어영청, 선전관청에 기별이 갈 것이며 대전 안팎으로 도승지, 내관이 뛸 것인 데다 당상, 당하관이 직무를 시작하게 될 것입니다."

안용남은 며칠밖에 안 되지만 임금 측근에 머무는 바람에 하루 만에 다 외웠다. 임금이 머리를 끄덕이자 안용남의 말이 이어졌다.

"전하께서 행차하신다는 소문이 금방 성 밖으로 퍼질 것이며 그렇게 되면 역도들이 모일 수도 있지 않겠습니까? 그러하오니…."

"알았다. 네가 계획을 세우도록."

임금이 다시 자리로 돌아가면서 말을 이었다.

"어쨌든 오늘밤 함경도 포수대를 만나 위로해줄 것이다."

그로부터 한식경쯤 지났을 때 대전 앞 중문에 서 있던 수문장 임명복이 안에서 나오는 안용남을 보았다. 안용남과 동료 선전관 하나, 어영청 종사관 김천복, 이렇게 셋이 나오고 있다.

"주상께서 주무신다. 기척을 내지 마라."

지나가면서 안용남이 낮게 주의를 주자 임명복이 머리만 숙였다. 임명복 휘하에는 장교 12명이 번을 서고 있다. 이렇게 셋이 대문 세 개를 빠져 나와 행랑채 옆 마구간에서 말 세 필을 꺼내 탔을 때는 또 한식경이 지난 자시(밤 12시) 무렵이다. 곧 세 필의 기마인은 의주부 내(內)를 빠져나가더니 속력을 냈다. 덕현까지는 20리 길이었으니 다

240

시 한식경 거리인 것이다. 날이 깊었으나 하늘이 맑아서 별 무리가 휘황했다. 앞에서 김천복이 길잡이를 했고, 임금은 안용남과 나란히 말을 달리고 있다. 그때 선전관 복장의 임금이 머리를 돌려 안용남을 보았다.

"도순변사 권동수는 함경도 포수 350인이 모두 범을 잡는 포수라고 했다."

임금의 흰 얼굴이 어둠 속에서 웃음을 띠고 있다.

"모두 내일 아침에 박 부사 지휘하에 남하할 것이야. 그래서 내가 떠나기 전에 만나 격려하려는 것이다."

"모두 황공해할 것입니다."

"내가 무엇으로 그 충심(忠心)을 보답하겠느냐?"

임금의 목소리에 비감이 어려 있다. 앞을 응시한 채 임금이 소리치듯 말했다.

"포수대를 모을 꾀를 낸 도순변사 권동수와 모아 온 종성부사 박만기는 각각 정2품 도병마사와 정3품 병마사 관등으로 승급시켰지만 그것도 부족하다."

앞에서 달리던 김천복도 들었을 것이다. 이윽고 김천복이 말의 속도를 늦추더니 산길 모퉁이를 돌아 골짜기로 들어섰다. 이곳 골짜기는 넓다. 개울이 한쪽에서 흐르고 있어서 기마군 350여 기가 주둔할 만했다.

"이곳이 모랫골입니다."

앞장선 김천복이 말하면서 주위를 둘러보았다. 주위는 적막에 덮여 있다. 세 필의 말이 자갈을 밟는 소리만 들린다. 그때 안용남은 앞에서 어른거리는 인기척을 느꼈다. 서너 명이 땅바닥에서 뭔가를 줍고 있다. 김천복도 그들을 본 모양으로 서둘러 다가갔다.

"누구냐?"

김천복이 소리쳐 묻자 놀란 외침이 일어났다. 여자 목소리다. 곧 다가간 셋은 여자 둘과 아이 둘 일행을 둘러쌌다.

"너희들은 누구냐? 무엇을 하고 있는 거냐?"

안용남이 묻자 아낙 하나가 떨리는 목소리로 대답했다.

"우린 군사들이 먹다 버린 음식을 찾고 있소."

"군사들이 떠났단 말이냐?"

다시 안용남이 묻자 아낙이 손으로 안쪽을 가리켰다.

"여기서 저녁을 해먹고 안쪽 골짜기로 자러 들어갔소."

"안쪽 골짜기?"

안용남이 머리를 기울였을 때 이번에는 김천복이 나섰다.

"골짜기가 넓으냐?"

아낙이 눈만 껌벅이자 조금 더 나이 든 아낙이 대답했다.

"비탈진 곳이어서 골짜기가 좁습니다. 화전민 두 가족이 살다가 버리고 간 통나무집 두 채가 있을 뿐이오."

"그런 곳에 군사 350여 명이 들어갔단 말인가?"

김천복이 다그치듯 물었더니 아낙 둘이 서로의 얼굴을 보았다. 뒤쪽에 서 있던 임금 선조가 피곤한지 바위 위에 앉았으므로 안용남이 부축했다. 그때 나이 든 아낙이 대답했다.

"우리가 사흘간 군사들 옷을 빨고 밥 시중을 들었는데 군사들은 스무 명 남짓이었소."

"무엇이? 스무 명?"

선조가 되물었지만 뒤쪽에 앉아 있어서 잘 안 들렸다. 머리끝이 솟아오른 느낌이 든 안용남이 한 걸음 나섰을 때 김천복이 다급하게 물었다.

"스무 명이라니? 그 군사들이 함경도 포수라고 하더냐?"

"함경도는 맞는 것 같습니다. 하지만 중도 있고 무당도 낀 의병이었습니다. 자기들끼리 하는 이야기를 들었더니 이곳저곳에서 모은 의병으로 곧 돌아간다고 했습니다."

이제 아낙의 말이 많아졌다. 겁이 풀렸는지 눈동자도 흔들리지 않는다. 앞에 선 셋이 해코지할 위인들이 아닌 것 같은 게 첫째요, 궁금한 것은 오직 군사들 내력이라는 걸 알았기 때문이다.

"저녁때 이야기하는 것을 들었더니 높은 대감 둘이 상을 받고 나면 다시 함경도로 돌아갈 거라고 합니다. 군사들도 여기까지 온 상금을 받는다는군요."

어깨를 늘어뜨린 안용남이 머리를 돌려 임금 선조를 보았다. 김천복도 이제는 외면하고 서 있다. 이것은 반역이나 같다. 난리를 만나 조정이 제 구실을 못하는 기회를 이용하여 함경도 포수를 모아 왔다고 거짓보고를 하고는 공신이 되는 것이다. 그리고 거짓이 발각될까봐 서둘러 군사들을 돌려보낸다. 20명이나 350명이나 오고 간 흔적만 있으면 되는 것이다. 그때 선조가 바위에서 몸을 일으키며 말했다.

"골짜기 안으로 들어가 보겠다."

확인해 보겠다는 말이다. 김천복이 입을 꾹 다문 채 말을 끌어오려고 갔고 안용남은 선조를 부축했다. 비틀거렸기 때문이다. 산속 어디에선가 부엉이가 울었다. 음울한 울음이다. 선조가 그제서야 정신이 든양 앞에 웅크리고 서 있는 아낙과 아이들을 보았다. 그러더니 허리춤 주머니에서 금화 두 냥을 꺼내 안용남에게 주었다.

"저 여인 둘에게 주어라."

"예, 전하."

낮게 대답한 안용남이 앞으로 다가가 아낙 둘에게 금화 한 냥씩을 내밀었다.

"받아라, 어른께서 주시는 것이다."

아낙들이 숨을 들이켰지만 갈퀴 같은 손을 내밀어 제각기 금화를 받아 들었다. 그중 나이 든 아낙이 받고 나서야 정신이 들었는지 안용남과 선조를 번갈아 보았다. 두 눈이 번들거리고 있다.

"어, 어른이 누구십니까? 어느 대감이시오?"

그때 선조가 대신 대답했다.

"너희들에게 죄를 짓고 있는 이씨다."

"이놈! 어디로 도망치느냐!"

벽력같이 고함을 친 안용남이 칼을 휘둘러 막 옆으로 내달리는 사내의 뒤통수를 쳤다.

"삑!"

마른바가지 깨지는 소리가 들리더니 사내가 곤두박질하듯 마당에 엎어졌다.

"에구구…!"

옆집에서 처절한 비명소리가 울린 것은 김천복의 손이 모질기 때문일 게다.

"으아악!"

다시 비명이 들렸고, 김천복의 외침도 어둠 속에 울렸다.

"이놈들! 모두 꿇지 못하겠느냐! 나는 종사관이다!"

"어딜 가느냐!"

이번에는 안용남이 소리쳤다.

"겨루어 보겠느냐?"

눈을 치켜뜬 안용남이 방문에서 나온 두 사내를 노려보며 소리쳤다.

"나는 선전관이다! 이놈들, 마당으로 나와 무릎을 꿇지 못할까?"

그래도 사내 둘이 망설이자 안용남이 두 걸음에 마루 위로 올랐고, 다음 순간 후려친 칼날이 사내 하나의 목을 무 자르듯 베어 버렸다. 머리통에 이어 사내의 몸뚱이가 마당으로 굴러 떨어졌다.

"이놈들! 마당에 다 꿇어라!"

이제 안용남은 아수라(阿修羅)가 되었다. 칼을 휘두르며 방 안으로 뛰어 들어가자 곧 비명이 터졌다.

"아이고!"

함경도 포수는커녕 새잡이도 못 되는 오합지졸들이다. 좁은 방에서는 혼자가 이롭다. 휘두르면 다 맞게 되어 있다. 방 안에서 비명이 터지더니 칼등으로 맞았지만 터지고 깨진 무리가 마당으로 쏟아져 나와 무릎을 꿇거나 엎드렸다. 그때 이웃집을 맡았던 김천복이 대여섯 명을 앞세우고 이쪽 마당으로 왔는데 성한 사내가 없다. 김천복도 눈을 까뒤집고 피 묻은 장검을 치켜들고 있는 것이 야차(夜叉) 같다. 아래쪽에서 아낙들의 이야기를 듣고 나서는 안용남이나 김천복이나 제 정신이 아니었다. 임금 앞이었기 때문이 아니다. 피가 끓는 것 같고 심장이 터질 것 같아서 다 죽이고 싶었지만 임금께 진상을 자세히 밝혀 드리려면 다 죽일 수는 없는 노릇이다.

이윽고 마당에 불이 세 군데 지펴졌고, 13명의 사내가 엎드렸거나 꿇어앉았다. 안용남과 김천복은 각각 앞뒤 집 한 채씩을 맡았는데 번(番)도 서지 않고 늘어져 자고 있었던 자들이어서 우왕좌왕하다가 다 잡히거나 죽었다. 관(官)에서 왔다고 했는데도 도망치는 자들이 있었기 때문이다. 반항하는 자가 넷 있었는데 당연히 현장에서 김천복과 안용남의 칼을 맞고 죽었으며 도망치려던 자 여섯 또한 죽임을 당했으니 모두 열이 죽었다. 그리고 잡혀온 열셋 중 사지가 온전한 사내는 대여섯뿐이다. 안용남도 그렇지만 김천복의 손끝도 모질었기 때문이다. 죽이지 못해서 안달이 난 것처럼 눈을 까뒤집고는 앞집으로 건너오는 동안에도 걸음이 늦다고 또 하나를 베어 죽였다.

그동안 임금 선조는 앞집 마당 끝의 벽에 기대 서 있었는데 달이 환한 밤이어서 눈앞에서 벌어지는 참상을 샅샅이 보았다. 왜란 통에 임금이 처음 보는 살상극일 것이다. 그것이 자신의 심복 선전관이 거짓 함경도 포수를 도륙하는 장면이었으니 머릿속에 온갖 감회가 일어났으리라.

이윽고 선조가 마당을 건너 마루 끝에 앉았다. 마루 위에 시체가 둘이나 널브러져 있었기 때문에 안용남이 끌어다가 토방에 내동댕이쳤다. 피비린내가 진동했다. 그때 선조가 안용남에게 말했다.

"저자들에게 내막을 말하도록 하라."

세 필의 말이 황야를 속보로 건너가고 있다. 달빛에 비친 마상의 세 사내는 임금 선조와 안용남, 김천복이다. 이제 셋은 함경도 포수군(軍)을 만나고 돌아가는 길이다. 마른 땅에 세 필의 말굽 소리만 울리고 있다. 축시(오전 2시)가 넘어 인시(오전 4시)가 되어가는 시각이니 밤을 꼬박 새운 것이다. 이윽고 의주부의 불빛이 보였을 때 선조가 입을 열었다.

"선전관."

"예이."

마상에서 허리를 숙인 안용남이 바짝 말배를 붙이자 선조가 앞을 응시한 채 말했다.

"의주에 들어가면 선전관청의 장교들을 데리고 가서 도순변사 권동수와 종성부사 박만기를 잡아오너라. 불문곡직하고 묶어오되 반항하면 베어 죽여라."

"예이."

"그렇지. 종사관 김천복이를 데리고 가는 것이 낫겠다. 너희들 둘이 내막을 잘 알 터이니."

선조의 시선이 서너 마신(馬身) 앞의 김천복을 향했다. 김천복도 들었을 터다. 그때 선조가 긴 숨을 내쉬었다.

"진정한 충신은 백성을 구하는 자다."

안용남은 숨을 삼켰고, 선조의 말이 이어졌다.

"백성이 없으면 임금이 무슨 소용이냐? 임금 살리려고 백성을 죽일 수는 없는 노릇이지, 그렇지 않으냐?"

"황공합니다."

어려운 말이어서 안용남은 대답하지 못했다. 임금의 혼잣말이다. 그때 선조가 안용남을 보았다. 굳은 표정이다.

"내가 오늘밤 깨달았다."

"…."

"임금이나 이름 없는 군사나 똑같은 생명이다. 죽으면 다 똑같이 흙이 된다."

"…."

"내, 앞으로 부질없는 욕심을 버리리라. 나 때문에 죽어가는 백성을 위해 내 목숨까지 내놓으리라."

"…."

"임금 자리에 연연하지 않으리라."

그때 앞장서 가던 김천복이 속도를 늦췄으므로 말머리가 부딪쳤다. 어느덧 의주부 내에 들어와 있었던 것이다.

"누구시오?"

기찰 군사 서너 명이 그들을 향해 다가오며 물었으므로 김천복이 대답했다.

"어영청 종사관이다. 비켜라."

김천복이 허리춤에 찬 패를 내밀었고 기찰 군사들이 비켜섰다. 안용남과 김천복이 임금을 대전으로 사용하는 의주부윤 관저 사랑채 안까지 모시고 나자 인시 끝(오전 5시) 무렵이 되었다. 밤을 꼬박 새운 것이다. 대전 밖으로 나오면서 안용남이 김천복에게 말했다.

"이보게, 종사관. 내가 선전관청 휘하의 군관을 데려올 테니 그대는 그동안 그 두 놈의 거처를 탐문해 놓고 병기창 앞에서 기다리게."

"알겠소이다."

김천복이 안용남을 향해 머리를 끄덕여 보였다.

"선전관의 검술을 보았소. 실전을 겪은 솜씨였습니다. 감복했소."

"그런가? 칭찬이 과하네."

쓴웃음을 지은 안용남이 몸을 돌렸다. 김천복의 검술도 보통이 아니다. 눈빛만 보아도 알 수 있다. 묘시(오전 6시) 무렵, 안용남이 선전관청에 남아 있던 군관 15명을 인솔하고 왔다. 병기창 앞에서 기다리던 김천복이 눈을 치켜뜨고 말했다.

"두 놈이 병조 참판 이규옥의 사택에 묵고 있소. 이규옥이 두 놈과 동문수학한 사이라는 것이오.”

그렇다면 이규옥도 함께 잡아야 하는가?

“권동수와 박만기는 어명을 받아라!”

마당에 선 안용남이 소리치자 집안은 순식간에 야단법석이 되었다. 행랑채에서 나오던 하인들이 선전청 군관들의 창 자루에 두들겨 맞아 비명을 질렀고, 지레 겁을 먹은 하인들이 뒤로 뛰다가 또 맞았다. 이제 는 무지막지하게 창끝으로 등판을 찌르거나 머리를 내리쳐 선혈이 낭 자했고 비명이 더 커졌다.

“무엇하느냐! 권동수와 박만기는 당장 나오지 못하느냐!”

안용남이 다시 발을 구르며 소리쳤다. 진시(오전 8시) 무렵, 날씨는 화 창했고 북방이지만 더위가 몰려오고 있다. 그때 앞쪽 사랑채의 문이 열 리더니 의관을 갖춘 50대쯤의 사내가 나타났다. 놀란 듯 눈이 크게 떠 졌다.

“선전관, 무슨 일이오?”

“어명을 받들라!”

안용남이 버럭 소리쳤다.

“당장 마당에 꿇어 엎드리지 못할까!”

“나는 병조 참판 이규옥이네.”

“너는 역적의 동류(同類)렸다. 이놈, 어서 꿇지 못하느냐!”

안용남이 환도의 손잡이를 쥐더니 한 걸음 다가섰다.

“주상께서 반항하면 베어 죽이라고 하셨다. 네 이놈! 꿇지 못하느 냐!”

놀란 이규옥이 허둥지둥 마루에서 토방으로 내려섰다가 발을 헛디며 마당으로 굴러 떨어졌다. 안용남의 바로 앞이었다. 그때 사랑채 뒤쪽에서 고함소리가 일어났다. 김천복의 목소리다.

"이놈! 어디를 도망치느냐!"

"으아악!"

비명소리가 울렸고 무릎을 꿇고 앉은 이규옥이 부들부들 떨었다. 상투가 흔들릴 정도다.

"저놈들을 끌고 가자!"

김천복의 목소리가 다시 울렸다. 사랑채 뒷마당을 감시하고 있었던 김천복이 도망치는 일당을 잡은 모양이다. 곧 사랑채 옆으로 군관들에게 잡힌 두 사내가 끌려왔는데 하나는 한쪽 팔에서 피가 흘러내리고 있다. 둘 다 사색이 되어 있었지만 앞장선 사내의 눈썹은 치켜 올라가 있다.

"선전관, 무슨 일인가? 나는 도순변사 권동수네."

다가선 권동수가 말한 순간 안용남의 발길이 날아 복부를 찼다.

"아이구!"

저절로 신음을 뱉은 권동수가 허리를 꺾었을 때 이번에는 발뒤꿈치가 도끼로 장작을 찍듯이 등판을 내리찍었다.

"억!"

땅바닥에 태질당한 개구리처럼 권동수가 사지를 뻗고 엎드렸을 때 안용남이 소리쳤다.

"이 역적 놈들! 임금을 능멸하고, 없는 함경도 포수를 데려왔다고 속인 놈들! 네놈들은 주상 앞에서 효수를 해야 옳다."

"이…, 이보게 선전관…."

권동수가 머리만 들고 기를 쓰며 말했다. 이제 얼굴에서 비 맞은 듯 땀이 흐르고 있다.

"오해일세, 곧 모이기로 했네."

"이놈아! 군사들이 모두 자백했다. 스무 명 중 열 명이 남았지만 모두 네놈들이 꾸민 수작이라는 것을 주상 앞에 다 자백했다!"

발을 구르며 말한 안용남이 이규옥까지 셋을 훑어보았다.

"세 놈 다 끌고 간다. 이규옥은 반역도들과 공모한 놈이다!"

"나는 아니오!"

갑자기 이규옥이 악을 썼다.

"나는 죄가 없소! 나는 이자들이 무슨 짓을 했는지 전혀 모르오! 억울하오!"

이규옥의 목소리가 공허하게 울렸다.

임금은 국문하는 자리에 나타나지 않았다. 좌상 윤두수가 대신 문초를 맡았는데 권동수와 박만기의 변명은 끝없이 계속되었다. 한 걸음 더 나가 억울하다는 것이다. 곧 포수대가 모일 테니 얼른 골짜기에 가봐야만 한다고 했다. 그러나 오시(낮 12시)경에 동헌 마당에 도착한 함경도군 (軍) 소속 별장 홍복돌과 광대 김막내, 중 고명이 진술을 함으로써 둘러섰던 백관들의 공분을 일으켰다.

"금 두 냥씩을 준다고 했습니다. 골짜기에 사흘만 머물고 제각기 흩어지면 된다고 했소."

가장 당차 보이는 광대 김막내가 커다란 목소리로 말했다.

"함경도 포수대라고 주상께 보고 한다는 것도 압니다. 주상께서 포수대를 전장에 보내라고 할 테지만 그전에 흩어지면 된다고 합디다. 왜군과 전투를 벌이다가 흩어진 것으로 친다는 것이지요."

별장 홍복돌이 거들었다.

"오늘 오후에 골짜기에 350여 명이 묵었던 흔적을 만들고 흩어질 작정이었습니다. 순변사가 오늘 금자를 가져오기로 했거든요."

그때 중 고명이 입을 열었다.

"순변사와 부사 두 분이 이야기하는 것을 엿들었더니 관군을 모았다고 거짓 보고를 해서 벼슬이 올라간 관리가 한 두 명이 아니라고 했소. 그것을 병조 참판이 주관하고 있다는 것이오."

"아니오! 아니야!"

그 소리를 들은 이규옥이 길길이 뛰었으므로 윤두수가 역정을 내었다.

"저놈 입을 다물려라!"

그때 의분을 참지 못한 의금부 별장 하나가 다가가 육모방망이로 이규옥의 입을 후려쳤다. 턱뼈와 함께 이가 모두 박살이 난 이규옥이 엎어졌다. 윤두수가 눈을 치켜뜨고 말석에 서 있는 이조 좌랑(吏曹佐郎) 장민순을 보았다. 이조 좌랑은 모든 관리의 인사를 맡은 직책이다.

"이규옥이 추천한 관리 명단을 뽑아주게. 모두 역모를 한 놈들이야."

"예이."

장민순이 서둘러 현장을 떠났을 때 옆에 서 있던 안용남도 김천복에게 말했다.

"종사관, 난 주상께로 돌아가겠네."

"곧 끝날 테니 저는 여기 남아 있겠소."

김천복이 번들거리는 눈으로 안용남을 바라보며 웃었다.

"선전관, 나라가 썩었소."

"그러네, 시체 썩는 냄새보다 부패한 관리 냄새가 더 독하네."

뱉듯이 말한 안용남이 몸을 돌렸다.

대전 마당 옆에는 신을 모시는 별당이 있다. 작은 마루방이지만 기구를 치워놓아서 한 평쯤의 공간이 만들어졌고 그것을 안용남이 숙소로 쓴다. 임금 침전이 바로 마당 건너편이었으므로 어디보다 가까운 위치다. 어젯밤 한숨도 자지 못했기 때문에 옷을 입은 채 누웠던 안용남은 순식간에 잠이 들었다. 얼마나 시간이 지났는지 모른다. 안용남은 인기척에 잠에서 깨어났다. 벌떡 상반신을 일으킨 안용남이 마루방 끝에 서 있는 미호를 보았다. 미호는 손에 작은 보퉁이를 쥐고 있었는데 심부름 가는 행색이다. 시선이 마주치자 미호가 먼저 물었다.

"왜 오지 않았어?"

미호의 시선을 받은 안용남이 쓴웃음을 지었다.

"미친년, 내가 치마 두른 여자만 보면 눈이 뒤집혀 따라가는 줄 아느냐?"

"…."

"어서 이곳을 빠져나가 네 살 길을 찾아라. 죽은 부모 원수를 갚는다는 건 다 부질없는 짓이다."

그때 미호가 입을 열었다.

"나, 지금 후추 사러 밖으로 나가."

미호가 쥐고 있던 보퉁이를 들어 보였다.

"나가서 돌아오지 않을 거야."

안용남의 시선을 받은 미호가 입술 끝을 올리며 웃었다.

"그럼 날 죽이려는 자들이 실망하겠지, 안 그래?"

"그럴 게다."

"내가 보니까 넌 임금의 개가 다 되었더구나. 어젯밤에는 역적을 찾아냈다던데, 궁 안에 소문이 다 났어."

"그런 셈이지."

"김윤수가 널 의심하고 있어."

안용남의 시선을 받은 미호가 다시 웃음 지었다.

"내가 그 말 해주려고 온 거야."

"그놈이 왜?"

마침내 안용남이 웃음 띤 목소리로 물었지만 제 귀에도 메마르게 들렸다.

"김윤수가 부리는 내시 하나가 있어, 최도식이라는 자인데 정6품 상세(尚洗)야. 그자가 고니시로부터 지시를 받고 있어."

"…."

"그자는 너하고 나 사이를 몰라. 그자가 어제 말해주었어, 김윤수한테서 들었는데 네가 임금 심복이 되었다고 말이야."

"…."

"그래서 널 몰래 처치할 계획이라고 했어."

안용남의 시선을 받은 미호가 눈웃음을 쳤다.

"자, 이젠 내가 너한테 빚 갚은 셈이다, 그렇지?"

"개운하겠다."

머리를 끄덕인 안용남이 미호를 보았다.

"어디로 갈 테냐?"

"왜? 밀고하게?"

"내가 찾아가서 지난번에 못한 일을 하려는 거다. 네 몸을 좀 만져줘야지."

"미친놈, 나는 만날 너만 기다리고 있는 줄 알아?"

미호가 눈 끝이 찢어질 것처럼 흘겼다. 얼굴이 조금 상기되었다.

"내가 어젯밤 의주부를 벗어나서 보았는데 동북방의 샛길을 타고 20리쯤 가면 오곡이란 마을이 있다. 골짝에 박힌 마을인데 명군(明軍)이나 관(官)에서 기웃거릴 만한 곳이 못 되었다."

"…."

"거기 민가에 머물고 있으면 내가 찾아가 뒤를 봐주마."

"무엇을 봐준다는 거야?"

미호가 외면한 채 물었으므로 안용남이 버럭 화를 냈다.

"이년아, 대꾸하지 말고 말 들어."

놀라고 화가 난 미호가 눈을 치켜떴을 때 안용남이 말을 이었다.

"네년 행색을 보면 10리도 못 가서 잡히기 십상이다. 그러니 우선 변복부터 하고 도망을 치든지 말든지 해라."

그러고는 안용남이 자리에서 일어섰다.

"내가 남정네 옷가지하고 몇 가지 더 준비를 해줄 테니까 부(府) 내에서 만나자. 후추가게에서 만나는 것이 좋겠군."

안용남이 머뭇거리는 미호를 향해 눈을 부릅떴다.

"이 미친년이 도망친다면서 지금 뭐하는 거야? 어서 나가. 내가 한 시진쯤 후에 갈 테니까."

그때 미호가 상기된 얼굴로 말했다.

"시장거리 맨 아래쪽의 미곡상 옆집이야. 10칸짜리 기와집인데 거기가 궁에서 필요한 부식을 대는 곳이야."

"알았다. 거기서 보자."

어깨를 부풀렸다가 내린 안용남이 미호를 쏘아보았다.

"그리고 나한테 두 번 다시 네 몸을 주겠다는 말일랑 꺼내지 마라. 내가 냄새나는 계집은 신물이 난 사람이다."

6장 이어지는 혼(魂)

안용남이 미곡상 옆집 앞에 섰을 때는 오후 유시(6시) 무렵이다. 시장 거리여서 좁은 길은 인파로 가득 찼고 소란했기 때문에 안용남은 문에 바짝 붙어 서서 먼저 뒤부터 훑어보았다. 미행자는 없는 것 같다. 행인 들은 모두 피란민이다. 피란민들이 이곳에서 물물거래를 하는 것이다. 안용남은 상민차림으로 변복을 해서 패랭이와 짚신에다 등짐을 지었다. 관아에서 나와 옷을 바꿔 입고 준비를 하느라고 두 식경이나 걸린 것이다. 이윽고 안용남이 대문을 주먹으로 두드렸다. 두 번을 두드리자 문 안에서 사내가 물었다.

"뉘시오?"

"여기 궁에서 오신 분 계신가?"

"뉘시냐고 물었소."

"이 자식아, 나도 궁에서 왔다."

문틈으로 목소리를 낮췄지만 지근지근 씹듯이 말했더니 나무 빗장 풀리는 소리가 들리면서 문이 열렸다. 하인 행색의 사내가 눈을 치켜뜨고 있었으므로 안용남이 어깨를 밀쳤더니 뒤로 물러서지도 못하고 땅바닥에 엉덩이를 찧으면서 뒹굴었다.

"아이구, 사람 치네!"

"이놈이 엄살은⋯."

눈을 부라린 안용남이 집안을 둘러보았다. 마당은 20평쯤 되었다. 기와집으로 10칸짜리 안채 옆에 두 칸짜리 행랑채도 있다.

"어디 있느냐?"

주위를 둘러보며 물었을 때 행랑채 문이 열리면서 미호가 나왔다. 찢어진 방문 틈으로 내다보고 있었는지 미호가 눈을 흘겼다.

"왜 쳐?"

"밀었지, 쳤냐?"

이맛살을 찌푸린 안용남이 다시 집안을 둘러보았다. 하인은 엉덩이를 털면서 집 뒤쪽으로 돌아가는 중이다.

"집에는 저놈 하나뿐이냐?"

"안에 주인 부부가 있어."

"문둥이냐? 나와 보지도 않게?"

"내가 나오지 말라고 했어."

안용남이 서둘러 열린 방문 안으로 들어가면서 말했다.

"들어와 어서."

미호가 주춤대다가 안용남이 아무렇게나 벗어던진 짚신을 방문 밑에 가지런히 놓더니 따라 들어섰다. 깨끗한 방이다. 아직 햇살 기운이 밖에는 남아 있었지만 방 안은 어둑했다. 아랫목에 앉은 안용남이 가져온 보퉁이를 앞으로 내밀었다.

"상민 남자 옷을 가져왔다. 여벌도 한 벌 넣었고 짚신도 가져왔으니

갈아입어라."

미호는 앞에 쪼그리고 앉은 채 보퉁이만 바라보았다.

"그리고 오늘밤에 떠나는 것이 낫겠다. 네가 보이지 않으면 어영청, 선전관청은 물론이고 김윤수 무리도 찾을 텐데, 그럼 넌 가토, 고니시 군 밀정들한테까지 표적이 돼. 조선땅에서 가장 목숨이 위험한 년이 된다."

"…"

"날이 좀 어두워지면 나하고 같이 가자. 내가 널 오곡 마을에 데려다 주고 올 테다."

"왜?"

불쑥 시선을 준 미호가 물었으므로 안용남이 입맛을 다셨다.

"네가 너를 가지라고 하지 않았느냐."

"…"

"내가 이랬다저랬다 했지만 다 허튼소리다. 계집 싫다는 사내가 어디 있단 말이냐?"

"…"

"내가 오늘 선전관청에 내일까지 이틀 병가를 냈고 임금한테서도 직접 허락을 받았다. 그러니 여유가 있다."

말을 그친 안용남이 아랫목에 그대로 드러누웠다.

"어두워지면 떠나자 그때까지 옷 갈아입고 준비해."

"옷 갈아입게 나가."

미호가 말했을 때 선잠이 들었던 안용남이 벽 쪽으로 돌아누우면서 대답했다.

"안 볼 테니까 갈아입어."

"나가."

그러나 안용남은 대답 대신 긴 숨을 내쉬고 나서 고른 숨소리를 내었다. 잠든 시늉이다. 잠시 방 안에 안용남의 숨소리만 들리더니 부스럭거리는 소리가 났다. 옷을 갈아입는 소리다. 그때 잠을 자는 것 같던 안용남이 벽에 대고 말했다.

"내가 대마도 출신의 백제인이다. 조선인과 핏줄이 같지만 조선말을 하는 것 외에는 너희들하고 전혀 다른 인종으로 알고 살았다."

놀라 부스럭거리다 소리가 그쳤던 뒤쪽에서 다시 소리가 났다. 이번에는 서두는 것 같다. 소리가 거칠고 빠르다. 안용남이 말을 이었다.

"대마도가 조선땅 아니냐? 이번에 왜놈들이 조선땅을 먹으려고 오면서 완전히 거덜이 났다. 걸을 수만 있는 사내들은 다 잡혀서 향도로 끌려왔다."

"…."

"조선땅에 와 보니 장수들은 갑옷만 입은 병신들이었고, 관리놈들은 임금 비위만 맞추는 간신들이었다."

"…."

"임금은 어떤가? 그저 후궁 치마 속에 들어가 애만 생산해내는 비겁자로 알았다."

"…."

"내가 이곳까지 오면서 수십만의 조선인 시체를 보았다. 나 또한 가토군 선봉대가 되어서 조선군과의 전면전에서 첫 칼을 휘두른 적도 있지. 그런데…."

그때 안용남이 몸을 돌려 미호를 보았다. 미호는 옷고름을 매는 중이었는데 옷을 다 갈아입은 터라 당당히 안용남의 시선을 받는다. 안용남이 쓴웃음을 지었다.

"부잣집 나무하는 아이 하인 같구나."

미호가 그대로 윗목에 쪼그리고 앉더니 대답했다.

"아직 어두워지지 않았어. 이야기 계속해."

"그 사내 옷은 끈만 풀면 바로 바지가 내려간다. 바지가 넓어서 다 벗지 않아도 다리가 벌려질 거야."

"미친놈."

미호가 눈이 찢어져라 흘겼을 때 안용남이 말을 이었다.

"시간이 지날수록 내가 조선인이 되어가는 것 같다. 임금이 안쓰럽고 백성들이 불쌍해지는 거야."

"…"

"이런 조정에서는 어떤 임금이 앉아 있어도 어쩔 수 없었을 것이라는 생각이 들어. 임금 때문에 조선이 이렇게 된 것이 아냐."

"그럼 누구 때문이야?"

미호가 묻자 안용남이 바로 대답했다.

"양반놈들, 말만 앞세우는 신하놈들, 나라가 어떻게 되건 제 영달만을 꾀하는 당파놈들. 그런 놈들을 척결해야 조선이 산다."

"그건 임금이 해야 돼."

미호가 무릎 위에 턱을 얹고는 지그시 안용남을 보았다.

"너 임금 측근 경호를 맡더니 임금 편이 되었구나."

"제대로 보게 된 것이지."

"충신이 하나 나왔어."

그때 안용남이 몸을 일으켜 앉았다. 그러고는 정색하고 미호를 보았다.

"난 임금을 떠난다."

놀란 미호가 숨을 죽인 채 시선만 주었고 안용남의 말이 이어졌다.

"네 옷가지를 챙기면서 결심을 굳혔다. 왜군 밀정이었던 놈이 정4품 선전관 노릇 하는 것도 이젠 싫증이 났다."

안용남이 시선을 떼고 나서 말을 이었다.

"널 데려다 주고 나서 떠날 거다."

그때 문 두드리는 소리가 들렸으므로 둘은 서로의 얼굴을 보았다.

"부식 사러 온 것인가?"

안용남이 묻자 미호가 머리를 기울였다.

"사옹원 무수리가 왔는지도 모르지."

다시 두드리는 소리가 났고 사내 하인의 목소리가 울리면서 문이 열리는 소리가 났다. 자리에서 일어선 안용남이 문으로 다가가 찢어진 창호지 틈으로 대문을 보았다. 그때 대문이 열리면서 사내 셋이 들어섰는데 모두 허리에 환도를 찼다. 상민 차림에 바지 끈을 단단히 매었고 짚신은 새 것이다. 숨을 들이켠 안용남의 눈빛이 강해졌다. 그때 사내 하나가 하인에게 물었다.

"조금 전에 들어온 사내는 어디 있느냐?"

"찾아보시우."

하인이 그렇게 말하면서도 시선이 이쪽으로 향해졌다. 가리켜주는 것이나 같다. 어금니를 문 안용남이 아랫목에 세워둔 환도를 집어 들고 다시 문 앞으로 다가와 섰다. 미호의 시선을 받은 안용남이 검지를 세워 입에 세로로 붙였다가 떼었다. 그때 문 앞으로 다가온 세 사내가 제각기 좌우로 둘이 벌려 섰고 하나는 세 발짝쯤 떨어져 섰다. 방에서 뛰어 나올 것에 대비한 자세다. 문 앞에는 짚신과 가죽신 한 켤레씩이 놓여 있었으므로 둘이 들어가 있는 것을 알 것이다. 문 정면에 선 30대쯤의 사내가 왼손으로 환도를 고쳐 쥐더니 방에 대고 말했다.

"선전관 계시오?"

문틈으로 밖을 내다본 채 안용남은 대답하지 않았고 사내가 말을 이었다.

"저는 와타나베올시다. 미쓰이 님의 밀명을 받고 왔소."

안용남이 문을 밀고 쪽마루로 나오자 셋이 일제히 한 걸음씩 뒤로 물러섰다. 경계하는 자세였으므로 안용남의 얼굴에 쓴웃음이 번졌다.

"무슨 일인가?"

"방 안에 미호가 있습니까?"

와타나베가 대답 대신 그렇게 되물었으므로 안용남이 환도를 고쳐 쥐었다.

"내 말에 대답해. 무슨 일이야?"

"여기서 미호를 베어야겠소."

"나까지 베라고 하더냐?"

"아오야마, 말을 삼가라."

이맛살을 찌푸린 와타나베라는 사내가 안용남을 노려보았다.

"난 미쓰이 님 휘하 가신, 네놈보다 상관이다. 네가 처치하지 못한 미호를 내가 대신 해주려고 온 것이니 비켜서라."

이제는 와타나베가 반말을 썼다. 머리를 끄덕인 안용남이 와타나베를 내려다보았다.

"미호 다음 순서는 나냐?"

"비키지 않으면 너부터 베겠다."

"이놈들이 나를 미행해 왔군."

입맛을 다신 안용남이 길게 숨을 뱉었다가 들이마셨다. 다음 순간 안용남이 도약했다.

"앗!"

낮은 외침은 마당에서 울렸다. 경계하고 있었던 터라 셋은 일제히 칼을 뽑는데 안용남의 버선발이 마당에 착지했을 때는 칼끝이 모두 겨누어져 있다. 안용남도 이미 환도를 빼든 상태다.

"이놈, 아오야마, 배신이냐?"

와타나베가 칼끝으로 안용남의 미간을 겨누며 물었다. 하인은 어느새 자취를 감췄고 마당에는 넷뿐이다. 대문 밖의 소음은 쏟아지듯 들렸지만 마당에 벌려 선 넷은 잠깐 입을 다물었다. 안용남은 이곳이 딴 세상처럼 느껴졌다. 세 사내가 칼끝을 안용남에게 향한 채 한 걸음씩 조여들었다. 안용남의 칼끝은 하단으로 내려진 채 시선은 와타나베에게 향해져 있다.

"가소로운 놈."

와타나베가 씹어뱉듯 말하더니 천천히 칼을 들어올렸다. 일격에 내려칠 자세, 그 칼날이 위에서 아래로 또는 좌우로 비스듬히 내려칠지 예상할 수 없다. 그러나 검기는 대단했다. 그때 안용남이 떠올랐다. 칼을 내린 채다.

"에잇!"

기합 소리가 울린 곳은 안용남 왼쪽의 사내, 바로 정면의 와타나베가 금방 칼을 내려칠 자세였지만 허세였다. 왼쪽 사내가 안용남의 몸통을 왼쪽에서 오른쪽으로 비스듬히 베어 올리면서 기합을 내지른 것이다.

264

"앗!"

바로 그 순간 또 한 번의 외침이 일어났다. 그것은 와타나베의 입에서다. 안용남이 분명히 허세에 속아 왼쪽 사내에게 왼쪽 몸통을 내준 것으로 보였던 와타나베의 눈빛이 강해졌다가 외침으로 뱉어졌다. 그것은 안용남이 몸을 비틀면서 하단의 검을 그대로 앞쪽을 향해 내밀었기 때문이다. 보라, 검 끝이 왼쪽 사내의 심장에 박힌 채 두 자나 밀어내었다.

"엇!"

오른쪽 사내가 뒤에서 안용남의 등에 대고 칼을 내려쳤지만 두 자간격이 벌어졌으니 손톱만 한 사이를 두고 칼날이 스치고 지나갔다. 와타나베는 칼에 꿰인 부하에게 막혀 겨우 몸을 비켰을 뿐이다.

"아악!"

또 한 번의 외침이 울렸을 때 와타나베의 눈이 뒤집혀서 흰자위 위로 검은 눈동자 절반만 보였다. 안용남이 칼을 빼내면서 뒤를 향해 후려쳤기 때문이다. 그 칼바람에 칼을 쥔 손이 팔꿈치부터 잘린 오른쪽 사내의 입에서 외침이 터진 것이다.

"이놈."

와타나베가 몸을 비틀면서 칼을 내려쳤다. 가토 가문에서 발도(拔刀), 즉 검을 빼어 후려치는 발도술로써는 타의 추종을 불허했던 와타나베, 150석의 무사이며, 중신(重臣) 미쓰이의 심복 와타나베는 일대일의 승부에서 패한 적이 없다. 그때 몸을 피한 안용남이 건성으로 칼을 후려쳤다. 와타나베의 안면을 향해 석 자나 간격을 두고 칼을 뿌렸다고 해야 맞다.

"어."

그 순간 와타나베가 주춤 몸을 굳혔다.

"이얏!"

기합이 울렸다. 안용남이 오늘 처음 지른 기합이다. 안용남의 칼날이 눈 한 번 깜박이는 순간만큼 와타나베가 주춤한 사이를 타고 날아갔다.

"턱!"

마당에 그런 소리가 울렸다. 와타나베의 목이 갈라지는 소리가 그렇게 들렸다. 와타나베는 목이 갈라지는 순간에도 두 눈을 껌벅이고 있다. 보라, 와타나베의 두 눈에 피가 뿌려져 있다. 그래서 잠깐 눈을 뜨지 못한 것이다. 그것은 안용남이 피에 젖은 칼날을 와타나베의 안면을 향해 뿌렸기 때문이다. 와타나베는 피가 튄 눈을 껌벅이는 사이에 칼을 맞았다. 그렇다. 발도술의 명인 와타나베에게 부족한 점이 있다면 실전 경험이다. 야생에서 사냥해 먹던 안용남이 축사에서 기른 고기를 먹던 와타나베를 쳐죽였다. 몸을 돌린 안용남이 떨어진 한쪽 팔을 움켜쥐고 서 있던 오른쪽 사내에게로 한 걸음 다가갔다. 와타나베를 벤 직후의 일이어서 사내는 그 장면을 보고 숨 한 번 들이마셨을 뿐이다.

"앗!"

외침은 방 안에서 울렸다. 미호다. 문틈으로 간을 조이며 보다가 와타나베를 베는 순간에 긴장이 풀렸겠지. 그러고는 마지막 마무리로 숨 돌릴 여유도 없이 오른쪽 사내의 어깨에서부터 반대편 허리까지 비스듬히 베어 죽이는 안용남을 보고 외침이 터졌으리라. 그때 안용남이 그 외침을 들었는지 방문에 대고 말했다. 숨도 가쁘게 뱉지 않는다.

"방에서 깩깩거리지 말고 나와."

눈을 부릅뜬 안용남이 피 묻은 칼을 시체에 닦으며 말했다.

"어서 떠나자."

266

"천천히 좀 가."

뒤에서 미호가 말했으므로 안용남은 걸음을 늦췄다. 생각에 잠겨 걷느라고 미호와의 간격이 떨어진 것도 몰랐다. 해시(오후 10시)가 넘었다. 이곳은 의주 동쪽의 황무지, 자갈과 바위투성이의 땅이어서 잡초도 자라지 않는다. 의주를 벗어난 지 한 시진은 지난 것 같다. 곧 미호가 가쁜 숨을 몰아쉬며 다가왔다. 미호한테서 옅은 향내가 풍겼다.

"정말 떠날 거야?"

미호가 불쑥 물었지만 안용남은 대답하지 않았다. 몇 걸음 더 가고 나서 미호가 다시 물었다.

"어디로?"

"…."

"만날 사람 있어?"

그때 안용남이 머리를 돌려 미호를 보았다. 어둠 속에서 미호의 눈이 반짝였다.

"이번에 역모를 일으켰다가 실패한 역적, 허 참판의 딸."

이제는 미호가 시선만 주었고 안용남의 말이 이어졌다.

"허옥이라고 이곳까지 오다가 나하고 정분이 들었는데…."

"…."

"서너 번 잠자리도 했고, 신분 차이가 있었지만 날 받아주었지."

"…."

"내가 역모를 고발하고 암살대를 유인해서 죽였다는 것도 지금은 다 알고 있겠지."

"…."

"가족이 야반도주를 했으니 명으로 넘어갔는지도 모르겠다."

"좋아했어?"

불쑥 미호가 물었으므로 안용남이 바로 대답했다.

"절세미인이었지, 콧대도 높았고."

"…"

"처녀였어. 내가 첫 남자였다구."

"좋아했냐구?"

다시 미호가 묻자 안용남이 헛기침을 했다. 어디선가 밤 부엉이가 울었다. 근처에 나무도 없는데 부엉이 울음이 들린다. 그때 안용남이 대답했다.

"몸이 좋았지."

"…"

"궁합이 맞았어. 몸에 딱 달라붙어서 떨어지지 않았지."

미호의 걸음이 늦춰졌으므로 안용남이 주춤거리다가 그대로 걸었다. 미호가 뒤로 처졌지만 안용남이 말을 이었다.

"몸이 뜨거웠어."

"미친놈."

마침내 미호가 안용남의 등판에 대고 다시 미친놈 소리를 했다. 이제 황무지를 남자가 앞서고 여자가 뒤를 따라 걷는다. 흐린 날이어서 별이 보였다가 사라졌다가 했다. 적막이 덮인 산천에는 민가의 불빛도 보이지 않는다. 그렇게 한식경쯤 더 걸었을 때 안용남이 앞을 보고 말했다.

"골짜기가 보이는군. 이제 한식경만 더 가서 골짜기로 들어가면 되겠다."

"…."

"골짜기에 민가가 네 채 있었는데 바위틈에 가려서 보이지도 않아. 화전민들이야."

몸을 돌린 안용남이 다가오는 미호를 보았다. 미호는 시선을 주지 않은 채 옆에 멈춰 섰다. 안용남이 볼에 대고 말했다.

"너도 겪었지만 이곳은 사방에 명군이 깔려 있다. 명군한테 잡히면 어떻게 되는지 알고 있을 게다."

"…."

"널 민가에 데려다주고 난 의주로 돌아가야겠다. 처리해야 할 일이 있어."

그때서야 머리를 든 미호의 눈이 다시 반짝였다. 그러나 입을 열지는 않는다. 다시 발을 뗀 안용남이 말을 이었다.

"궁 안에 있는 왜군 밀정들을 다 죽이겠다."

민가 네 채의 주민은 열 명이었다. 노인 일곱에 아이가 세 명, 젊은 남녀는 고사하고 40대, 50대도 없다. 노인들은 모두 이가 빠진 60, 70대다. 아이들 부모들은 아마 도망을 친 것 같다. 안용남과 미호가 들이닥쳤을 때는 인시(새벽 4시) 무렵, 잠이 들었던 네 채 민가는 난리가 났다. 안용남은 민가 주민을 모두 가운데 집인 배 노인 집으로 모았다. 이곳에는 왜군의 손이 닿지 않았지만 명군의 횡포는 들어보았을 터라 모두 공포에 질린 얼굴이다. 안용남이 배 씨 집 마당에 모여 앉은 주민을 둘러보며 말했다.

"나는 선전관청 선전관 안 아무개다."

안용남이 허리춤에서 정4품 선전관패를 꺼내 앞에 앉은 배 노인에게 던졌다. 노인이 무릎 위에 떨어진 패를 집었지만 거꾸로 들었다. 안용남이 말을 이었다.

"며칠간만 내 내자(內子)를 이곳에 묵도록 하겠으니 너희들이 도와주기 바란다."

모두 시선을 내렸고 노파 몇 명은 아직도 벌벌 떨고 있다. 그때 안용남이 다시 허리춤에 찬 주머니를 풀어내더니 배 노인에게 물었다.

"이곳에 양식이 좀 남았느냐?"

"없습니다."

그럴 줄 알았다는 듯이 배 노인이 손부터 젓고 말했다.

"옥수수 세 자루뿐입니다, 나리. 그것으로 열 식구가 겨울을 나야 합니다."

"쌀은 어디서 구하느냐?"

"쌀 본 지가 수년이 되었소."

"그래? 어디서 구할 수는 있느냐?"

"북쪽 강가로 가면 여진 상인들이 쌀을 팔지요. 허나 한 자루에 은 닷 냥씩이나 받습니다."

"강이 먼가?"

"우리 걸음으로 한나절이오."

"금 한 냥이면 쌀이 몇 자루야?"

"다섯 자루는 충분히 받지요."

그때 안용남이 주머니에서 금 두 냥을 꺼내 배 노인 앞으로 던졌다. 금화도 배 노인의 무릎 위에 떨어졌다. 아직 해가 뜨지 않은 어스름한 아침이었으나 누런 금화가 번쩍였고 모두 숨을 들이켰다.

"그 금으로 쌀과 찬을 사서 너희들도 먹고 아이들도 먹여라. 그리고 내 내자도 부탁한다."

"아이구."

그때서야 배 노인이 두 손으로 땅바닥을 짚더니 이마를 붙였다가 떼었다.

"여부가 있습니까, 대감."

"난 대감이 아니여."

"우리한테는 임금보다 낫소이다."

노인 하나가 떨리는 목소리로 말했다.

"마님을 왕비처럼 모시지요. 마음 놓고 다녀오십시오."

"사나흘이면 될 것이야."

"아이구, 마음 놓으십시오. 이곳은 외진 곳이라 명군이 아니라 관리들도 찾지 못합니다."

노인 하나가 떠들썩한 목소리로 말하면서 마당에 활기가 일어났다.

"어디, 금화 구경이나 하세."

노인 하나가 배 노인에게 달려들었고 노파 하나는 미호에게 다가가 방으로 들 것을 권했다.

"그럼 누가 나하고 강에 갈 것인가?"

가슴이 부푼 배 노인이 어느덧 안용남을 잊고 쌀 사올 궁리부터 했다가 다른 노인의 핀잔을 받았다.

"아니, 나으리와 마님부터 방으로 모셔야 되지 않나? 실없는 노인 같으니."

"아이구, 참…."

그래서 안용남과 미호는 배 노인의 안방을 차지하게 되었다. 아직도 바깥마당은 떠들썩했고 웃음소리까지 울렸지만 방에 든 둘은 외면하고 앉았다. 이윽고 먼저 입을 연 것은 이번에도 미호다.

"갔다가 여기 올 거야?"

미호가 똑바로 안용남을 보았다. 목소리가 떨리고 있다.

"어, 쉬었느냐?"

만 하루 만에 만난 임금 선조가 안용남을 보더니 반색했다. 의주 부윤의 청이 이제는 조선 임금의 정청이 되었다. 임금 옆에는 정승 유성룡이 서 있었기 때문에 안용남은 무안해서 머리만 숙였다. 임금이 눈치도 없이 말을 잇는다.

"네가 없어서 불안했다. 앞으로는 밖에 나가지 말거라."

"예, 전하."

임금 옆에 있으려고 없는 일도 만들어서 나타나는 신하들만 봐서 그런 말이 나오는 것 같다. 이제는 유성룡이 무안한지 외면했다. 발을 뗀 임금이 대전으로 사용하는 안쪽 사랑채로 다가갔고, 유성룡은 읍(揖)을 하더니 물러갔다. 이제 임금 뒤로 안용남이 따랐는데 앞쪽 사랑채 입구에 내시가 기다리고 있다.

김윤수는 아직 보이지 않는다. 미시(오후 2시) 무렵이다. 덥다. 북쪽인 의주도 6월에는 땀이 난다. 그때 안용남이 임금의 뒤로 바짝 다가서서 말했다.

"전하, 은밀히 드릴 말씀이 있으니 소신 혼자만을 대전으로 불러 주시지요."

발을 멈춘 임금이 안용남을 보았다.

"무슨 일이냐?"

"역모에 관한 일이니 주상께선 주위를 물리쳐 주십시오."

"역모?"

숨을 들이켠 임금의 얼굴이 하얗게 굳었다. 허윤수와 안상철의 역모에 이어서 도순변사 권동수, 종성부사 박만기의 사건까지 연달아 일어나는 바람에 임금의 신경은 날카롭다. 임금이 머리를 끄덕였다.

"오냐, 내가 곧 부르겠다."

임금을 대전 앞까지 모신 안용남이 사랑채 마당을 건넜을 때 뒤에서 부르는 소리가 났다. 김윤수다.

"어디서 쉬었는가?"

다가온 김윤수가 낮게 물었는데 눈빛이 날카롭다. 안용남이 중문을 지나 옆쪽 담장 가의 은행나무 그늘에 섰더니 김윤수가 마주보고 섰다.

"미쓰이 님이 보낸 와타나베와 무사 두 명이 부식 조달하는 민가에서 살해되었어. 그것이 그대 소행 아닌가?"

"나는 모르는 일인데."

시치미를 뚝 뗀 얼굴로 안용남이 김윤수를 보았다.

"내가 그럴 이유가 있는 것 같소?"

"그 집에 미호가 있었어."

"그것이 어쨌단 말이오?"

"미호를 데리고 있나?"

김윤수의 눈빛이 조금 약해진 것 같더니 곧 어깨가 늘어졌고, 길게 숨을 내쉬었다.

"아무래도 내가 고니시, 가토 양쪽에 정보를 주었더니 서로 나를 죽이려는 모양이야."

"…"

"와타나베가 죽고 나서 가토 님과의 연락이 뚝 끊겼어. 와타나베가 죽었다는 것도 저쪽에서 알려주었다네."

저쪽이라면 고니시 쪽일 것이다. 그때 김윤수가 다시 물었다.

"미호를 데리고 갔나?"

"죽였소."

"그럴 리가…."

쓴웃음을 지은 김윤수가 지그시 안용남을 보았다.

"내가 양물이 없는 덕분에 남녀 간 궁합은 냉정하게 관찰할 수 있게 되었어. 그대는 미호하고 궁합이 맞아. 미호 또한 그렇고. 겉으로는 으르렁거렸지만 마치 짐승이 교미 직전에 갈기를 세우는 것 같았네."

"이보시오, 지금 그런 말 할 때가 아니오."

"미호를 숨겼구나."

"내가 당신을 베려고 돌아왔지만 말 듣다보니까…, 그만두겠소."

어깨를 늘어뜨린 안용남이 똑바로 김윤수를 보았다.

"대신 궁 안에 있는 왜군 밀정들을 다 말해 주시오."

임금이 지그시 안용남을 보았다. 술시(오후 8시) 무렵, 임금이 저녁을 마치고 대전으로 안용남을 부른 것이다. 주위를 모두 물리쳐서 내시도 문밖에 있다. 대전 안에는 둘뿐이다. 기둥에 걸어놓은 대황로가 바람에 흔들리면서 임금의 그림자도 흔들렸다. 주위는 조용하다. 가끔 담장 밖에서 말굽 소리가 들리기는 한다. 문을 두 개 건넌 바깥 청 마당으로 기마군사가 오가는 것이다. 이윽고 안용남이 입을 열었다.

"전하, 궁 안에 왜군 첩자가 있다는 말을 들었습니다."

"무엇이?"

놀란 임금이 눈을 치켜떴지만 말을 잇지는 않았다. 계속하라는 뜻이다. 안용남이 머리를 들고 임금을 보았다.

"소인이 오늘밤 그것을 확인하려고 하오니 전하께서는 내일 아시게
될 것이옵니다."

"확인한단 말이냐? 어떻게?"

"대조를 하겠습니다."

"어영청이나 선전관청은 알고 있느냐?"

"아직 모르고 있습니다."

"그럼 알려야 할 것 아닌가?"

"오늘밤에 확인을 하면 다 알게 되겠지요."

그러자 한동안 안용남을 응시하던 임금이 머리를 끄덕였다. 허윤수
의 역모를 고발한 것도 안용남이다.

"네가 충신이다."

"황공하옵니다, 전하."

"이번 역모가 다 수습되면 너는 정난공신(靖難功臣)이 될 것이다."

"황공하옵니다, 전하."

"내가 도와줄 일이 있느냐?"

"없습니다, 전하."

두 손을 청 바닥에 짚은 안용남이 다섯 걸음 앞에 앉은 임금을 보았
다. 한양성의 궁 안이었다면 이렇게 가까운 거리에서 용안을 볼 수 없
었을 것이다. 안용남은 임금의 용안을 올려다보던 시선을 내리고는 자
리에서 일어섰다. 안용남이 대비전 옆으로 나왔을 때는 해시(오후 10시)
가 되었다.

"부르셨소?"

중궁전에서 일하는 내시 박제기가 다가왔으므로 안용남이 나무에 기대섰던 몸을 떼었다. 박제기는 종5품 상탕(尙帑), 약과 마실 것을 맡은 직책인데 몸이 가늘고 용모는 여자 같다. 30세쯤 되었을까? 김윤수와 자주 함께 있는 것을 보아서 안면이 있다. 안용남이 머리를 끄덕였다.

"상탕, 그대가 고니시 님 밀정이라는 이야기를 들었다. 맞는가?"

"고니시 님이라니? 왜군 장수 말씀이오?"

되물은 박제기가 어둠 속에서 흰 이를 드러내고 웃었다.

"선전관이 노망드셨구려. 궁 안의 내시에게 왜군 밀정이라니? 당치도 않소."

"네가 사옹원 무수리를 시켜 기밀을 밖으로 내보낸다고 들었다. 맞느냐?"

"기가 막혀서 말문이 막히오."

"무수리가 실토했다. 네가 네 윗선 한 사람만 밝히면 모른 척 넘어가겠다. 자, 셋을 셀 때까지 말하면 살려주겠다."

그 순간 안용남이 허리에 찬 장검을 쑤욱 빼들어 박제기의 가슴에 붙였다.

"자, 말해라. 하나."

"이건 모함이오, 선전관."

"둘이다."

"무수리를 대면시켜 주시오."

"자, 셋. 다음엔 찔러 죽인다."

"상약(尙藥) 이주강이오."

박제기가 말하자 안용남의 칼끝에 조금 힘이 들어갔다. 상약은 종3품 관등이다. 김윤수의 종4품보다 두 등급이나 높다.

"이주강이 누구 밀정이냐?"

"고니시 님이지 누구겠소? 난 이주강의 지시만 받았을 뿐이오."

"김윤수는 너하고 이주강이 고니시 측 밀정인 줄 알고 있느냐?"

"짐작은 하고 있었을 거요. 김윤수도 고니시 님께 정보를 팔았으니까요."

그 순간 안용남의 칼이 번쩍였다. 목이 베인 박제기가 두 걸음을 걷고 나서 머리가 땅바닥으로 굴러 떨어지더니 베인 목에서 피가 분수처럼 솟았다. 머리 없는 몸통이 쓰러지면서 피비린내가 와락 밀려왔다. 밤이어서 마당에는 인기척이 없다. 안용남은 박제기의 다리를 끌어 몸통을 중궁전으로 사용하는 별채의 마루 밑에다 밀어 넣고는 머리도 발로 차 몸통 옆으로 굴려 넣었다.

안용남이 상약 이주강 앞에 섰을 때는 한식경쯤 후였다. 피란 온 후부터는 출입번(出入番) 내시 비율이 늘었는데 내시가 묵을 장소가 부족했기 때문이다. 내시는 교대하지 않고 계속 근무하는 장번(長番) 내시와 출입번으로 나뉘어져 있다. 이주강은 당연히 장번으로 대전 옆 숙소에 있다가 찾아온 안용남을 맞았다.

"무슨 일이시오?"

40대 후반의 이주강은 수염만 없을 뿐이지 목소리도 굵다. 마루방에는 둘뿐이었고 주위는 조용하다. 안용남이 마주앉은 이주강을 보았다.

"상약, 내가 누군지 아시겠지?"

"그야 정4품 선전관 아니시오?"

"내가 가토군 밀정으로 이곳에 왔지 않소? 상책 김윤수하고 손발을 맞추었고 말이오."

"허…, 무슨 말씀인지."

눈을 가늘게 뜬 이주강이 이를 드러내며 웃었다.

"상책하고 손발을 맞추다니? 무슨 일로 말이오?"

"상탕 박제기가 그대가 고니시 님 밀정의 수뇌라고 자백했어."

"상탕 박제기가?"

"김윤수의 확인도 받았지."

"기가 막히는군. 상책 김윤수가 그런 말을 하다니."

눈을 치켜뜬 이주강이 머리를 든 순간 안용남이 몸을 비틀면서 마룻바닥을 뒹굴었다. 그 순간 칼바람이 불었고 마룻바닥을 치는 소리가 울렸다. 몸을 한 바퀴 굴린 안용남이 상반신을 세우면서 손에 쥐고 있던 칼을 후려쳐 뽑았다. 발도(拔刀), 안용남은 발도술(拔刀術)로 옆을 스치고 지나는 제비 날개를 자른 적도 있다.

"악!"

비명이 터지면서 사내의 칼을 쥔 팔이 팔꿈치부터 잘려졌다. 그러나 마룻바닥에 박힌 환도를 쥔 손은 그대로 남았다. 그때 몸을 세운 안용남이 다시 뒤쪽을 향해 후려친 칼끝을 그대로 내질렀다.

"쨍!"

또 하나의 사내, 좁은 마루방이어서 안용남의 뒤에서 내려친 첫 번째 사내의 뒤쪽에 서 있던 사내다. 사내가 안용남의 칼을 받아친 것이다.

"이놈들."

안용남은 칼날이 마주 붙은 순간 몸을 비틀며 웃었다. 이만 드러낸 웃음이다. 사내 둘은 모두 어영청 소속의 군관이었던 것이다. 모두 대전, 중궁전 근무를 하던 군관들이어서 낯이 익다. 등을 벽 쪽으로 붙이면서 안용남이 눈을 치켜뜨고 다시 웃었다.

"네놈들도 고니시 밀정이었구나."

"닥쳐라. 가토의 개."

옆에서 이주강이 뱉듯이 말한 순간 안용남이 와락 몸을 굽혔다. 무릎을 굽히고 주저앉은 것이다. 그 순간 중심이 흔들린 군관의 몸이 앞으로 기울었고 교차된 칼끝이 비틀려졌다.

"빠가각!"

칼날이 갈리는 소리가 소름끼치게 마루방을 울렸고 다음 순간 교차된 칼끝에서 빠져 나온 안용남의 장검이 그대로 군관의 목을 찔렀다.

"억!"

군관이 허물어지듯 벽에 머리를 박으며 넘어졌을 때 안용남의 칼날이 날았다. 등을 돌리고 도망치려는 이주강의 뒷목을 치고 나서 몸을 돌렸더니 잘린 팔을 감싸 쥐고 서 있던 군관이 뒤로 물러났다. 뒤는 막혔다.

"함 상궁 마마님, 누가 찾으십니다."

무수리가 다가와 말했으므로 인빈 김 씨의 상궁 함 씨가 머리를 들었다. 이곳은 중궁전 옆의 별채, 본래 의주 부윤의 별채였던 곳을 단장해서 인빈 김 씨가 쓰고 있다.

"누가 찾아?"

함 씨는 35세, 인빈 김 씨를 모신 지 15년이 되어서 이제 궁 안의 세도가 인빈 다음이다. 인빈 김 씨가 누군가? 신성군이 지난달에 죽었지만 이제 임금은 신성군의 동생 정원군을 품에서 떼려고 하지 않는다. 그만큼 인빈의 위세가 늘어나기 마련이며 상궁 함 씨는 그 다음이다.

함 씨가 인빈의 수족 노릇을 해왔기 때문이다.

"예, 선전관 안 아무개라고 합니다. 대전 경호 선전관이라는데요."

"그 사람이 웬일이야?"

함 씨가 모를 리가 있는가? 이맛살을 찌푸렸던 함 씨가 치마폭을 감싸 쥐고 일어섰다. 깊은 밤, 해시(오후 10시)가 지나면서 주위는 발자국 소리 하나 들리지 않는다. 함 씨가 마루방으로 나왔을 때 뜰에 서 있는 선전관이 보였다. 마루에 쳐놓은 등에 비친 모습이 마치 절간의 사천왕 가운데 하나처럼 느껴졌다. 함 씨가 마루 끝으로 나왔고 선전관 안용남이 마루 앞으로 다가와 섰다. 무수리는 어디론지 사라져서 주위에는 둘뿐이다. 둘 사이의 거리는 세 발짝쯤, 토방이 가로막고 있다. 그때 선전관 안용남이 가라앉은 목소리로 말했다.

"상궁, 미호한테서 들었다. 그대가 고니시에게 정보를 넘긴다고."

숨을 들이켠 함 씨가 먼저 주위부터 둘러보았다. 그러고는 다시 안용남에게 시선을 주었다가 이번에는 심호흡을 했다. 그때 안용남이 말을 이었다.

"어떻게 할 것인가? 상탕 박제기와 상약 이주강도 모두 그대를 고니시에게 정보를 넘긴 첩자라고 자백했네."

안용남이 펄쩍 뛰어 토방으로 올라오더니 함 씨를 보았다. 함 씨는 이미 두 눈의 눈동자가 초점을 잃었고 입술을 악물었지만 입 끝이 부들부들 떨리고 있다.

"자, 그대가 아는 첩자 이름 하나만 대게. 그럼 내가 눈을 감고 자네는 잊어버리도록 하지. 이주강과 박제기는 죽었어."

"…"

"내가 주상의 엄명을 받들고 하는 일이야. 내 전권으로 죽이고 살릴

280

수가 있으니 지금 말하게. 시간이 없네."

"승지 홍정기가 상약 이주강하고 안팎에서 고니시의 지시를 받아 움직였소."

"으음….'

안용남의 입에서 저절로 신음이 새어 나왔다. 함 씨의 입이 다시 열렸다. 목소리가 떨리고 있다.

"승지 홍정기가 밀정의 수괴요, 그자는 수하에 10여 명의 고니시가 보낸 자객들을 거느리고 있는 데다 매수한 고관이 한둘이 아니오."

"너는 인빈으로부터 받은 기밀을 다 전해주었지 않느냐?"

"승지 홍정기와 상약 이주강이 시켰기 때문이오."

함 씨가 두 손으로 얼굴을 덮고 흐느껴 울었으므로 안용남이 한 걸음 더 다가섰다. 함 씨의 치마가 안용남의 가슴에 닿는다.

"좋다. 그럼 네가 내려와 승지 홍정기를 불러내어라."

놀란 함 씨가 숨을 삼켰을 때 안용남이 눈을 치켜떴다. 어둠 속에서 두 눈이 번들거리고 있다.

"네가 대신 죽을 테냐? 홍정기를 불러내면 넌 모른 척 덮어두마."

"…'

"아직 자태가 고우니 나한테 가끔 다리만 벌려주면 된다."

그러자 함 씨가 어깨를 세우더니 말했다.

"가지요. 그래서 오늘밤에 끝내지요."

승지는 왕명을 출납하는 역할로 도승지는 정3품이며 임금의 최측근이다. 궁 안에서는 내시가 임금을 보좌하고 밖에서는 승지가 맡는다. 오늘밤에는 대전 밖에서 홍정기가 숙직을 하고 있었는데 자시(밤 12시)

281

가 넘었을 때 어영청의 장교 하나가 행랑채 밖에서 불렀다.

"승지 나리, 궁인 하나가 찾습니다."

"웬 궁인?"

짜증스럽게 되묻긴 했으나 홍정기는 의관을 차려입고 방에서 나왔다. 어둠에 덮인 마당 구석에 서 있는 궁녀 차림의 여인이 보였다. 마당에 어영청 군사와 장교들이 서성대고 있었으므로 홍정기는 헛기침을 하면서 신발을 꿰고 행랑채 모퉁이로 앞장서 갔다. 뒤를 따라오라는 시늉이다. 이윽고 홍정기가 발을 멈추고 다가오는 궁녀를 보았다. 낯이 익은 함 상궁의 무수리다.

"무슨 일이냐?"

홍정기가 소리 죽여 묻자 무수리는 한 걸음 다가와 섰다. 무수리한테서 옅은 향내가 났다.

"상궁께서 대전 후문 안에서 기다리고 계신다 합니다."

"대전 후문이라…, 오늘은 좀 먼 곳에서 부르는군. 어영청 군사들은 다른 데로 보냈겠지?"

"지금 비워 놓았습니다. 드릴 것이 있으니 안으로 들어오시라고 합니다."

"그럼 가야지."

함 상궁의 위세면 대전 정문을 비우게 만들 수도 있을 것이다. 함 상궁이 또 인빈한테서 큼지막한 정보를 얻은 것 같다. 할 말을 마친 무수리가 먼저 어둠 속으로 사라졌다. 홍정기는 발을 떼었다.

"나리."

뒤에서 부르는 목소리에 홍정기가 몸을 돌렸다. 군관 오복이다. 홍정기의 경호원 중 하나로 어영청에 소속되어 있지만 주로 승정원 일을 거든다. 홍정기는 오복과 민가에 흩어져 있는 수하 10여 명을 거느리고 요인 암살자 정보 전달을 맡고 있는 것이다.

"함 상궁이 뭘 준다고 한다. 대전 후문에 다녀올 것이다."

홍정기가 말하자 오복이 잠자코 걸음을 멈췄다. 한두 번 있는 일이 아니다. 곧 중문을 지나 대전으로 통하는 담장 옆길로 돌아가 후문 앞에 선 홍정기가 주위를 둘러보았다. 승지라고 해도 궁 안에 들어갈 수는 없다. 그러나 예외 없는 법이 어디 있는가? 한양성에서도 자주 있는 일이다. 이윽고 홍정기가 쪽문을 손으로 밀자 스르르 열렸다. 문 안으로 들어선 홍정기는 뒤로 손을 뻗어 문을 닫고는 주위를 둘러보았다. 이곳은 대전으로 쓰는 사랑채의 뒤쪽이다. 주위는 짙은 어둠에 덮여 있고 불은 모두 꺼졌다. 심호흡을 한 홍정기가 옆으로 발을 떼었다. 근처에 함 상궁이 기다리고 있을 것이다. 그때 뒤에서 인기척이 났으므로 홍정기는 어깨를 늘어뜨렸다. 함 상궁일 게다. 하지만 홍정기가 몸을 돌리자 한 발짝 앞에 함 상궁 대신 거한이 서 있다. 짙은 어둠 속이었지만 거한의 얼굴은 보인다. 선전관 안용남이다. 가토의 밀정, 김윤수의 앞잡이다. 요즘 이놈은 임금의 신임을 받아서 곧 당상관이 될 거라는 소문도 있다. 근본도 알 수 없는 상놈이 당상관이 되는 세상이다. 하지만 조선은 조만간 망한다. 홍정기가 물끄러미 안용남을 보았다. 같은 왜군의 첩자라는 의식도 있다.

"선전관, 무슨 일인가?"

홍정기는 정4품 승지, 벼락 승급한 무관 정4품 선전관과는 비교가 되지 않는다.

"내가 바빠서 네 사연은 듣지 못하겠다."

이맛살을 찌푸린 홍정기가 막 입을 벌렸을 때다.

"얏!"

짧은 기합이 울리면서 안용남이 발도(拔刀)했다. 칼 빛이 어둠속에서 번쩍였다.

다음날 아침 임금 선조가 도승지 윤명환의 다급한 부름에 잠에서 깨어 청으로 나왔다. 청에는 이미 당상관 당하관 합쳐서 수십 명이 모여 있었는데 모두 굳은 얼굴이다. 임금이 자리에 앉았을 때 먼저 윤명환이 보고했다.

"전하, 어젯밤 궁 안에서 대란(大亂)이 일어났사옵니다."

윤명환의 목소리가 떨렸고 청 안에는 숨소리도 들리지 않았다.

"수십 명의 내관, 궁녀가 살해되었사온데 그중에는 승지 홍정기와 내관 중 상약 이주강, 상탕 박제기, 상궁 함 씨와 궁녀 다섯까지 포함되었습니다."

호흡을 고른 윤명환이 충혈된 눈으로 임금을 보았다.

"전하, 범인은 검술에 능한 자여서 한칼에 모두 죽였는데 상약 이주강의 숙소에서 검객으로 보이는 사내 셋의 시체까지 놓여 있었습니다."

"…"

"어영청이나 선전관청 소속도 아닌 자들이 내관 숙소에서 발견된 것입니다."

그때 좌상 윤두수가 나섰다.

"전하, 이는 궁 내부의 알력 같기도 하나 살인자가 아직 근처에 있을까 두렵습니다. 전하께서는 궁 안의 모든 내관과 근무자를 잡아 들여 하나하나 문초를 하도록 허가해 주소서."

그때 임금이 머리를 들고 백관을 둘러보았다. 가장 가깝게 서 있던 좌상 윤두수와 도승지 윤명환은 임금의 입에서 소리 죽인 긴 숨이 새어 나오는 것을 들었다.

"그럴 필요가 있겠소?"

임금의 말에 윤두수가 몸을 굽혔다.

"전하, 대전 안에서 초유의 살인사건이 일어났습니다. 아무리 전란 중의 피란 조정이라고 해도 왕실의 권위는 지켜야 합니다."

"앞으로는 이런 일이 더 일어나지 않을 것이오."

"전하."

이번에는 유성룡이 나섰다. 유성룡은 전란 초기에 영의정으로 제수되었다가 하루 만에 직을 물린 경험이 있다. 그만큼 피란 조정이 혼란에 싸여 있다는 증거다.

"전하, 별장 김기식한테 들으니 어젯밤 선전관 안용남이 대전 안을 돌아다니는 것을 보았다고 하옵니다. 오늘 아침 시체들을 발견하고 선전관청과 어영청에서 모든 무관을 소집시켰는데 안용남만 나타나지 않았다고 하옵니다."

유성룡이 말하자 모두의 시선이 임금에게로 모였다가 제각기 서로의 얼굴을 마주보았다. 임금이 시선만 주고 있었으므로 백관들의 웅성거림이 일어났다. 그때 윤두수가 헛기침을 했으므로 모두 입을 다물었다. 청은 한양성 대궐이 아니라 좁다. 그때 임금이 입을 열었다.

"내가 선전관 안용남을 비밀리에 지방 순시를 보냈소."

윤두수와 유성룡이 먼저 머리를 끄덕였고 모두 시선을 내리거나 어깨를 떨어뜨렸다. 임금이 백관을 둘러보았는데 눈동자의 초점이 멀다.

"곧 돌아올 것이오."

"전하."

정신을 가다듬은 도승지 윤명환이 청 바닥에 부복했다.

"전하, 피란 조정이지만 국기를 세워야 되옵니다. 어젯밤 숙직자, 근무자를 모두 모아 문초하게 해줍시오."

"그리 하라."

마침내 임금이 지시하자 모두의 얼굴에 안도의 기색이 돌았다. 그것을 본 임금이 자리에서 일어서며 말했다.

"안용남은 공이 많다. 돌아오면 정난공신 제1등으로 봉하고 종3품 병마첨절제사로 임명하라."

모두 승복한다는 듯이 임금의 뒷모습을 향해 머리를 숙였다.

"마님, 저녁 드시지요."

배 노인 부부가 같이 다가와 미호 뒤에서 말했다. 노파가 미호를 어려워해서 뭘 말할 때는 꼭 영감을 데리고 온다. 저녁 무렵, 골짜기는 벌써 어둠에 덮였다. 술시(오후 8시)쯤 되었을까? 민가 네 채는 벌써 저녁을 먹는 중이었고 밥 냄새에 이쪽저쪽에서 웃는 소리까지 들린다.

"난 생각 없어요. 두 분 먼저 드세요."

미호가 말했더니 두 노인은 주춤대며 돌아가지 않는다. 이곳은 골짜기가 내려다보이는 모퉁이다. 옆으로 작은 샛길이 구불구불하게 아래로 뻗쳐 있었는데 이제 30보쯤 아래는 보이지 않는다. 흐린 날씨다. 연기가 아래로 깔리면서 바람결에 비린 물 냄새도 실려 왔다. 비가 내릴 것 같다.

"마님, 골짜기 아래를 보시려고요? 조금 더 내려가시면 오른쪽에 커다란 바위가 있습니다. 그 바위 옆에…."

노파가 말했다가 멈췄다. 배 노인이 어깨를 밀었기 때문이다.

"이 할망구야, 어둡고 금방 비가 내릴 것 같은데 뭐가 보인다구 그래?"

배 노인이 나무라자 노파가 혼잣소리처럼 말했다.

"그래도 거기는 아래쪽이 탁 트여서 여기보단 낫다우."

그때 미호가 몸을 일으키며 말했다.

"저, 아래쪽에 가 있을게요."

미호가 발을 떼어 내려가자 뒤에서 혀를 차는 소리가 났다. 배 노인 같다. 좁은 산길을 더듬듯이 내려와 오른쪽 큰 바위 옆으로 갔더니 과연 앞이 탁 트였다. 그러나 어둠에 덮인 데다 흐린 날씨다. 골짜기 아래에서 몰려오는 바람만 정면으로 맞았다. 바위 옆에 쪼그리고 앉은 미호는 눈을 가늘게 뜨고 시선을 집중했지만 눈앞이 트이지는 않았다. 다만 기척은 들을 수가 있을 것 같다. 미호는 무릎 위에 턱을 고이고는 이제 무심한 표정이 되었다. 안용남은 오지 않을 것 같다. 점심때부터 자꾸 그런 생각이 든 것이다. 난리통에 몸을 섞었다는 허 참판의 딸을 찾아갔는지도 모르겠다. 절세미인인 데다 처녀였다던가? 궁합이 맞아서 몸에 딱 달라붙었다고 했지. 생각을 하지 않으려고 했지만 그 말이 지워지지 않는다. 하긴 그렇다. 나한테 미련이나 욕망을 품은 것 같지가 않다. 오라고 했는데도 안 왔지 않은가? 그 순간 얼굴이 뜨거워진 미호가 두 손으로 볼을 눌렀다.

"떠날 거야."

두 눈을 크게 뜬 미호가 불쑥 말했다. 그때 빗방울이 하나씩 떨어져 내렸다. 바람이 잘 통하는 요지여서 옷자락이 날렸다. 떠난다고는 했지만 갈 곳은 아직 정하지 못했다. 궁에서 나올 때도 마찬가지다. 안용남에게 떠난다고 말했다가 이곳까지 오게 된 것이다. 미호의 크게 뜬 눈에 어느덧 눈물이 고였다. 안용남이 데려다 준다고 나섰을 때 얼마나 든든했는지 모른다. 바람이 더 세졌고 빗방울이 굵어졌지만 미호는 움직이지 않았다.

"오늘밤만 자고 명으로 넘어갈 거야."

미호가 말부터 내놓고 결심했다. 조선땅에 발붙일 곳은 없다. 부모형제는 역적 집안으로 몰려 죽거나 종이 되어 흩어졌다. 조선땅에서는 계속 쫓기고만 살 것이다. 명으로 가자. 여진땅으로 가면 조선어가 통한다고 하지 않는가? 거기서 살다가 죽자. 그때 안용남의 얼굴이 떠올랐으므로 미호가 두 손으로 얼굴을 덮었다. 그래, 내 욕심이다. 그 상놈을 의지하고 싶었지만 돌아올 이유가 있겠는가? 임금의 신임을 받는 터라 이제 선전관에서 병마사가 될 지도 모른다. 그놈은 나하고 입장이 다르다. 더구나 돌아온다고 약속도 하지 않았던 것이다. 미호가 묻자 시선만 주었다가 떠나지 않았던가? 그때 앞쪽에서 부스럭거리는 소리가 났으므로 미호가 소스라쳤다.

나무토막이 된 것처럼 몸을 굳힌 미호가 눈만 치켜떴다. 자갈이 굴러 떨어지는 소리가 났다. 바람소리에 섞여 있었지만 인기척이다. 미호가 엉거주춤 몸을 일으켰을 때 앞쪽에서 목소리가 울렸다.

"누구야?"

안용남의 목소리다. 숨을 들이켠 미호가 자리에 선 채로 입을 벌렸지만 말이 나오지 않았다. 바람이 비에 젖은 옷자락을 날렸다. 빗방울이 이제 사정없이 미호의 얼굴을 적시고 있다. 그때 안용남이 다가왔다. 세 발짝 거리로 다가와서야 안용남이 미호를 알아보았다.

"아니, 왜 여기에 있어?"

놀란 듯 안용남의 목소리가 커졌다. 다가선 안용남한테서 사내 냄새가 났다. 땀과 몸 냄새가 섞인 이상한 냄새, 궁 안의 내관들에게서는 이런 냄새가 안 난다.

"이런…, 비를 다 맞았지 않아?"

바짝 다가선 안용남이 다시 물었을 때 미호가 안겼다. 아니, 안용남의 가슴으로 몸을 던진 것이다. 안용남이 쓰러지듯 안겨오는 미호의 어깨를 잡았다가 곧 허리를 감아 안았다.

"왜? 노인들한테 쫓겨났어?"

허리를 안은 채 물었지만 미호는 가슴에 얼굴을 묻었다. 밤이다. 그리고 비바람이 분다. 그래서 안용남의 가슴은 더 포근하게 느껴졌다. 그때 안용남이 허리를 감은 팔에 힘을 주더니 다시 물었다.

"저녁은 먹었어?"

"아니."

"나 기다린 거야?"

"응."

"나하고 같이 먹으려고?"

"응."

"아니, 도대체…."

안용남이 미호의 허리를 다시 단단히 감아 안았다.

"할 말이 그렇게도 없냐? 아니 응만 하다니."

그때 미호가 두 팔로 안용남의 허리를 마구 감고 물었다.

"나 데리고 갈 거지?"

"나 따라 올 거냐?"

안용남이 되물었으므로 미호는 크게 머리부터 끄덕였다.

"응, 따라갈게."

"어디라도?"

"어디라도."

"너, 아이 낳을 수 있지?"

"네 자식을?"

"우리 자식을."

"그럼 나하고 대마도로 가자."

"대마도?"

되물었던 미호가 다시 크게 머리를 끄덕였다.

"갈게, 따라갈게."

"대마도도 조선땅이야. 지금은 전쟁 중이지만 우리 대마도로 돌아가 살자."

비바람이 거칠어졌으므로 안용남이 미호의 허리에 팔을 감고 발을 떼었다.

"거기가 내 고향이야."

"갈게."

"전쟁이 끝날 때까지는 어디 숨어 있어야겠다. 대마도 땅을 왜군이 다 점령했거든. 지금도 대마도를 왜군이 통로로 사용하고 있어."

미호는 이제 안용남의 팔을 두 손으로 감아 안고 매달리듯 따라 걷는다. 비바람이 둘의 몸에 쏟아붓듯 퍼부었지만 걸음이 빨라지지 않는다. 그때 미호가 안용남의 몸에 바짝 붙으면서 말했다.

"그럼 전쟁이 끝날 때까지 여기서 살아."

"아이를 낳고 말이지?"

안용남의 반짝이는 시선을 받은 미호가 몸을 더 붙였다.

선조 25년인 1592년 4월 부산진을 통해 조선을 침략했던 왜군은 7년 후인 1598년에 철수함으로써 전쟁이 끝났다. 그러나 햇수로 7년, 달수로 6년 7개월 동안 왜군은 조선 전역을 유린했다. 고금(古今)을 다 살펴도 다른 민족을 이토록 잔학하게 침략, 수탈, 살해한 예가 없을 것이었다. 히데요시는 조선군의 코를 베어 온 숫자대로 포상을 했기 때문에 왜군은 민간인까지 살해하고 코를 베어 전공을 위장했다. 왜군이 한 번 움직일 때마다 수천의 코가 떼어졌다. 지금도 일본 교토의 대불사 옆에 코 무덤이 있다. 이총(耳塚)이라고 부른 것은 귀까지 베어 바쳤기 때문이다.

7년 전쟁을 겪으면서 조선 백성은 제대로 농사도 짓지 못했는데 전쟁 전에 경지 면적이 170만여 결이었던 것이 전쟁 중에는 거의 없었고 전쟁 후에야 30만 결로 조사되었다. 그러니 백성은 전쟁에서 살해당한 것보다 굶어죽은 숫자가 몇 배나 많았다. 사람들은 서로 잡아먹게 되어서 아이들과 힘없는 여자는 밖으로 나가지 못하는 시절이었다. 굶어죽은 시체를 보면 사람들이 몰려가 살은 베어가고 머리통도 빠개어 뇌수를 먹었다. 아비는 자식을 팔아먹고 어미가 자식을 삶아 먹는 지경이 되었으니 사람 사는 세상이 아니었다. 굶어 죽는 백성보다 병들어 죽은 백성이 더 많은 것은 당연하다.

여자들은 왜군의 노리개가 되었으며 조선땅은 지옥이나 같았다. 7년 동안 살아남으려면 왜군에 붙거나 명군 뒤에 따라야 했기 때문이다. 지옥이다. 왜군이나 명군의 씨를 받은 여인들은 자살을 강요받았지만 누가 죄를 물을 것인가? 수만 명의 왜군의 씨가 태어났고 수십만의 백성이 끌려갔다.

전쟁이 끝난 다음해 봄 4월이다. 평안도 영변을 지나 개천으로 향하는 도로를 우마차 한 대가 남하하고 있다. 미시(오후 2시) 무렵, 날씨는 화창했고 길가에 진달래가 만개했지만 드문드문 지나는 행인들의 모습은 그늘졌다. 전쟁이 끝난 지 반년도 되지 않은 것이다. 겨울에 왜군이 물러갔으니 농사를 짓지도 못했다. 우마차 앞은 기마인 하나가 앞장을 섰는데 허리에 칼을 찼고 등에는 화살통을 메었다. 사냥꾼 복색이지만 가죽조끼를 입은 것이 관리 같기도 하다. 그리고 우마차에는 가죽으로 덮개를 씌우고는 안에 여인 하나와 아이 셋이 타고 있다. 일행은 소를 끄는 하인까지 여섯, 소의 걸음이 느려서 하인은 소를 혼자 걸려놓고 길가에다 오줌을 누고 돌아오기도 한다. 그때 말을 타고 앞장서 가던 기마인이 뒤로 돌아와 마차와 나란히 걷는다.

"아버지, 나 말 태워주세요."

마차 안에서 큰 아이가 소리치자 둘째가 손을 흔들었다.

"아버지, 나두요."

셋째 아이는 계집애 같은데 겨우 걸음을 떼는 것 같다. 엄마 품에 안겨 눈만 말똥거리고 있다. 아이를 안고 있는 여인은 미인이다. 웃음 띤 얼굴로 큰아이를 달랬다.

"성아, 하루에 한 번씩 타기로 했지 않느냐? 내일 타거라."

그러자 큰아이가 순순히 자리에 앉았고 둘째도 형을 따른다. 큰아이는 여섯 살쯤 된 것 같고 둘째는 네 살쯤으로 보인다. 그때 기마인이 말했다.

"부산진까지는 두 달쯤 예상했더니 더 걸리겠군."

"그럼 어때요?"

여자가 웃음 띤 얼굴로 말을 받는다.

"조선땅 구경이나 하고 내려가지요."

둘의 이야기에 큰아이가 끼어들었다.

"아버지, 대마도는 배를 타고 갑니까?"

"그렇다."

기마인이 눈을 가늘게 뜨고 앞을 보았다.

"하지만 맑은 날에는 부산진에서 대마도가 보인단다. 배를 타면 금방이다."

사내는 안용남이고 여인은 미호다. 전쟁 동안 둘은 아들 둘과 딸 하나를 낳았는데 이제 대마도에 가서 살 작정이다. 이렇게 조선인의 혼(魂)이 이어지고 있다.

 <끝>

조선무사

초판 1쇄 : 2016년 9월 19일

지은이 : 이원호
펴낸이 : 박 연

펴낸곳 : 한결미디어
등록일자 : 2006년 7월 24일
등록번호 : 제313-2006-000152호
주소 : 서울시 마포구 모래내로 83 (성산동, 한올빌딩 6층)
전화 : 02 · 704 · 3331
팩스 : 02 · 704 · 3360
e-mail : okpk@hanmail.net

ISBN 979-11-5916-019-6 (03810)